# 娘子不二嫁

1

風文創 702

淺笑 著

# 目錄

# 序

淺笑

大家好，我是淺笑，很高興能在這裡說說這本書。

寫這本書的想法源於對夫妻日常生活的感悟。一對戀人婚後不管曾經多麼相愛，當兩人開始真正一起生活後，因著彼此的性格、習慣等原因，難免會出現各種磨擦碰撞，鑑於對這些情況的反思吧，所以提筆寫了這本書。

孫保財和錢七是一對準備離婚的現代夫妻，經歷一場車禍魂穿古代，重新結成夫婦。兩人對前世的婚姻生活各自反思，前世的遺憾今生彌補，重新開始了古代幸福的婚姻生活。

男女主角在古代領悟了婚姻的真諦，兩個相愛的人光有愛還不足以經營一場幸福的婚姻，還要做到彼此信任、包容、坦誠以及示弱，肩負起應有的責任。

好了，只能說這麼多，想知道男女主角在古代經歷了什麼、如何經營幸福婚姻的，一起看文吧！

# 第一章

紅棗村因村裡家家都會種棵紅棗樹，故而得名紅棗村，是個雜姓居住的村子。村子在紫霞山腳下，不遠處還有條小溪，因小溪是紫霞山流下來的，故而村民叫這條小溪為紫霞溪。

此時在紫霞溪，正有一幫村婦在洗衣裳，大家一邊洗衣裳一邊議論村裡的事。

葛望媳婦聽大家都在談論錢家的七丫頭，不由好奇問道：「那錢家七姑娘真的像妳們說的嗎？」

她是上個月才嫁到紅棗村的新婦，對於紅棗村的一切都不太瞭解，剛剛王二嬸子說，錢家那個好吃懶做的七丫頭要說親。

王二嬸子聞言，頓時來了精神，滔滔不絕地把錢家七丫頭的事又說了一遍。

「那丫頭呀，小小年紀就趴私塾的窗戶看書生呢！這事當年被我婆婆親眼看到的，那可是真真的！」

要說這紅棗村還未出嫁的女孩子哪個名聲不好，就只有錢家的七丫頭了。小時候趴私塾窗戶，長大了還好吃懶做，就算長得還行，別人家也不願意要啊！她可是聽說有幾家的男娃子樂意，都被他們爹娘給收拾了。這農村娶媳婦要娶個能幹的，娶個繡花枕頭有什麼用？

話又說回來，這紅棗村裡的男娃娃，除了老孫家的三娃子，其他的真是都不錯。

想到老孫家的三娃子，她不由想到，三娃子和錢家七丫頭這名聲倒是配了……這麼想著，她眼睛一亮。這事倒是可以去說和下，要是成了，還可以賺些媒人錢。

越想這事越可行。他們正好一個好吃懶做名聲不好，一個整日出去胡混，兩人正好配成一對，省得他們去禍害其他家，多好。

想罷，她趕緊把衣服洗了洗，抱著盆子匆匆走了，弄得其他人一頭霧水。這是幹麼去啊？剛剛可沒說有事啊！

葛望媳婦疑惑地看了眼王二嬸子匆忙的背影，壓下心底的疑問，繼續跟其他人說話。

錢家在紅棗村算是人口大戶了，早年錢老爹在東石縣做過幾年生意，賺了些錢，回村裡蓋了房，現在錢家的房子，正房和東西廂房加起來有十間房，這在村裡也算是頭幾份了。

錢家還有二十畝水田、三十畝旱地，按說就這條件，日子過得應該寬鬆才是。

錢七深深地嘆了口氣。唉，關鍵是錢家孩子太多了。她上邊就有六個哥哥，從她九歲開始，他們家是一年辦一場喜宴，今年終於讓六個哥哥全部成親。

這六個哥哥娶親估計把爹娘的積蓄掏空了吧，加上這六年，她又添了四個姪子、三個姪女，他們家現在吃飽飯沒問題，但是吃好的就別想了。

這不哥哥們都已成親，家裡就剩她自己，所以她娘又把目光盯上她了。

想到這裡，錢七不由皺起了眉頭。

自己在村裡的名聲，她知道。當年她剛到這裡不久，她爹娘還在東石縣做買賣時，為了以後能說識字，故而每日到家附近私塾外面聽課。但這事被村裡好事之人看見了，就說她小小年紀不安分，整日趴私塾窗戶。

她當時才五歲，哪裡知道這裡連五歲的孩子都要這樣編排？她娘也沒想到這事會傳成這樣，在家衝著她發了好一通脾氣，她娘現在想起來還會罵那個嘴碎之人。

至於好吃懶做的名聲，她也很無奈。誰讓她嫂子多呢，家裡活兒多，人也多啊！她娘這人特別會管家，把每個嫂子的工作崗位都安排好了；她是么女，輪到她時，自然沒啥活兒讓她做，結果就是她在村裡的名聲越來越差，莫名其妙。

她是在這個身體五歲時穿過來的，到這裡已整整十年，越瞭解這裡越無奈。這裡是大景朝，一個在歷史書上從未看到過的王朝，但跟華夏的古代社會一樣，這裡對於女子來說有著諸多限制。

想到這裡，不禁又嘆了口氣。她想晚幾年成親，可惜不行，紅棗村的女孩都在十五、六歲就嫁人，有的可能還早些；更別提不想成親的事，那完全行不通。

她趴在桌上，想著今後的路該如何走時，聽到外面有吹哨的聲音，清秀的臉上漾起無奈之色，忍不住翻了個白眼。

這傢伙這時候來找她幹麼？

心裡雖然不情願，但還是起身走出去，順手拿起個竹筐，衝著娘的屋子喊了聲。「娘，我出去打些豬草。」

說完就出門往紫霞山上走。她們家就在山腳下，去紫霞山最方便。

兩個嫂嫂這會兒正在廚房，看小姑拿著竹筐出去，還說是打豬草，兩人互相看了看，笑一笑沒吱聲。兩人心裡明白，這是在房裡待夠了，想出去散散心。

孫保財在錢家的院子外探頭探腦，一看沒人，趴在錢家的東牆根吹了聲口哨，聽到裡面有動靜後，便連忙往紫霞山上跑。

到了山上，孫保財皺著眉頭坐在石頭上，想到剛剛路過河邊那幫村婦說的話，心裡想著怎麼遊說錢寶寶？

當初他和錢寶寶是要辦離婚的路上出了車禍，本以為已經死了，沒想到睜開眼時竟然到了這裡，還是個八歲孩童。

那時他就開始留意，他覺得自己既然能來到這裡，那麼老婆錢寶寶也有可能。於是當他聽到錢家七丫頭趴私塾窗戶的事後，直覺這個七丫頭就是錢寶寶，因為這裡正常的女孩子幹不出這種事。

在錢家回村時，他找了個機會，終於證實錢七真的是錢寶寶，那時他心裡的愧疚才少些。畢竟要不是他開車不專心，也不會出車禍，錢寶寶還在那個世界活得好好的，不會到這裡來受苦。

聽到腳步聲，他抬頭看是她來了。

錢家對她挺好，不讓她幹重活，加上她本身就會保養，現在身材苗條、皮膚白皙，相貌清秀耐看，身上又有股淡然氣質，跟她以前上學時簡直一模一樣。

兩人是高中同學，又考上同一所大學，那時候自然而然走到一起；畢業兩年，工作穩定後就結婚，本以為能幸福過一輩子，沒想到婚姻只維持三年。

有時候他也想不通，他們怎麼會走到離婚的地步呢？

回憶中好像都是爭吵，起因卻都是些生活瑣碎和工作忙碌晚歸的事。兩人決定離婚也是在一次爭吵時賭氣決定的。他不知道錢寶寶是不是賭氣，反正他是賭氣，要不也不會開車時總是走神……

錢七看孫保財在石頭上坐著，走過去把竹筐放到一旁，也找了塊石頭坐下，皺著眉頭問道：「孫三娃，找我什麼事？」

十年過去，以前的怨氣早消了，現在也能平心靜氣地跟他共處。

坐下後，她順手拔了根草在手上把玩。

孫保財聽到孫三娃這個名字，忍不住抽了下嘴角。他這輩子的名字有點土，叫孫三娃！當他知道這個名字後，嚴重抗議，最後才有了現在這個大名。雖然也土，但終歸是前世的名字，習慣了。

為了改名的事，跟他這裡的爹說了好一通大道理，最後成功說服孫老爹，把他們這輩的名字都改了。

整理了下思緒，他笑道：「這不，知道妳要說親了，我趕緊來找妳嘛！」

看錢七沒理會，他正色道：「妳的名聲不好妳也知道，想找個好的難，這事妳得明白，在這裡，女人成親就跟投胎似的，這是妳後半輩子的事，妳可想好了，這裡可不流行離婚。」

錢七聞言，看著孫保財問道：「你什麼意思？我名聲不好，你名聲就好了？有話直說，別跟我繞彎子。」

她討厭的就是孫保財跟她玩心眼。以前是夫妻時，有什麼事坦誠說，有應酬直接說，她會反對嗎？偏偏這人非要說謊在加班。

這傢伙總是自以為是地跟她打馬虎眼，說謊騙她，偏偏騙術還不高明，最後都會被揭穿，然後兩人就開始不斷爭吵。

到後來，心實在太累了，這也不是她要的生活，所以才在一次吵架後提出離婚。

沒想到最後的結果竟然是到了這裡，而且還是跟這傢伙一起來的。

人家都是猜中了開頭沒猜中結尾，她是連開頭都猜錯了，更別提這離譜的結尾了⋯⋯

孫保財想了下，又往錢七跟前挪了挪，才道：「寶寶，妳看讓妳找個十五、六歲的初中生，妳能下得了手嗎？」

看錢七狐疑地看著自己，他明白她的意思，忙道：「我也下不了手。」

天知道讓他對未成年人下手，他覺得在犯罪。

停頓了下，他接著道：「妳看在這裡，我們是最熟悉、最瞭解彼此的吧？我這人什麼樣妳是知道的，我可以做到不納妾，做到等妳這個身體成年，做到以後不對妳說謊。」最後，他認真地看著錢七。「老婆，我們結婚吧，讓我再愛妳一次。」

說完，他有些忐忑地看著錢七，等著她的答案。

錢七不知為何竟然想哭，目光看著遠處，眼淚不覺落了下來。

感覺臉上的淚水被旁邊這人擦去，眼淚流得更多了，心裡就是覺得委屈。

等到哭夠了，她把旁邊的人推開，開始想這建議是否可靠？

兩人有多年的感情基礎，彼此瞭解甚深，在這裡，無疑他們最有共同話題。經過十年時間的沈澱，以前爭吵的事早就煙消雲散，所以現在也不存在怨氣。就像他說的，兩人名聲都不好，想找好的對象太難；就算找到好的，她真的能跟個沒有共同語言、共同習慣、思想不在一個層次的陌生人生活嗎？

想到這裡，剛想回話，卻聽到一陣腳步聲。她驚愕地抬頭，看到一個匆匆下山的背影。

孫保財站起來，眼看已經追不上，俊秀的臉上布滿陰沈，皺眉說道：「寶寶，這回妳不嫁我都不行了。」

他沒看出來這人是誰，但是可以肯定的是，這人回村子後，肯定會散布他和錢七私會的流言。

錢七忍不住皺起眉頭。「人言可畏」是她來這裡體會最深的。

她倒不擔心別的，就是擔心她娘王氏聽到又有新流言了要收拾她。

一想到這裡，她頭皮發麻，而且又不能反抗。要是在現代還能來個離家出走啥的，去親戚家躲躲；這裡要是敢離家出走，女孩子的名節是徹底毀了。

孫保財看錢七臉色不好，連忙安慰道：「寶寶別急，我回去就讓我家人請媒婆。」

錢七聞言白了孫保財一眼，沒理會他，轉身下山往家裡走。

孫保財知道這是答應了，頓時臉上布滿笑意，注視著快消失的身影，也開始往山下走。

就這樣遠遠跟著，直到那身影進了錢家，他才快速地往家裡跑。

王二嬸子匆匆把洗衣盆放院子中，急忙就跑到孫家。

進到院子，看劉氏正在忙，打了聲招呼。「劉大妹子忙著呢？」她笑著湊了過去，蹲在劉氏身旁，瞇著眼道：「劉大妹子，妳家三娃子還說不說親了？」

劉氏挑眉問道：「怎麼不說，我家三娃子妳又不是不知道。怎麼，妳有適合的人選？」

她家三娃子都十八了，這親事還是沒個著落，她和老頭子快要愁死了，偏偏這小子對於成親的事一點都不上心，整日出去也不見個人影，雖然時不時拿回來點銅板，但那有什麼用，名聲在村裡是徹底臭了。

王二嬸子頓時瞇著眼笑道：「劉大妹子，妳沒聽說錢家的七丫頭要說親了嗎？」

再看劉氏沒有發火，知道這事有譜，接著說道：「我說這話妹子別不樂意，妳家三娃子到現在沒說成親事，那還不是名聲不好；那錢家七丫頭的名聲，妳也知道怎麼樣的。趴私塾窗戶那時才五歲，能說明什麼，妳說是不？至於好吃懶做，那咱家三娃子不也是一樣嗎？要我說，他們誰也不會嫌棄誰，都一個味兒，正好配一對不是？」

劉氏聽了雖然不高興，但是也不能否認，這麼想著便忍不住一陣頭痛。這樣的兩個人一起過日子，能行嗎？

於是對著王二嬸子敷衍道：「行了，這事我考慮考慮，還要問問三娃子的意思。妳先回去吧，要是三娃子同意，我一準去找妳。」

王二嬸子也是見好就收，打算明天再來說說，便站起身笑道：「妹子，妳考慮看看吧，錢家七丫頭怎麼說模樣在那兒呢，皮膚白、耐看著呢，妳信不信，妳家三娃子一準喜歡。」

說完笑著走了。這村裡小夥子的心思，她還是知道幾分的。哪個男的不愛俏，這要是問三娃子的意見，那這事準成。

劉氏想兒子也沒說過喜歡什麼樣的，也沒太在意，想先看看再說。

孫家媳婦張氏和小劉氏正在廚房裡做飯，小劉氏看王二嬸子來了，還神神秘秘地跟婆婆說話，忍不住趴在門邊偷聽。

張氏看小劉氏的行為也沒阻止，反正一會兒她也得跟她說，於是繼續手中的活計。

小劉氏聽了會兒明白大概意思，皺眉回到張氏身邊，把聽到的跟張氏說了。說完看著張氏生氣道：「大嫂，妳說三弟一天啥活兒都不幹，整日往外跑，吃家裡就算了，再娶個好吃懶做的媳婦，咱倆還要伺候她，大嫂妳願意啊?!」

家裡一共就十五畝旱地，地裡的活兒都是大哥和她男人還有公爹忙，三弟是除了農忙時幫幫忙，其他時候可是一手都不伸。

她有時候都不明白，為何公爹和婆婆這麼慣著老三？老三沒成家，她也忍了，可是以後要是兩個吃閒飯的，這一天活兒不但沒少，還增多了，這可不行。

張氏聽了也皺起眉頭。她跟小劉氏的情況不一樣，她大兒子祥子都七歲了，她想讓兒子去私塾讀書，這要是以後家裡一直養兩個閒人，她的願望可就真落空了。

想到這裡，她正色看著小劉氏道：「二弟妹，咱家什麼光景妳也知道，老三娶誰咱們也插不上手，但要是這麼下去的話，咱們啥時候是個頭啊？」

說完深深看了小劉氏一眼，等小劉氏臉上出現恍然的表情後，知道她也明白了。

兩人沒有說什麼，繼續手上的活計，只不過心裡各有所思罷了。

小劉氏明白大嫂的意思，要想擺脫吃閒飯的，唯有分家……想到這裡，她只想著怎麼勸說孩子他爹同意分家？同時也開始算計要是真分家了，他們二房能分到多少？

# 第二章

孫保財回家後，在後院菜地找到他娘，嬉皮笑臉地道：「娘，我跟您說個事。」

劉氏看了眼三兒子，沒好氣道：「說吧，什麼事？」

對這個三兒子，她真是沒辦法，自從孩子八歲那年差點沒了命，她就捨不得這孩子幹活，沒想到現在成了這樣。

孫保財也沒在意劉氏的語氣，他知道劉氏心裡向著自己，要不也不會放任他每日出去，於是笑道：「娘，我想娶咱村錢家的錢七，您幫我找個媒人去提親吧！」看劉氏驚愕的樣子，他忙表態道：「娘，此生我非錢七不娶。」說完還嚴肅鄭重地看著劉氏，以此表達他的決心。

劉氏從驚愕中回神。剛剛王二嬸子來說和，現在這小子回來就跟她說非錢七不娶，弄得她一時竟然說不出話，心裡納悶。那錢家七丫頭她也見過，也沒看出多出色啊，就是比別家的姑娘白了點，長得清秀好看了點。

她倒是不以為然。皮膚白還不是不常幹活的緣故？

說實話，要是三娃子名聲不是這麼糟糕，說啥她也不會同意娶個這樣的兒媳婦。

但現在既然兒子同意，她只能語重心長地對三娃子說道：「兒啊，你可想好了？你們倆要是成親的話，這日子可怎麼過唷？你想想，她不能幹活，你種地農活也不行，現在有我和你爹還好，要是以後我們走了，你說說可怎麼辦？」

現在家裡沒分家，還能照顧他，要是以後分家了，他們兩口子肯定要跟長子過，到那時，三兒子一家連個地都種不好，這日子過成啥樣都能想到。

孫保財直接笑了。「娘，您放心吧，兒子成親後一定能養活媳婦。兒子雖然種地不行，但也是能賺錢的。」

他每日不著家地去縣城可不是去閒逛，他到縣城主要是找一些便宜的東西倒賣，只不過每次賺的錢大多拿去結交朋友了。畢竟他以後想在縣城發展，肯定要有人脈才行。

雖然別人覺得他結交的都是些下九流之人，但不可否認這些人消息是最靈通的，也是最知道在縣城混的規矩。說實話，在他們身上真的學到很多。

他來到這裡、找到錢寶寶之後，就琢磨著在這裡要如何生存？種地這個真心不適合自己，面朝黃土背朝天，一年累死累活可能連肚子都填不飽；至於走科舉就更不用想了，他那時看孫家這麼窮，都沒好意思開口提想讀書的事。

這幾年總在外面跑，也算是把這裡的字認得差不多。大景朝的字接近於繁體字，一開始他也是連猜帶矇地認，後來時間長了，自然記住了。但寫就不行，以前他就沒練過毛筆字，在這裡更沒機會練。

因此最後決定經商。就算沒本錢他也可以慢慢賺，現在算是積累經驗吧，雖然每天往外跑，但隔些日子都會拿一些錢給劉氏，怎麼也不能真的白吃家裡的。

劉氏把三娃子給她的銅板都攢著呢，想著給三娃子以後用，現在看三娃子這態度，也不想多說什麼，於是拍了下他的頭，瞪著他道：「既然你這麼說，娘明天就找人提親去，只不過以後你們過得不好，可別怪娘！」

孫保財一聽娘答應了，忙道：「娘放心，兒子一準能過好。」

他和錢寶寶上輩子就是因為工作太忙，忽略了彼此，才鬧到要離婚的地步。這輩子衣食無憂、手有餘錢，再置辦些產業，生活上什麼都不缺就行。

王氏忍著怒火往回走，想到剛剛聽到村人說七丫頭和孫家的三娃子私會，火氣往上竄。氣死她了，這死丫頭竟然敢做這等醜事！

回到院子裡，她氣得喊道：「錢七妳個死丫頭，給老娘出來！」

錢七聽了很無奈，只好起身往外走。她娘王氏知道了，她要是不出去，她娘的火氣會更盛。

王氏這一喊把家中的兒媳婦都招了出來，幾人看她火氣這麼大，也沒敢過去，互相看了看。不知小姑又做什麼了，竟然能惹得娘發這麼大的火。不由都把目光看向小姑房門。

錢七心裡做好了建設，深呼了一口氣，才把門打開。

剛打開門就看到個物體向她飛來，本能地躲過去，啪的一聲，東西打在門柱上。只看見一隻鞋正落在她腳邊，她不由拍拍胸口。好險！但看王氏又在脫另一隻鞋，忙喊道：「娘，有話好好說！」

話落，另一隻鞋飛了過來，她忙往旁邊躲。

王氏把鞋扔出去，心裡的怒氣消了些，看錢七都躲過去了，走過去就開始掐她胳膊，邊掐邊罵。「死丫頭，妳知不知道我正叫人給妳說親呢！啊，妳怎麼有臉做出這樣的事呢？那孫家的三娃子哪裡是個好的，妳竟然跟他有聯絡，妳能不能長點心啊！現在村裡都在傳妳和孫家三娃子在山上私會的事，妳以後還怎麼嫁人？妳說說……」

看這丫頭都這時候了還一臉淡然的樣子，真是越說越來氣，手上又狠狠掐了一下。「妳就不知道上火啊？妳知不知道這事有多嚴重啊！」

錢七忍著胳膊上的疼痛，皺著眉回嘴。「娘，這事回屋我跟您詳說，您要是氣消了就別掐了，胳膊都青了。」

王氏瞪了女兒一眼。她倒要看看這丫頭怎麼說？使勁甩了下胳膊，把錢七攙扶的手甩開，逕自往她屋裡走。

錢七無奈地撫了撫額，回頭看了眼還在看熱鬧的嫂子們。真是沒話說了。

她跟上王氏的腳步回屋，順手把門關上，隔絕了外面看熱鬧的眼神，看王氏正坐在床上看著自己，討好地走過去挨著她坐下。

「娘，您別生氣了，明天孫家應該會來提親，您應了這事就過去了。」說完看王氏怒目瞪著自己，忙把事先想好的說辭說了一遍，也算是為私會的事做了解釋。

王氏聽完忍不住又掐了下錢七。「妳啊，婚姻大事自古都是聽父母安排，妳竟然敢自己作主！話又說回來，妳還找了那麼個人，那是過日子的人嗎？」

錢七忍著疼回道：「娘，您也知道我在村裡的名聲，說親肯定難說，那孫保財的名聲也不好，我倆正好誰也別嫌棄誰。」

王氏聽了，心裡一疼。家裡就這麼個女娃，她是真疼這閨女，活兒都不讓她多幹，沒想到這孩子的姻緣卻被那些碎嘴子給毀了……

想到這裡，心裡這堵得慌，忍不住在心裡又開始咒罵。

罵了會兒，她心裡舒坦些，才看著錢七語重心長道：「妳也看到了，剛剛妳那些嫂子可是沒有一個上來勸阻的，將來妳要是想指著妳哥哥們幫妳，妳覺得他們能幫妳啥？妳要是嫁給那孫保財，今後的日子怎麼過？」

她的兒子她還不瞭解？一個個的都是老實頭，現在他們屋裡的事都聽媳婦的。他們兩老活著還能幫幫七丫頭，要是他們沒了，兒子就算想幫閨女，有兒媳婦攔著，也是有心無力。

錢七真是不知該怎麼接這話？她的名聲壞得莫名其妙，孫保財的名聲如今變成這樣，跟她的原因差不多，都是行事跟這裡格格不入有關；他們不在意的事，在這裡卻是大事。

這十年，她儘量融入這裡，儘量不做些出格的事，但發現有些思想還是很難改變，甚至不能認同。

想來孫保財跟她的想法差不多吧，這樣看來，兩人結婚還真是最好的結果。

村裡人說孫保財的事，她聽說了也只是笑了笑。孫保財是什麼樣的人她還不知道嗎？那人就算跟一些流氓地痞走得近，也是有目的的，但這話又不能跟王氏說，最後只能道：「娘，女兒將來一定能過好。俗話說兒孫自有兒孫福，別擔心了。」

她相信孫保財能讓她過上衣食無憂的生活，她求的從來都不是大富大貴，而是相知相伴。

王氏看七丫頭是鐵了心要嫁，也不再勸說，事到如今也只能如此，於是又說了她幾句才起身往外走。

錢七看她娘出去才鬆了口氣，起身從抽屜裡拿出一瓶藥酒，挽起衣袖往胳膊上青的地方抹，疼得忍不住低聲叫出來。

看著一塊一塊的青色，她忍痛把藥酒抹完揉開，越發覺得再嫁孫保財是正確的決定。

劉氏這邊應了兒子，沒想到出去就聽到兒子和錢家七丫頭私會的流言，氣得肝疼，也不知哪個碎嘴說的，但知道這事要快辦，沒有推脫的餘地了，要不然三娃子這輩子都別想娶媳婦。

因此吃晚飯前，她就把三娃子的事跟當家的說了，得到當家的同意後，吃完飯便拿了六個雞蛋去了王二家，找到王二嬸子，託她明天去錢家提親。

而紅棗村的村民最近最愛聊的，就是孫家三娃子和錢家七丫頭的親事，這兩人的事簡直就是神轉折。頭一天還在傳他們私會的事，第二天就訂親了，現在已經開始過禮，大家都說這兩人絕配。

至於讓大家這麼津津樂道，也是聽說孫家其他兩兄弟開始鬧分家。

雖然分家的事是父母說了算，很少有子女提出來，但孫家的情況，大家也挺理解大娃子和二娃子為啥要分家，畢竟哪個家裡能養得起兩個懶貨閒人？

吃過中飯，孫家一家人除了孩子之外都聚在堂屋裡，今天要談分家的事。

孫老爹抽著旱煙，看沒人說話，於是開口道：「說說吧，既然提出來了，大家都說說什麼意思。」

他同意這門親事，倒沒想到老大和老二有意見，偏偏先頭不提，等訂親後才提出來，這心思明顯是衝著老三去的啊，是對老三早就有意見了。

這兩個兒子什麼性格他瞭解，看來是他們媳婦容不下了……

對此他也不能說什麼，他們當爹娘的能容忍老三，不能奢求當哥哥、嫂子的也這麼對老三。

至於老三往家拿錢的事，他知道老伴沒有對家人說過，所以他們就把老三當累贅了，這麼想著，心底忍不住有些感傷。

孫大娃大名叫孫寶金，為人比較木訥老實，要不是媳婦一個勁兒地聳恿他分家，加上二弟寶銀兩口子也想分家，以他的性格是不可能提出來的。現在爹問了，作為老大，只能由他開口。

看了眼父母，他說道：「爹，我和二弟覺得，既然我們兄弟都成家了，分開過以後矛盾也會少些。而且我想讓祥子去讀書，祥子都七歲了，再不去就晚了，所以為了不讓爹娘為難，我才想分家單過的。」

這話一說，別人怎麼可能有意見，人家老大想獨自承擔，不連累兄弟。

孫保財在心裡感嘆這話說得漂亮。本來這事爹娘怎麼可能同意呢，家裡什麼光景，大景朝的私塾束脩就不是普通農家能承受的，加上筆墨紙硯書籍等等，可是筆不小的開支，這要是分家了，老大賺的錢夠讀書開銷嗎？

這麼想倒不是看不起他，只是實際分析，老大如果真送祥子去讀書的話，那麼將來只會特別特別累。

心裡這麼想，他也沒吱聲。想過什麼日子是自己說了算，要面對的困難，自然也要自己承受。

劉氏聽了詫異地看著老大兩口子，沒想到他們還有這心思。

他們這裡分家，老人一般都是跟著長子的，不過說實話，她其實想跟著三娃子，這樣還能照顧照顧他。但她看了眼老頭子，沒吱聲。這事還得由老頭子作主。

孫寶銀聽大哥說完，連忙附和同意分家。他家是個閨女，倒沒有大哥的心思，但就像媳婦說的，這老三成親了，他們這一大家子要養兩個閒人，誰能樂意啊？與其將來鬧得不好看，還不如分了好，自家過自家的日子。

孫老爹一聽，眼色變得深邃。他沒想到老大還有這志向……吧唧抽了幾口煙，深深吐了口煙氣，看老大、老二都表完態度了，只有老三還沒說，索性問道：「老三你怎麼說？」

孫保財笑道：「這事我聽爹和娘的。」

孫老爹只是深深看了眼嬉皮笑臉的三兒子，沒有說話，繼續抽著旱煙。

要說他這三個兒子，就是老三腦子好，雖然在別人眼裡是沒用在正道上，但他心裡明白，老三沒有表現出來的這麼渾。

這兒子從未跟家裡要過一文錢，反而時不時給家裡錢；雖然沒幹農活，但是拿回來的錢也足夠請幾個人幹活了。而且老三名聲雖然不好，但可沒有坑蒙拐騙這些傳言，試問哪個地痞無賴能做到這樣？

這也是他一直未管的主因，他倒要看看老三能混出個什麼來？現在既然老大和老二提出分家，那就分了吧！

想罷，他把煙袋放到桌上，看著大家開口道：「既然都同意，那就分了吧！我先說說怎麼分。咱家一共十五畝旱地，一處快要荒廢的老宅，和現在這裡的五間房子；我們手上的銀錢不分，因為老三的親事還未辦，我和你娘年紀大了，手裡留幾個錢安心，這個你們沒意見吧？」看幾個兒子紛紛表示沒意見，繼續道：「咱們這些家底分四份，我和你娘一份，你們哥仨一人一份。挨著老宅有三畝地，老宅雖然房子破了些，但是院子大，後院還有五分菜地，所以算一份。

「剩下的十二畝地分三份，每份四畝，我和你娘留一間正房和四畝旱地，等我們死後，房子歸老大，地是老大兩畝，你們兄弟倆一人一畝，這是我們那一份。剩下的兩間正房歸老大，分四畝旱地；兩間廂房算一份，你們兄弟誰要，誰就分四畝旱地。我這麼分你們有意見嗎？都說說吧。」

孫寶金聽完，皺起眉頭。他不明白爹這麼說是什麼意思？怎麼分，他聽懂了，就是不懂為何爹會說他和娘死後，把地分給老二和老三每人一畝？爹和娘跟著他，不是應該把地都留給他嗎？

張氏也不懂公爹為何這樣說，但這種場合女人不能隨意插嘴，只能在後面用手點了點孩子爹的後背，示意讓他說。

孫寶銀聽到他爹這麼說，心裡暗暗高興。這樣的話，其實他能分到五畝地了。是的，他決定要兩間廂房，廂房修了才五年，不用花錢修繕；那老宅已經破舊不堪，雖然院子大，還有菜地，但是總歸還是不如四畝旱地實在。

這般想著，看了眼身後的小劉氏，確定她也是這意思，才衝著老三開口道：「老三，二哥想要廂房和旱地行不行？」如果老三堅持要廂房的話，他也不會跟弟弟爭。

孫保財只是笑了笑，道：「二哥想要就拿去，我就要那老宅和那邊的地了。」

在他看來，老宅那兒多好啊，後院的菜園子出去，連著的就是自家的三畝旱地，再往後就是岩壁，這將來要是把院牆和房子好好修繕，那是妥妥的田園別墅。

他和錢七有這三畝地就夠了，他倆也就種種菜；至於糧食，他想以後都買現成的，倒是可以種些其他吃食……想到這裡，他決定以後多收集些稀罕種子，種出來自己吃也好。

# 第三章

孫寶金看著爹，喃喃地問道：「爹，兒子不太明白您剛剛說的意思。」

孫老爹重新抽起了煙，聽到老大的問話，抬頭看了他一眼，又看其他人也在看自己，嘆了口氣道：「我和你娘現在眼不花、耳不聾的，身子骨還行，本來打算過個幾年說分家的事，不過既然你們現在提出來，我也不好扭著你們的意思，所以這個家是分了，但是我和你娘打算單過。」

這話一出讓眾人變了色，特別是孫寶金一臉慚愧。

他不孝啊！他們在爹娘沒有意願分家時提了出來，爹作這個決定，他心裡愧得慌。

孫保財聽了笑道：「爹，將來我修個大房子，到時候你和娘到我那兒住，我給你們養老，那一畝地我就不要了，給兩個哥哥吧！」

他這話說出來，收到了大家的目光，只不過他們表達的內容不一樣。有以為他就會說好聽的給爹娘灌迷魂湯，也有滿心感動的。

孫老爹眼底含笑，沒說啥，不過三兒子這話聽了，心裡確實舒坦。

只有劉氏眼底含淚，感動地道：「臭小子，那你可得努力了，可別等到我和你爹都躺床上了，還沒看到你說的大房子呢！」

孫保財回嘴道：「娘，放心，兒子怎麼可能讓您等那麼久呢？用不了幾年，就能接你們去住大房子了！」

他來這裡後受了他們的養育之恩，自然要給他們養老送終，方對得起良心。

孫老爹看大家都沒意見，便讓老大叫來村長，當場寫了分家文書，孫家正式分家。

分家的事很快在村裡傳開，錢七自然也聽說了，為了這事，她娘還生了頓氣，直罵孫家不地道。有什麼事不能等到成親後說，偏偏在成親前，這不是明擺著對她家七丫頭不滿嗎？

但孫家這時分家，錢七覺得未必不好；分了家，她和孫保財單獨過日子能清靜些。

說實話，她的性子真不適合這裡的大家庭生活。前世她的工作就是在家裡，何曾跟這麼一大家子打過交道？

距離成親的日子還有一個多月，她娘看得緊，她現在想出門都難。孫保財給她打了幾次暗號，她也沒能出去見他，不過從她娘王氏那裡，她知道了孫家的分家細節，確切地說，是知道了孫保財都分到什麼。

得知他分到老宅和三畝旱地時，她娘又是好一頓說道，說孫保財吃虧了，少分了一畝地不說，那房子還破破爛爛的，哪裡能住人？又知道他們會在那老房子裡成親，而孫保財正在修繕那老房子。

她看著納了一半的鞋底。針腳間隙特大，線還有些不直，不懂為何這裡要成親的，非得親自做針線？一隻鞋做三天，這得做到什麼時候去？這手藝總覺得有點拿不出手，可想著還有一大半沒做，認命地拿起針線繼續奮鬥。

孫保財這段時間忙著修繕老宅。太長時間沒住人，屋子不只是髒，還發霉掉土，就連屋頂都漏了。

說實話，看到這四處漏風、隨時都會塌的房子，他都想推倒了重建，奈何錢不夠，最後只得找了幾個好朋友來幫忙幹活，把已經快要脫落的牆體都重新抹了一遍黃泥，屋頂重新鋪了稻草，總算不漏雨透風了。

他又把院子裡都清理一遍；至於院牆，他把倒了的地方用石頭黃泥堆了下。看著乾淨整潔不少的院子，孫保財不由笑了，也不知道錢七能不能喜歡這原始田園風？

這處房子在紅棗村的東北角，北面是紫霞山的一處崖壁，東面離官道近，從這裡可以直接上官道，不用從村南繞了，就是離河邊太遠，擔水太不方便，加上還有三畝地，用水的地方多；不過好在他爺爺當年在後院打了口井，倒是徹底解決了用水問題。

想到這裡，他打量了下四周，決定想辦法今年把院牆重修了。要是不修的話，他不放心錢七一個人在家，至於修房子，明年看看錢夠不夠吧！

進屋看劉氏給他們置辦的家具，配上這屋子裡的黃土牆，不由感嘆，真搭。

分家時，他分到了一些雜糧，還有後院菜地裡的菜和三畝地的糧食。

收拾好、看了一圈後，他記下缺少的東西，打算今天去縣城一趟，把東西都買回來。

孫保財把門鎖好、上了官道，攔了輛去縣城的牛車，花了一個銅板到了縣城。

紅棗村到縣城坐牛車的話要一個時辰，現在正好是吃中飯時間，索性先去找何二。這個時間他應該在他老娘的餛飩攤子幫忙。

其實他結交的這些人人品都不錯，比如何二就一個寡母，從小受的欺負多了，又沒有好的門路，才混跡市井。按他的話說，都是為了能讓他娘過得好些、不挨欺負而已。

他剛來時，覺得自己是成年人，而且在現代工作能力也突出，覺得古代怎麼說也比現代好賺錢吧？上學時也看過一些穿越小說，哪個不是在古代混得風生水起？

結果他這些年體會了小說終究是小說，在古代活著可比現代難多了。特別是底層人士，沒有免費教育資源，工作機會也不多，據何二他們說，要是沒有門路，就是去有錢人家府裡當個奴才都難。

而且這時代要是沒些家底，想經商，資金都沒地方弄。若是做個小商販倒不用啥錢，但也就能養家而已。

這般想著便到了何二娘的餛飩攤子，看何二正在那兒忙著，孫保財走過去笑道：「來碗三鮮餡餛飩。」說完找了個角落坐下。

何二長相清秀，要是不瞭解的，看了絕對不會想到這人是混市井的。他師父是程家賭坊看場子的柳慶魁，在東石縣有些臉面。何二父親去得早，之後哥哥也沒了，他是寡母獨自帶大的，因為受的苦太多，這小子性子有些偏激，但是特別孝順，每天只要無事都會來這裡幫忙。

何二看是孫保財，親自給他煮了碗餛飩端來，坐下來笑道：「你小子快成親了，恭喜啊！」

他倆認識三年，這小子辦事地道會來事，他也是真心把他當朋友了。

前幾天他家修房子，他那時要幫師父看幾天場子就沒去，不過聽去的兄弟說了，那屋子到底有多破。

孫保財聞言笑了笑。「先謝謝何二哥，你也早日給大娘娶個媳婦吧，大娘為這個可愁壞了。」

何二比他大兩歲，今年二十還沒成親，雖然這年紀在他看來正常，但在這裡就是大事。

何二聞言，苦笑了下。「這事上是我不孝，讓我娘擔心了，但是孫老弟你也知道，就我這名聲，哪有良家女子願意嫁？」至於那些風塵女子，哪裡是能過日子的？他找的媳婦必須要能孝順他娘才行。

對此孫保財也沒辦法。就何二這條件，家裡有房，手裡也有些餘錢，長得也挺不錯，孝順、有責任感，還有養家能力，這樣的人就是因為名聲不好，竟然沒有良家婦女願意嫁。

這也是他要適應的，因為很多事如果用現代的思想、眼光和方式去做，根本就行不通。

何二想了下，道：「兄弟，我過幾天要去趟海城，師父介紹了份押鏢的活兒，來回要二十多天，你去不去？能得二兩銀子。」

本來這事他是沒打算跟孫保財說，畢竟他還有一個月就成親，但是聽了去孫保財家幫忙的兄弟說，孫保財分家就得了個破敗不堪的老宅還有三畝地，他想著要不問問？畢竟二兩銀子也不少，縣城裡的普通人家也能過半年，在紅棗村，一年的花費也用不了二兩銀子。

孫保財認真想了下，覺得二十多天能賺二兩銀子，這事可行，最少今年的院牆能砌起來了。

想罷，他笑著對何二道：「謝過何二哥。這事算我一個吧，我現在確實需要錢。」

以後要成家養媳婦，可不能像以前那樣慢慢來，現在他要開始努力賺錢。

何二拍了拍孫保財的肩膀，笑道：「都是兄弟謝什麼？那這事就這麼定了，你等我的信兒吧。你先吃，我去幫我娘下餛飩去。」

吃完東西，孫保財跟何二告辭後去買東西，買得多了，直接雇了輛牛車回家。

到家把東西卸下來放好，然後去找他娘，跟她交代一下。

劉氏聽了，詫異地看著兒子，問道：「你這時候要出遠門，還是去海城那麼遠的地方……你可還有一個月就要成親，你怎麼想的？你要是沒在成親的日子出現，這是要結仇啊！」

就算回來了，但是成親一個月前出遠門也是會被人說的，錢家要是知道了，面上也不好看。

孫保財知道劉氏的顧慮，想了下才道：「娘也知道分家後，我以後要單過日子，這以後用銀子的地方多了，我得賺錢啊。以前能靠著妳和爹，現在我還這樣的話，會被人說的。現在有機會能賺些銀子，我想去。娘放心，我一定會在成親前回來，錢家那裡我去解釋一下，我相信他們會理解的，就是家裡的事，娘幫著張羅下。」

劉氏聽了孫保財的話，眼中含淚。她家三娃子這是有責任心，知道賺錢養家了……果然老話說得好，男人只有成家之後，才算真正擔起責任。

她抹了抹眼角的淚，道：「那你好好跟錢家說說，家裡的事娘幫你張羅。」

孫保財笑著應了，跟劉氏說了聲，直接去地裡找錢老爹。

這會兒他也見不到錢七，與其找錢七的娘說，不如直接跟錢老爹說比較好，男人更能理解男人。

到了田地裡，看錢老爹在樹下坐著，地裡還有勞作的身影，應該是錢七的哥哥們。孫保財笑著走過去道：「錢伯父歇著哪？」自己也挨著坐下。

錢老爹看是孫保財這小子，不由納悶道：「是保財啊。年紀大了，有些幹不動了，累了先歇一會兒。你怎麼來了，找我有事啊？」

這小子一個月後就是他女婿了，村裡的年輕後生他都關注過，就是沒想到這小子會成為他女婿。

孫保財嘿嘿一笑。「是有事找您。我朋友介紹個押鏢的活，去海城來回要二十多天，能得二兩銀子，所以我想去。伯父也知道我的情況，剛分了家，手上也沒餘錢，我不想讓錢七跟著我吃苦。」

錢老爹聽了這話，倒是對這小子刮目相看。這小子跟聽說的好像有些不一樣。

孫保財既然有這個心，他當然不能攔著，至於會出現的流言，他又怎會在意？活了這把年紀什麼沒經歷過，過好自己的日子，何必在意別人說的？

錢老爹想了下，叮囑道：「萬事小心些，押鏢也是有危險的，時刻警醒點，別誤了婚期就行。」

孫保財笑著點頭，表示知道了，又跟錢老爹聊了會兒才起身往回走。

錢五幹完活，遠遠就看到一個人從他爹身邊走開，看那人的身影，怎麼有點像孫保財？

他和孫保財同歲，小時候也常在一起玩，只不過後來這小子總往外跑，自從他成親後，兩人便漸漸疏遠。

走到父親身邊坐下，問道：「爹，剛剛是不是孫保財？」看錢老爹點頭，他納悶問道：「他來幹麼？」

家裡對於妹妹嫁給孫保財，多數都不看好，包括他媳婦在內，可他卻有不同看法。孫保財這小子腦子靈活，如果收收性子，將來妹妹的日子過得不會差。

錢老爹把孫保財的事說了一遍，說完感嘆道：「這三娃子現在知道賺錢了，你妹妹將來說不定還能享福。」

錢五倒是陷入深思。二兩銀子呢，這些年他們兄弟陸續成親，家裡人口多，根本就沒有啥餘錢。

他想了會兒，對著爹道：「爹，你說我也去行不？我知道家裡沒啥盈餘，今年還沒到收地的時候，妹妹一個月後成親，咱們家就這麼個丫頭，陪嫁可不能寒酸了。」

小妹一直是家裡最受寵的，這丫頭現在弄成這樣的名聲，其實他們家裡人要負很大責任，特別是他。

小時候，小妹跟他說想識字，那時他隨意說了句只有私塾才教識字，結果這丫頭就去人家私塾外面，趴在窗戶上聽夫子上課，被村人看到，傳了出去。

要說這事，他當年可是被爹給狠狠揍了一頓，不過至今他心裡還是很內疚，想多彌補小七。

要不是他當年瞎說話，以他們家的條件和小七的長相，嫁個好人家那是必然的事，哪裡會像現在這樣，嫁個名聲差的？

錢老爹深深看了眼老五，知道老五還在為當年的事愧疚，嘆了口氣道：「你想去，就問問三娃子還缺人不？要是缺人的話就去吧，路上也好有個照應，提醒他別耽擱時間，快些回來。」

於是錢五到了孫家老宅，看大門開著，知道有人，進了院子喊道：「孫保財你在家不？」

這院子被收拾得挺乾淨，就是略顯破敗了些，以後小七要在這裡生活……他不由有些心酸。

孫保財聽到聲音，出來一看是錢五，挑眉笑道：「這不是五哥嗎？來，進來坐。」

錢五好笑地看著孫保財。這小子以前什麼時候叫過他五哥，這是現在就把自己當成他妹夫了。

兩人進屋坐下後，錢五也沒繞彎子，直接道了來意。「我聽我爹說你要去押鏢，我來就是問問還缺人不，我也想去。」

孫保財笑道：「這事我得問問，明天等我信兒；要是能去的話，我告訴你。」

「那這事麻煩你了。」

孫保財嘿嘿一笑。「咱們以後都是親戚了，說什麼麻不麻煩的。這以後啊，你有啥事只要我能辦的，儘管來找我就是。」

兩人又聊了會兒，錢五才回去。

翌日，孫保財一早去了縣城，找到何二說了錢五的事。

何二聽後，拍了拍孫保財的肩膀笑道：「既然是自家人，那還有啥說的，讓他來吧。咱們後天走，明天一早，你帶著他到我家找我，咱們一起去把契約簽了，他們先給咱們一半的錢，貨物安全護送到海城再給另一半。」

這也是押鏢的規矩，就擔心萬一出事了，家裡連個張羅的錢都沒有。

孫保財覺得還算合理，這事只要何二不坑他就沒問題，而何二這人，一般人還真算計不到他，便笑著同意。「行，那明天我去找你。」

何二笑看著他。「你這要成親了，要是有我能幫的，可要開口啊！」

孫保財這人從不輕易求人，更不向人借錢，說實話，在這一點上，他真是高看他一眼，總覺得他整日跟他們這些人混，卻又跟他們不一樣。

他那些兄弟，哪個沒從他這裡借過錢周轉？有的至今還沒還呢！可這傢伙在錢財上，從來都沒張過口。

孫保財聽了，只是點點頭笑道：「放心，我要是有事，一定找你幫我。」

何二哈哈笑了，忍不住搖搖頭。認識三年，這話始終是說說！

# 第四章

下晌回去，孫保財就把這事告訴錢五，並表示臨行前想見錢七一面。

錢五聽了，皺眉看著孫保財。「你小子別以為幫我找了份活兒，就跟我談條件。成親前不能見面，這是規矩懂不？你要是有話就跟我說，想見我妹妹，沒門兒！」

孫保財只能鬱悶地看著錢五，一時竟不知該為錢五這麼維護錢七高興還是難過？

看錢五這裡說不通，他只能另外想法子，決定明天從縣城回來後，再去錢家附近打暗號。

晚上，錢七躺在床上睡不著，看著窗外的月色，不由替孫保財擔憂。

這人前世時哪裡做過危險的工作，現在竟然要去押鏢？押鏢想著風險就高，容易被劫鏢，也不知他是怎麼想的？她也知道這裡的錢難賺，但再怎麼樣也不能做有危險的工作啊……

想到這兒，她就鬱悶。到這裡了才明白，她都不如這裡最普通的村婦，最少人家比她能幹活，家裡餵豬、餵雞、餵鴨、做飯樣樣行，莊稼活也是把好手，繡個花也能賣一文錢。

反觀她呢，除了收拾家務、做飯還行之外，其他真不行；莊稼活更別提了，她到現在為止只學會了種菜。

當然家人多到她也沒啥活兒可做，只是當初上大學，怎麼沒考個農學院？學了那麼多年的資工，到這裡是一點用處都沒有……就在這般胡思亂想中，她睡著了。

翌日一早天剛亮，孫保財和錢五就去縣城；找到何二後，三人一起去了鏢行。

簽了護送契約後，才能得知要護送的是什麼。

當孫保財得知護送的是東石縣王員外的夫人和長子時，心裡莫名有種不好的預感。王員外的幾房妾室都有兒子，爭財產爭得厲害，這次王夫人帶著長子回鄉奔喪，會不會出事呢……

抬頭看了何二一眼，看他也眉頭緊皺，知道他事先也不知情，幾人什麼都沒說，把契約和銀子放入懷裡，一起走出了鏢局。

何二看著孫保財，道了句：「兄弟，咱們先回我家商量一下。」

他要是事先知道是這事，說啥也不會叫孫保財的。孫保財還有一個月成親，這要是出了事，他得內疚一輩子。

孫保財點頭應了，同何二一起去他家。這事還真得商量商量。

錢五一臉莫名，但也沒有多言，只是跟著他們回到何家。何家在城南，是個四合院，雖然不大，但足夠何二和他娘住。

何二此時一臉嚴肅。這事要是不好好算計算計，他們都要被牽連。他混跡市井這麼多年，對於王家的事，比別人知道得多些。王員外那些個妾室，一個個可都是心狠的主，這會兒他要是那些妾室，肯定會出手，把正牌夫人和嫡長子做掉，若不這樣的話，將來這大部分的錢都由嫡長子繼承，到時分到自己兒子手裡能有多少？

孫保財想王夫人能找到鏢局護送，肯定也是想到了這情形。既然有了準備，這事就好辦了。想了下，他附在何二耳邊說了計策。

這事就不讓錢五知道了，知道了對他沒好處，還容易露出破綻。

錢五看了，乖覺地往後退了退。反正孫保財不會坑他，既然不讓他知道，他就不問。

他摸了摸懷裡的一兩銀子，不由笑了。這錢跟爹娘說好了，都給小七置辦嫁妝。

何二聽了，笑著點頭。這主意好，弄好了，他們可能還會得一筆意外之財。

他拍了拍孫保財的肩膀，笑道：「這事交給我去辦吧，你就當不知道這事，到時候你配合我就行。」

何二也明白他的意思，之所以只跟自己說，是不想牽連到錢五。這事越少人知道越好，要是走漏風聲，他們都得賠進去。

孫保財眼看沒事了，跟錢五告辭，兩人回到村裡就分開了。

他先回了趟家裡，然後往錢家的方向走，一路上走得小心翼翼，看到有人就躲了下，直到錢家牆根下，他打了暗號，沒敢多停留，逕自往山上跑。

錢七今天有準備，在菜園子裡聽到哨聲後，看了看周圍沒人，趕忙把後門打開，閃身出去，又把門掩好，看了看沒人才往山上跑。

一路氣喘吁吁地跑到兩人常見面的地方，找了塊石頭坐下。

她瞪了眼孫保財，沒好氣道：「你怎麼想去押鏢了，那有多危險你不知道嗎？就你這身板，啥都沒練過，還敢去押鏢。」孫保財還不如她呢，她怎麼說還練過兩年太極——雖然是跟著她爺爺練的，目的是為了保持身材。

孫保財笑看著錢七。這丫頭有多久沒流露出關心自己的情緒了，那話中的關心，讓他心裡暖暖的。

他拉起錢七的手握住，俊秀的臉上滿是笑容。「老婆別擔心，這次我都答應了，以後還有這事，我不應就是了。」說完往她手裡放了個荷包，繼續道：「這裡是三兩銀子，妳先拿著。以後妳管錢、我賺錢，有什麼想買的東西，妳就買。放心，以後有老公養妳呢！」

以前結婚什麼都有，現在這般寒酸，委屈她了。

錢七皺起眉頭，擔憂地看著他道：「這趟押鏢不會真有問題吧？我不想你出事。」

那雙眼裡流露的感情，教孫保財看了個正著，心底高興。就知道錢七對他還有感情，當年想離婚都是氣話。

這般想著，不由找了好些理由安慰她，最後錢七都快被糊弄得暈了，往山下走時，總覺得有什麼不對的地方。

到了山下，她悄悄地從後門回去，看菜園子裡沒人，把門閂上，又悄悄地回屋。

坐在床沿，理智才漸漸回籠，不由得拍了下額頭。

又被孫保財這傢伙給唬弄了！這傢伙只有做什麼不想讓她知道的事時，才會這麼賣力地呼嚨她。

想了會兒，最終嘆了口氣。既然他不想讓她擔憂，那就由著他吧。

小何氏知道錢五這次跟著孫保財押鏢能得二兩銀子，還想著這是自家男人賺的，怎麼也得留給自己一半吧？哪裡想到他竟然說，這押鏢的錢都要給小姑置辦嫁妝，氣得她現在心口還堵得慌呢！

錢五晚上本想親近親近媳婦，誰想這女人一直給他拉著個臉，當即沈下臉。「我知道妳生氣我要把押鏢的錢給小七置辦嫁妝，不過這事我決定了，妳要是有意見不想過大可說出來，妳看我會不會攔著妳？妳看我們錢家會不會攔著妳？」這事都跟她解釋過了，還揪著不放。

小何氏聞言，當即眼淚流了下來。二兩銀子啊，她娘家一年也就賺個二兩，這麼多，說給小姑辦嫁妝就辦了，她當然想不通，都是哥哥，為什麼其他幾個當哥哥的不出，偏偏是他們家錢五出呢？

錢五看媳婦在那默默哭的樣子，心裡一軟，索性坐下，把小時候怎麼誤導小七，從此讓小七背負這樣名聲的事說了。

最後看著媳婦道：「這個家裡的哥哥，就我欠小七，我這樣就是想彌補。要不是我當年亂說，你想想以咱家的條件，小七嫁個好人家不難吧，說不定就是秀才也配得上？所以小七現在只能嫁給名聲不好的孫保財，我要負很大責任。」

小何氏聽完愣住了。她不知道還有這事，小姑的事她是知道的，但沒想到還跟錢五有關。想想當年小姑才五歲，是聽了哥哥的話才做出趴私塾窗戶的事，這名聲對於女孩來說意味著什麼，她自然清楚，就像孩子他爹說的，他確實欠小姑的，小姑本應有個好姻緣。
她看著錢五，久久才道：「我不知還有這緣故，小妹嫁人，咱們是應該多出些嫁妝。」
錢五看小何氏明白了，對於媳婦通情達理很滿意，兩人又說了幾句才睡下。
而孫寶金夫婦此時也在房裡計算著自家現在有多少錢？
他們今天問了，私塾的束脩大約一年六百文，筆墨紙硯和書籍等等要自行去書肆購買。
張氏聽了束脩一年要六百文，心裡一顫。這麼多？去書肆打聽了書籍和筆墨紙硯價格後，心都開始疼了。光一本三字經就要三百文，而且這書越厚越貴，大概算下來，一年最少要二兩銀子啊！
分家時沒有分銀子，他們手上的銀子都是這些年農閒時，寶金去打短工和她做鞋底一文一文地攢的，一共有八百文錢。
孫寶金看媳婦還在那兒數銅板，出聲道：「別數了，還有一個月就收莊稼，收完莊稼賣了糧食，就送祥子去私塾吧。到時候我出去打短工，這日子也能過得去。」
張氏只能點頭應了，把銅錢小心翼翼地收好，想著雖然現在難些，但等她家祥子考個秀才回來，那時就不用繳納糧稅了。到那會兒，她家那就是紅棗村的頭一份，到時誰家不得巴結著他們家？
這般想著，心情也好了，對未來的好日子充滿憧憬。
翌日一早，孫保財和錢五去了縣城，在鏢局跟何二會合。

等了一刻鐘，王家的馬車來了，還跟著十幾名家丁，孫保財打量著這些人。應該都會些武藝吧？他不練武是看不出來，但是用猜的也能猜出個大概，出遠門還預想到有危險，帶的人肯定是練家子才是。

看著這些人，他的眼神逐漸變得深遠。就是不知這些人裡，有沒有別人的眼線……心裡決定自己的主要任務就是盯著這些家丁，看看有沒有可疑的人？

當然鏢局也要看著點，回頭叮囑下錢五，讓他也幫忙盯著。

鏢頭姓蔡，是個粗壯的漢子，這時他喊了句。「準備了，咱們啟程。」

押鏢的一共有二十人，加上王家的人，一共有三十五人左右，隊伍也不是很長，在後面完全能看到前面發生的事，也能及時應變。

王家的家丁散布在王夫人的馬車周圍，蔡鏢頭帶著人在前面開路，他和何二、錢五等人在後面跟著。

何二其間來回穿梭，和不同的人閒聊。這些都是他認識的，也能說得上話。

中午時停在一間茶寮休息，大家喝茶解渴，簡單地吃了點乾糧。孫保財拿著一個茶碗，只不過他是找了個陰涼又能看清眾人的地方，坐在那裡，邊喝茶邊觀察，還真讓他看出名堂來了。

王家的一個家丁，手在桌底下來回劃拉，他不禁猜想這是在幹什麼？離得有點遠也看不清具體的狀況，只能看到這反常的動作。

何二過來遞給他一個肉包子，笑道：「吃了吧，這是從蔡鏢頭那裡弄來的，他那裡的伙食可跟咱們吃的不一樣。」

孫保財笑著接過，也沒客氣，直接咬了一口。

他示意何二坐下，把剛剛發現的說了，最後笑道：「你說那人是不是用什麼東西，在桌子腿處做了什麼暗號啊？」

何二深思了會兒，點點頭。「有可能。一會兒都走了，我再留意下。這趟咱們要打起十二分精神，可不能把自己折進去；等我確定有問題了，跟蔡鏢頭說說，到時我們直接找王夫人說這事。」

蔡鏢頭跟他師父柳慶魁是表兄弟，因為這層關係才能接到這趟押鏢的活兒，對於他的話，蔡鏢頭一定能信。

孫保財點點頭，繼續吃包子。他能做的不多，關鍵還得靠何二。

等大家都吃完飯，蔡鏢頭也準備上路。他們要抓緊時間在天黑前到達下一個歇腳點，不然就要露宿野外。

等所有人都走了，何二落後，到孫保財說的那張桌子下看了，果然有暗號，不由暗罵了句。

他把暗號記下後，小跑著追上隊伍。他本來就走在最後，也沒引起其他人注意。

他找了個機會湊到蔡鏢頭身邊，說了他們發現的事。「……我看了那暗號，就是告訴人咱們走什麼路線。叔，咱們得趁早商量對策，可不能被人給端了。」

蔡鏢頭聽完，陷入沈思。何二的話他當然相信，他表哥柳慶魁還特意叮囑過他，要他照看下徒弟何二。

他想了會兒，道：「你先當不知道，繼續觀察，別打草驚蛇。那幫人不會選在第一天就下手，既然如今就在跟咱們的路線，那麼多半是要設伏了。等會兒我找王公子商量下，你等我消息。」

何二點頭應了，為了不讓人看出破綻，繼續又跟蔡鏢頭聊了一會兒才回到後面。大家對於何二亂串找人聊天也習慣了，知道他師父是程家賭坊的柳慶魁，都會給他幾分臉面。

行程來到第四天，走到橫川岔路口。

這裡有兩條路能到海城，一條是大家常走的路，離海城最近；還有一條是從川縣去海城，要多走兩天，所以蔡鏢頭理所當然地選擇最近的。

走了一個時辰後原地休息，他又吩咐眾人往回走。

幾人心裡詫異，紛紛問這是為何？蔡鏢頭聞言，瞪著眾人，道：「我說什麼你們聽著就是！」

在外走鏢都聽鏢頭的，這是規矩，所以大家雖心裡納悶但不會多問，知道鏢頭這樣吩咐肯定有道理，因此出聲的都是王家的家丁。

這時，馬車裡傳出個女聲。「都聽蔡鏢頭吩咐。」

王家的家丁這才閉嘴，只是有個人的眼裡閃著驚詫，擔心自己表露出來，只得低頭掩飾。

他才做完記號，現在改變路線，要把記號改了才行……此時他卻發現周圍有人過來，正是押鏢的人，把他圍了起來，心裡咯噔一下，知道自己暴露了。

何二和孫保財互相笑了笑。他們是等著奸細做完暗號後才行動的，目的就是為了混淆視聽，讓人以為他們走的是這條路。

這樣他們走川縣的話，就能爭取時間，到時等那些人發現，想追也來不及了。因為他們以後還是會變道，卻沒人給他們留暗號。

收拾完了，眾人開始往回走，到了岔路口時，直接往川縣方向走。

# 第五章

錢七納悶地看著五嫂的背影。

五嫂這是怎麼了，無論她幹什麼活，只要她閒著，就會把活兒接過去自己做。

五哥對她好她知道，五嫂以前一直都是淡淡的啊，現在這是怎麼了？

王氏出來看女兒在院子中傻站著，不由說道：「妳呀，可不能像以前在家時，什麼都不幹，這以後嫁人了，那家務活還不是都得妳幹啊！」

她和三娃子過日子，活計都得自己做，嫁了人可不能像在家裡似的，啥也不幹了。

錢七聽了無語。什麼意思啊，她不幹活嗎？說得好像她一天啥也不幹，好吃懶做似的。

回過神看王氏還嘟囔著，她無奈道：「娘，您放心，我以後啊，啥都幹。」

王氏看她這樣，只得道：「回屋收拾下，一會兒咱們去趟縣裡買東西。妳好好珍惜在家的日子吧。」

這閨女她也不好說啥，以前捨不得她幹重活，這會兒說啥都晚了，索性就這樣吧，性子都養成了，也不是兩三天能改過來的。想到七丫頭以後的日子，她都愁得慌。

錢七可不知道王氏想這麼多，聽到一會兒去縣城，立刻回屋換衣服。

她只有小時候在縣城待過，自從回了紅棗村就沒去過。這就是古代的女人，沒成家前想出個門都難，這回要不是給她買成親的用品，估計想要出門，還不知要到哪個年月呢！

不過好在這樣的生活快要結束，她現在越想越慶幸孫保財也來了，他倆還能結婚。

回屋換了身出門的衣服，她走出來道：「娘，我換好衣服了，咱們什麼時候走啊？」

王氏看了她一眼，笑了。她這丫頭長得白淨，看著就不像這村裡的丫頭，倒是像那城裡的姑娘。唉，要不是這名聲，嫁到城裡也使得。

想罷，她遺憾地看著七丫頭道：「等會兒，我弄完手上的活兒就去換衣裳。」

錢七聽了，只能先上前幫王氏，等兩人上路時都快巳時。

王氏出門前還包了兩個饅頭，說到了縣城正好晌午，餓了正好吃饅頭，那樣不至於餓著。

王氏攔了輛牛車，兩人到了東石縣城時，正好是中午。

兩人在城門口下車，王氏拽著閨女到一處樹蔭下，拿出一個饅頭遞給她，道：「先吃了，別餓著逛街，到時提著東西要拿不動了。」等錢七接過去，自己才開始吃另一個。

錢七看了看手中的饅頭，認命地吃起來。她知道這白麵饅頭還是今天早上特意蒸的，平日吃的都是雜麵饅頭。

他們家在紅棗村，吃得還算好的，因為每個月還能吃頓肉，像她知道的桂花家吃的都是米湯、黑麵饃，別說肉了，就是菜都不常吃。

當時她還納悶地問了句「妳家的菜種在菜地裡不吃要看著啊？」桂花當時就跟看傻子似地看她，末了道：「我家菜園子裡的菜，都要拿到集市上賣的。」

當時她愣住了。以前真沒覺得錢家過得好，後來才懂，她能來到錢家已經不錯了，也懂了為何她每次經過村子裡，那些女孩看她的目光是那麼複雜。

王氏吃完自己的饅頭，看閨女在那兒細嚼慢嚥地吃饅頭。說實話，如果忽略手上饅頭的話，真的很像以前見過的大家小姐作派，特別是她閨女身上有種氣質，看著就與別人不一樣。

有時，她很糾結這閨女養成這樣，到底是好還是不好呢？

回神看錢七還在吃，忍不住出聲催促。「快點吃。真是的，吃個饅頭還這麼慢，咱們還有好些事沒做呢。」

錢七聞言，把剩下的饅頭遞給王氏，道：「娘，我吃不下了，您幫我吃了吧。」有點噎得慌。

王氏接過，兩三口吃了，吃完拉著錢七往城門走。

王氏帶著錢七先看了一遍價格，先記下，回頭讓大兒子來買。

錢七跟在身後，隨意看著。對於這裡賣的東西，更多看的是趣味，畢竟這種古樸風格只有古代有，至於櫃面上賣的東西，她反倒不太在意。

當然，對一些手工精巧的東西，她也會駐足流連觀賞。每當這時，王氏就會把她拽走，然後帶她到一些地攤，讓她選喜歡的。看王氏希冀地看著自己，她都會挑個便宜的木簪子一類的，這時王氏就會笑得特別開心。

說實話，那笑容看了，莫名有些心酸。

趁著王氏在挑選布料時，錢七來到對面的首飾店，挑了一對銀手鐲。上面的圖案是蟠桃，寓意長壽之意，做工挺精緻，就是薄了些。

詢問了價錢後，經過一番討價還價，最後以一兩銀子買了。

她仔細包好放入荷包裡，深深呼出一口氣。

孫保財給的銀子被她花了一半，剩下的一半，她不打算動了，留著以後過日子吧！

她之所以買這對銀鐲子是想給王氏，不管是出於歉疚還是感恩，想在出嫁前送她一份禮物，代表自己也代表原主。

回到布店找到王氏，看她正跟人說要面前的兩疋大紅花布，連忙上前制止。「娘，這布做的衣裳幹活不方便，我想要些深色的布。」

王氏鬱悶地看著閨女。「我又不是給妳買來幹活穿的，妳可以出門時穿啊。」這大紅花布做的衣裳，七丫頭穿了準好看。

錢七聽了差點內傷。穿這大紅花布做的衣裳出門？可饒了她吧！

「娘，我這成親後就自己過日子了，那不得省著些啊！一年能出幾趟門，花錢買這布料不是浪費嗎？」話落，指著那深色布料道：「買那樣的布就行，便宜不說還結實，穿的時候也多。」

王氏最後無法，只得同意錢七的話，買了兩疋深色布料給她壓箱底。付錢出去時，還忍不住遺憾地看了眼大紅花布。

兩人買好全部的東西，在城外找了輛路過紅棗村的牛車，因為東西較多，所以多花了一個人的車錢。

為此，王氏嘟囔。「早知道少買些好了，明天叫妳哥哥們來買，到時他們揹回去還能省下坐車的錢。」

這話聽得錢七都沒忍住笑意。她能說在他們家是重女輕男嗎？他們家也突顯了一個真理——物以稀為貴。男孩子氾濫了，就算在這古代重視男孩的情況下，也不如她一個女孩待遇好。

孫保財這一趟鏢到達川縣後，沒入縣城，而是繞過縣城往海城去，其間還變了一次道，就這麼趕了十二天的路，順利把人送到了海城蕭府，他們這幾個知情的策劃者還得了賞銀。別人得了多少他不知道，反正何二給了他十兩銀子。

孫保財把銀子放進懷裡，笑道：「沒想到這趟出來還有這收穫，這下我能把我家院牆重砌一下了。」

其實這錢要蓋幾間新房都夠了，不過他不想這麼做。得了筆意外之財，還是低調些好。至於其他人是不是比他得的多，他是不會多想的。錢這東西是各憑本事，有本事的自然要多拿些。

何二看孫保財對於錢的事沒有異議，不由笑了。他就欣賞孫保財懂進退。

他笑道：「我也沒想到，這事咱倆就嚥到肚子裡吧，這都是蔡鏢頭的主意。」知道孫保財能懂這話裡的意思。

孫保財聽了，點頭應了。「我知道了，你就放心吧，我連錢五都沒說。」想了下道：

「你們什麼時候走？我可能不能在海城逗留了。一會兒收拾下吃完飯，我就跟錢五往回趕。」

還有十五天就到成親的日子，怎麼也不能拜堂那天才到家吧？他必須要提前趕回去。

何二知道他回去還有很多事，也沒勸他跟他們一起走。「我還要待兩天，跟著蔡鏢頭一起回去，你先回去吧。等你成親那日，我一定提前去。」

孫保財哈哈笑道：「我一定好酒好菜招待你，但是那天你可不能灌我酒啊！」又聊了幾句才分開。

孫保財找到錢五，跟他說了下午就往回走。錢五同意道：「行，咱們要快些趕回去，可不能耽誤了你和小七的吉日。」

兩人到了海城，哪裡也沒逛，只吃了個中飯就去車馬行，找到往東石縣去的馬車，用了十天時間趕回去。

如今，紅棗村的最新流言是孫家的三娃子跑了。

之所以有這樣的流言，是因為大家有半個月都沒見到那三娃子的身影。

剛開始有這傳言時，還有那好信之人去孫家找劉氏打探。劉氏竟然說，她家三娃子出去賺錢了。

這話一傳出來，當即坐實了孫三娃不想娶錢七所以跑了的傳言。大家都知道孫三娃是啥樣人，在成親前出去賺錢？誰信啊！

流言出來後，劉氏試圖辯解，還跟人吵了幾架，惹了好一頓氣也沒阻止流言，氣得她天天在門口罵那碎嘴之人，早晚報應在自己身上。

後來在兩個兒媳婦的勸說下，才停止這樣的行為，不過在宴請單子上就只請了幾戶人家。

本來嘛，農村辦喜宴都是弄個席面，誰願意來就來，鄉里鄉親的就是圖個熱鬧；她現在反其道行事，學起那城裡人成親的規矩，發請帖請人來吃席面，所以就請了村長和幾戶交情好的人家。

這事傳到村裡，又引起一陣風波，劉氏當即就在村裡人多的地方放話：說我家是非的，還有臉去吃我家的席面嗎？就算你想去，老娘還不請呢！末了還嘲諷一通才算完。

孫家這樣強硬的作派讓好些人開始尋思，是不是那孫保財真去賺錢，而不是臨成親前跑了？

不過大部分人還是覺得孫家在強撐，甚至嘲諷劉氏這婚禮能不能辦還難說。

只不過錢家的態度也讓大家很疑惑，竟然沒有任何表示，也沒去找孫家說理，而是該幹麼就幹麼。

這讓大家想不明白了，於是有了幾種猜測。有的說錢家在等成親日子那天爆發，還有的說錢家是硬撐，反正錢家的七丫頭以後想嫁人可是難了。

錢家也不管村人說什麼，每日該怎樣過還怎樣過。至於說小七的那些流言，沒人不開眼地當著他們的面說，他們就是想說理也不知該找誰？

不過錢家有個人聽到這樣的八卦快氣炸了，這個人就是王氏。要不是老頭子特意叮囑她，她早就出去跟那些碎嘴子吵了，如今唯一的發洩方法就是在家裡罵。

對於這樣的事，錢七也挺無奈。這裡的流言蜚語，說實話，比現代的網路流言都厲害，而且傳播的速度真快。就紅棗村裡關於她的事，肯定十里八鄉都聽說了，可以說嫁到紅棗村的這些女人的娘家親戚肯定都知道。

想到這裡，她忍不住扶額。反正她就是這樣出名的。

她起身，拿著銀鐲子往王氏房裡走。知道她娘為自己的事生了好多氣，這是真心關心她的人，她也想對她好。

走進屋子，看王氏正在做針線活，她笑著走過去，坐到王氏身邊。「娘。」

王氏點頭應了下，繼續手上的活計。

錢七從荷包裡拿出一對銀鐲，放到王氏面前，笑道：「娘，您看好看不？這是上次去東石縣城，您挑布那會兒我出去買的，這圖案喜歡不？」

王氏看到銀鐲子後，詫異地看著錢七。「七丫頭，妳老實跟娘說，妳哪來的銀子買這鐲子？」

她一年也就給她幾個銅板買零嘴，七丫頭可是連個繡荷包賣錢的手藝都沒有，這銀鐲子得要不少錢，七丫頭去哪兒弄來的錢？

錢七笑了笑，道：「孫保財走之前給的。」

王氏聽了，當即對著錢七的胳膊就掐了下，生氣地道：「我看這麼緊，妳和他還見面了！妳不知道成親前男女不能見面嗎？死丫頭，妳不但見面還拿錢，妳、妳、妳——說妳什麼好啊！」這孩子真不讓人省心。

錢七捂著胳膊，一臉無辜地看著王氏。這反應跟她預料的不一樣啊！以前孫保財的錢都是給她，所以對於孫保財給錢，她自然就拿著了，也沒想過合不合規矩？看王氏還在瞪著自己，她只能解釋道：「這不是不放心嗎？五哥跟著去，我得叮囑下啊！這銀子他要給，我也不能拒絕人家一番好意不是？」最後小聲嘟囔了句。「這銀子最後不一樣到我手裡嗎，什麼時候拿不是一樣？」

說完見王氏的臉色更差了，連忙閉嘴，知道不能再火上澆油，要不然倒楣的就真是她了。

王氏看閨女這般不知羞，真的不知道該說啥？能讓閨女這般做了，那就是這輩子認定那孫保財了吧！

而孫保財能把銀子給小七，這說明什麼？他們什麼時候感情這麼好了？想到這裡，她真是不敢往下想。

還有幾天就成親，王氏索性也不想糾結這事，畢竟糾結到最後只把自己氣個半死，而七丫頭還是那德行。

平復了情緒，她才把視線落在那對銀鐲子上。上面的圖案是蟠桃，知道這是寓意長壽，而且做工精細，看著就讓人喜歡。

錢七看王氏臉色緩和些，才笑道：「娘，這鐲子我特意給您挑的，喜歡嗎？」說完拿起手鐲給王氏戴上。

王氏的手腕有些黝黑，銀白的鐲子在她手腕上顯得越發光亮。

王氏看著手腕上的鐲子滿心歡喜。閨女沒白疼，還知道惦記她。

她欣喜地戴了會兒才把鐲子脫下來，用布包好，放到錢七的手裡，笑道：「娘喜歡，但是娘不能要。這鐲子快頂上別人家一年的口糧了，聽娘的話收好了，我閨女的心意，娘領了，以後妳還要過日子，可不能這麼手鬆。」

錢七知道王氏的意思，但還是把鐲子放進王氏的手裡，笑道：「娘，這是特意給您買的，蟠桃也不是我這個年紀戴的啊。本來我想在成親前一天給娘的，但看這兩日娘的心情不好，才提前拿出來讓您開心一下。」話落，她衝著王氏真誠地說了句。「娘，謝謝您這麼多年對我這麼好。」

說完，她抱著王氏。真的很謝謝她，如果沒有王氏對她的好和疼愛，她來到這裡還不知道會過什麼樣的日子呢！

王氏最後還是被女兒的大道理給繞暈了，收下了那對銀鐲子。

等錢七走了，她笑得合不上嘴。

孩子心裡有她這個娘，能捨得給她買這麼貴重的東西，估計也就小七這閨女了。

# 第六章

孫保財和錢五終於在成親前三天趕了回來，只是回來時也發生了些小插曲。

他們乘坐的馬車車輪壞了，還是壞在前不著村、後不著店的地方，耽擱了一天的時間。

兩人下了馬車進村後，被人一番指指點點。孫保財皺起眉頭，知道這段時間又有事了，而且還是關於自己的。

兩人到了村裡便分開各自回家。

孫保財打算先把包裹放家裡，找劉氏問清楚。結果一到家，眼看大門開著，知道一定是劉氏在。

他走到院子裡喊道：「娘，我回來了。」

劉氏聽到三兒子的聲音，出來一看真是兒子，提著的心可算是放下了。眼看著成親的日子沒幾天了，結果遲遲不見兒子身影，就擔心他出什麼事。「回來就好、回來就好。」

孫保財笑道：「娘，我不在的這段時間，是不是又有事了？我一回來，村人就對我指指點點的。」

劉氏聽了，把這段期間發生的事說了一遍，看著孫保財道：「我這麼做，你沒意見吧？」

這會兒才想起兒子成親，就來那麼一點人也不太好。

孫保財聽了也只是皺了皺眉頭。對於這些流言蜚語，要是認真計較了，還真不值得。知道他老婆不會在意這些，索性也就放開了。

對於劉氏的顧慮，他不在意地道：「沒事，成親那天我在東石縣的朋友也會來不少，娘放心，人不會少的。」

對於紅棗村村民加諸在他和錢七身上的流言蜚語，他起初也想不通，後來乾脆就不在意了，愛怎麼說怎麼說吧，只要不當著他們的面說三道四，他也懶得理會。

想罷，他拿出一兩銀子遞給劉氏，笑道：「娘，這錢您拿著，多買些肉和菜，席面置辦得好些。」看劉氏要拒絕，忙道：「娘，兒子這次去賺了些別的錢，兒子手裡現在不缺錢，這錢就安心拿著。」

劉氏看推脫不過，也就收下了。看三娃子這要成親，開始收心，知道賺錢養家，心裡感動，特別高興。

母子兩人又聊了會兒，商定好成親那日的細節，劉氏才高興地進去。

成親的前一天晚上，錢七都準備睡覺了，沒想到王氏來了。

她開門讓王氏進來，笑道：「娘，這麼晚了您還沒睡啊。」白天還特意叮囑她，讓她晚上早些睡的，這會兒來也不知有何事？

王氏看著只穿著裡衣的女兒，知道這是準備睡覺。「我是來跟妳說說成親的事。」說完逕自坐到女兒的床邊，示意她也過來坐。

錢七納悶地過去坐下。不是都商量完了嗎，還有什麼沒說嗎？

王氏看著閨女白嫩的臉，還有納悶的表情，突然不知如何開口？

這事當年她娘就跟她說了那麼兩句，她根本不懂，結果洞房時可是受了大罪，只想把這事說得詳細些，希望閨女能懂，到時好少受些罪。

想到這裡，她對著閨女說道：「那個……閨女，這成親當日洞房時，男人會有個東西進去，會有些疼，妳忍忍啊。」

話落，看閨女還是一臉迷茫的表情，不禁眉頭一皺。這樣可不行，索性放開把自己的經驗一股腦兒都說給她聽。

錢七起初聽王氏說得有點懵，一時愣住，不過一會兒也反應過來了。娘應該是在傳授她房中術吧？等聽到王氏開始詳細說了，差點沒笑出來，又不能跟娘說，她這方面經驗還是挺豐富的，只得強忍著聽完，把王氏送走。

她笑了會兒，想著明天還要早起，趕緊去睡。結婚這事不管在古今，都是個受罪的事。

翌日，天還沒亮，錢七就被王氏給叫起來，然後小何氏在她臉上一陣塗抹，看著那一層層的粉往臉上拍，她只能絕望地閉上眼睛。不用想都知道，以她們的審美觀會把她化成什麼樣。

過了會兒，就聽到小何氏高興地道：「好了，七妹長得就是好看，這一化妝啊，更好看了。」

這粉真白，還有股淡淡的花香，一看就知道婆婆買的是好的，哪像她成親那會兒，搽的粉都有些發黃，更別提香味了。

錢七聽到小何氏的話，睜開眼，笑著道謝——天，她都能看到臉上的粉在往下掉！

抬手想摸下臉上的粉有多厚，小何氏看到她的舉動，連忙出聲道：「七妹可別用手碰，會留下痕跡的，到時該不平整了，還得重新補粉。」

錢七聽了，連忙把手放下，只能衝著小何氏勉強笑了笑，表示知道了。

小何氏看天亮了，對著她笑道：「七妹，妳把嫁衣換了，我先去找娘。」走到門口又回頭叮囑道：「儘量別笑啊，要不粉該掉了。」

這都什麼啊，感覺臉上被塗了厚厚一層漆。

可想歸想，還是拿出紅色嫁衣開始穿起來。穿戴好，她坐在床上，把紅蓋頭往頭上一蓋，現在就等著孫保財來迎親了。

因著無聊，開始想著前世她和孫保財之間發生的一切。

從他們相識、相知、相愛，最後鬧到要離婚，發生的一切就像快轉似地在腦子裡播放一遍，看著曾經的自己，不禁開始反省在婚姻中做得不對之處。

這一想，自己還真有很多做錯的地方，比如夫妻之間為什麼要那麼計較？很多事其實只要互相體諒，也就過去了，現在想來真是沒必要，也有些看不懂當初的自己。

以前她從沒有想過自己會有錯，如果不是要再次嫁給孫保財，想來是不會反省自己在這場婚姻中的行為。

想到這裡，她不由嘆了口氣。既然選擇重新開始，那就把曾經的彼此放開吧，他們要重新開始認識對方。

想開以後，她突然對未來的生活充滿嚮往。她和孫保財在古代的夫妻生活？想想就挺有意思。

孫保財也是天沒亮就起來，洗漱之後就把大紅色的新郎服穿上，等劉氏和張氏、小劉氏來了，跟她們核對了下菜色，叮囑道：「菜的量多做些，吃不完嫂子們就帶回去，留著明天吃也不會壞。」

這話張氏和小劉氏聽了，頓時眉開眼笑。這敢情好，能吃好幾天的肉了。

劉氏看兒子出去了，又看著兩個兒媳婦的表情，知道她們是怎麼想的。這幾天在院子裡說這說那的，當她沒聽見啊！話裡話外的意思，不就是說她偏心嗎？竟然給老三準備這麼好的席面。

這會兒看著她們的樣子，劉氏忍不住說道：「我知道妳們的心思，都以為這席面是我出的錢。我今天告訴妳們，這錢啊，都是老三自己賺的。我說這話妳們也別不信，我手裡有多少銀子，其實妳們心裡門兒清，我老婆子這把年紀了，什麼時候跟妳們說謊？」說完也不理會兩個愣住的媳婦，逕自開始切菜。

張氏和小劉氏互相看了看，心底無比震撼。

其他不說，婆婆確實不會跟她們說假話，這點她們還是瞭解的。

那這席面的錢，就是老三去押鏢賺的了？想到這裡，兩人心裡還是酸溜溜的。

孫保財到門口等朋友，一會兒，他雇的花轎和伴奏也會跟著來。

這些都是他拜託何二幫他找的。劉氏聽說他還雇了花轎，把他說了好一頓，說村裡成親哪有雇轎子的，都是弄輛牛車就把人給接來了。

可他也只是笑笑。他想儘量給老婆好的，就算現在的能力達不到，也要給她一場符合她想像的古代婚禮。

等何二帶著人來了，卻沒想到他還帶來一匹馬。

何二笑道：「這匹馬是我向蔡鏢頭借的。怎麼樣？你騎上試試。」

一得知孫保財要騎著驢子去接親，他當即就在心裡合計給他借匹馬。他們兄弟就算家境不好，也不會騎一頭驢接親啊。

孫保財笑著拍了拍何二的肩膀，高興道：「謝了！」

何二這舉動確實合他心意，他起初也想騎馬迎娶錢七，奈何這十里八鄉的就沒有馬。農村迎親基本都是用牛車，要是去東石縣雇輛馬車，還有些不值得，最後就定了騎驢迎親。

讓孫寶金兄弟招待朋友，他才欣喜地跨上馬，對著眾人笑道：「走，咱們接親去。」

喜慶的樂聲響起，孫保財在前面騎馬，後面跟著轎子和伴奏的鼓樂手，一路吹吹打打，在紅棗村繞了一圈才往錢家去。

這架勢可把紅棗村的人給驚動了，大家出來一看，是孫保財騎在馬上去接親，有花轎，還有迎親的鼓樂手——這一下可轟動了，這架勢都是城裡人娶親才會用的，他這架勢、弄這麼大，這得花多少錢？

有人說三娃子不會過日子，在城裡混就學會虛頭巴腦那套了，這哪是會過日子的人？但很多人看了，還是會忍不住羨慕。哪個女人成親時不想坐花轎？同時又對錢七生起了一股嫉妒之情。為何那樣名聲的女人能得到這番待遇？

而錢家聽到喜慶的鼓樂聲，忍不住猜測這是孫家請來的。紅棗村已經好久沒有這陣仗，王氏聽了，高興道：「算這小子有心，沒委屈我閨女。」

於是到錢七跟前說了一通孫保財的好話，弄得錢七好笑。昨天還說那孫保財配不上她呢！這才過了一夜就變了，開始說好話。

等花轎來了，錢家人看這陣仗更滿意，知道這是女婿給女兒做臉呢。

孫保財拜見岳父、岳母後，見到蒙著蓋頭的錢七，笑著小聲道了句。「媳婦，我接妳回家了。」

錢七聽了，在蓋頭底下笑了，弄得臉上又開始掉粉，這才連忙收斂笑意。

孫保財可不知道蓋頭下的狀況，隨後又跟岳父、岳母拜別一番，錢七才由錢五揹上花轎，一路又是一番吹吹打打，圍繞紅棗村走了一圈才回家。

到家門口時，鞭炮響起，孫保財下馬走到花轎前，牽著錢七的手出來，按照這裡的規矩拜堂行禮。

聽到送入洞房時，錢七在蓋頭底下的眼含著笑意。

真沒想到她能經歷這番古典的婚禮。她和孫保財第一次結婚，舉行的是西式婚禮，那時還有些遺憾沒能舉行中式婚禮呢，誰想那時的遺憾，現在竟然補回來了。

孫保財把錢七扶回房間，讓她坐到床上，笑道：「老婆，這裡的規矩要晚上吃完酒席才能掀蓋頭，等會兒我出去給妳弄點吃的，妳要是餓了先吃些。」

錢七輕聲道：「你一會兒出去先給我弄盆清水，我想洗臉，剛剛被塗了一層粉。」

孫保財笑道：「好，老婆稍等，為夫馬上就回。」說完起身出去，快速打了盆清水回來，讓錢七先洗臉，又去廚房端了幾樣菜。

弄好了這些他才對錢七道：「我先出去了，縣城裡來了好多朋友，我得去招待下。」

剛剛他看了大哥、二哥木訥得根本不知說什麼，所以還得自己出去招待。

錢七這會兒剛把臉洗乾淨，聽到孫保財的話，點頭應道：「嗯，你出去招待他們吧，少喝點酒。」

孫保財點頭表示明白了，這才轉身出去。

孫家一共就開了四桌酒席，村裡的人一共來了兩桌人。

他先去了村長這桌。孫老爹以主人身分陪坐，這桌坐的都是紅棗村有輩分的人，還有平日跟他們家比較親厚的長輩。唯一年輕點的就是村長的兒子田來福。聽說他將來要接替村長的位置，所以現在田村長在為田來福鋪路，處處提點。

田村長喝了孫保財敬的酒，笑著叮囑了兩句，看了孫保財的朋友，雖然不知這些人都是幹什麼的，但是言談、氣度上都帶著些市井匪氣，也帶著一番豪情義氣。

看三娃子給其他人敬酒，他笑著對孫老爹道：「老弟啊，你這三兒子不一般啊！」

看錢根生不明就裡的樣子，搖頭笑了笑，心裡感嘆，真是錯看孫家的三娃子了。

田來福看爹這麼說話，若有所思地看了孫保財一眼，見他此時正和朋友談笑喝酒，似乎有些明白自己爹為何這樣說。

試問一個真如村人傳言那樣，整日胡混、不學無術的小混混能結交這麼些朋友嗎？而且他來得早，看到這些人送了好些東西，他幫著整理，可不像村人送的幾個雞蛋之類的，最少的也得值幾百文。這說明什麼？這些人在東石縣混得應該都不錯。

這場酒席吃了一個半時辰，孫保財陸續把眾人送走。

看自家娘和嫂子們正在收拾，他走過去笑道：「娘，您和嫂子把菜都帶回去吧，我這兒就我們倆，也吃不了多少，那兒還有食材，明天我們再做。」

劉氏看了看，剩菜確實太多，沒做的還有不少，點頭同意道：「行，這些菜我都拿回去，給你姪子、姪女打打牙祭。這幾個孩子長到這麼大，吃的肉都有得數。」

這話一出，本還歡喜著準備裝菜的張氏和小劉氏，頓時一陣心酸。

孫保財對此頗有感受。他長到十四歲，開始去東石縣謀出路後才吃肉吃得多，之前六年吃過的肉，真的能數過來。

何二他們都是無肉不歡之人，每次一起吃飯，都會點一桌肉菜，後來他才知道原因。他們這些人都是從小餓過來的，所以養成了不管和誰吃飯，總要多點些肉菜，好讓兄弟們解解饞。

張氏拿著劉氏分給他們這一房的菜回去，放在廚房裡。每樣一會兒要熱透了，要不該壞了。

祥子帶著福子來到廚房，看到有那麼多菜，衝著張氏笑道：「娘，今天三叔成親有好多肉菜啊，要是三叔多成幾次親就好了！」那樣就總能吃到肉了。

張氏聽了兒子的童言，笑道：「渾說什麼呢？這話可不能亂說，要是讓你三叔聽了，看怎麼收拾你。」

祥子聽後，嘻嘻笑道：「娘，我開玩笑的，我希望三叔好。三叔以前總給我和福子還有大丫大肉包吃，我們都喜歡三叔。」

說完忽然意識到自己說了不該說的話，趕緊拉著福子跑了。跑出廚房，還回頭看著張氏道：「娘，您可別說出去，這是我們和三叔的秘密。」

張氏看著兒子跑遠了，眼淚流了下來。

她沒想到以前看不順眼的小叔，竟然背著他們對孩子這麼好。

# 第七章

孫保財把家人都送走之後，才關了院門回房。

進門一看，錢七還蒙著蓋頭坐在床上，笑道：「怎麼沒有先吃呢？這都什麼時候了，不餓嗎？」桌上的菜根本沒動過。

錢七聞言，在蓋頭下笑了。「特地等你掀蓋頭呢，要是少了這一步，這婚禮就失了不少韻味。」一會兒還要喝交杯酒，這樣才算禮全。

孫保財只是寵溺地笑了笑。剛剛不知是誰掀了蓋頭洗臉的。

他走過去拿起喜秤，挑起蓋頭，入眼的彷彿是學生時代的錢寶寶，比曾經熟悉的面孔稚嫩不少，少了幾分成熟的韻味，多了幾分清純。

看著她，他開心笑道：「老婆，真高興又和妳結婚。」

兩人兜兜轉轉一大圈，又回到婚姻的起點，真好。

不覺唸出：「死生契闊，與子成說。執子之手，與子偕老。」

錢七抬起頭，深情地看著孫保財，接道：「於嗟闊兮，不我活兮。於嗟洵兮，不我信兮。老公，真高興又和你結婚。」

他們共譜了一曲來生緣，此生定當珍惜。

錢七看著他現在的身材，想起兩人婚後，孫保財為了工作，應酬也多，後來有了啤酒肚，身材更是開始發福。想到這裡，她笑道：「還是你年輕時候帥。」

說起來，兩人的身體、相貌竟然都跟他們在現代時長得一樣，這不由讓他們猜測兩人能來到這裡，是不是有必然的聯繫？

孫保財牽著錢七的手來到桌前坐下，笑道：「放心，這輩子哥一定保持好身材，我現在每天都做一百個仰臥起坐。」

想想前世工作後的生活，本意是想讓老婆能過上優越的生活，誰想後來卻偏離了初衷，弄到最後要離婚的地步。

錢七只是笑了笑，這回沒打擊他。真不想說以前剛認識那會兒，他也總是跑步鍛鍊呢，後來也去健身房鍛鍊，結果身材還不是照樣走樣。

兩人喝了交杯酒後，邊聊邊吃飯。反正他們也沒有洞房的事，現在天還沒黑呢，吃過飯再去參觀下他們的新家。

說實話，她沒想到酒席這麼快就散了，還以為要跟電視上演的一樣鬧到很晚，還要鬧洞房什麼的。

孫保財笑道：「咱們有點不一樣，要是別人，可能還真能鬧那麼晚吧！因著咱們的流言蜚語，娘本身就沒請什麼人，請的都是些紅棗村有輩分之人。我在紅棗村也沒什麼朋友，年輕的自然就沒幾個人了，怎麼鬧啊？」

而且就那幾個紅棗村的年輕人，都是跟著長輩來的，彼此又不熟，自然不可能起鬨鬧洞房。何況自從他的名聲傳出來之後，紅棗村的年輕人都疏遠他了。

「我那些朋友都要回縣城，肯定不能太晚，所以自然沒有鬧洞房。」
錢七想想也是，反正她也不期待鬧洞房。
剛剛孫保財跟她提了，今年先修院牆，明年再蓋房，她想了下道：「明年你打算蓋幾間房啊？」
孫保財給老婆布了她愛吃的菜。「蓋三間正房吧。中間是堂屋，左右兩邊是臥室，我以後想把孫老爹和劉氏接過來一起住，妳看行不行？」
將來有孩子了可以再蓋，反正這老宅最大的好處就是院子大。
錢七聽了，道了句。「應該的。」
她理解孫保財的意思。他們在這裡的父母相較於在現代的父母，對他們更多了一層愧疚。不管她和孫保財是不是跟這裡有關聯，但他們占用他們兒女的身體是事實。雖然當時他們來的時候，原主的身體已經沒了呼吸，因他們來了才重新活過來，但不管怎樣，這份愧疚應該會伴隨他們一生吧？
吃過飯，兩人收拾好碗筷，到院子裡散步，順便看看他們的資產。
前院種了兩棵紅棗樹，樹上的棗子已經變紅，過段時間就可以摘下來晾乾。
在錢家時，這活計就是她的，因為王氏覺得這活兒最輕鬆，適合她。
錢七看了眼院牆，確實該修了，破爛不說還很矮，這高度就連個半大孩子都能跳進來，太不安全了。
她眯起眼看著西邊的鄰居家，這時竟然有個男子慌慌張張地跑出來，後邊跟著個十歲左右的男孩，手裡還拿著一把砍柴刀。

這是什麼節奏？她拽了下孫保財，示意他看。

等男子跑遠了，才有個女人出來把男孩拽回去。雖然沒看清女人的相貌，但看身材倒是挺好的。

錢七收回目光問道：「咱們的鄰居怎麼回事？」

孫保財皺著眉頭。這麼小就能拿刀把成年男子嚇跑，有這樣的鄰居，他還真要快些把院牆修好。

他解釋道：「咱們西院鄰居是林寡婦家，那個拿刀的男孩是她的兒子羅斌，母子倆相依為命。不過自古寡婦門前是非多，以前就聽說過總有男子往她家鑽。」

錢七恍然。原來是林寡婦家啊！這人她聽過，據說長得好看，嗯……有些不檢點。她對這些流言本身就不感興趣，所以聽過就算了，也不會多想。

既然是林寡婦家，那剛剛的事就好理解了，應該是那個男子招惹他母親了，那孩子才拿刀的。看他那架勢像是要拚命，所以才能把那個成年男子嚇跑吧？嗯，她家的小鄰居好像有點凶啊，不過她還滿欣賞的，最少這孩子知道保護母親。

插曲過了，兩人又往後院走去。後院只有一小塊空地，有一口水井，然後就是一大片菜園子。

錢七看著菜園子裡的菜，有一大半種了白菜。這是孫家預備做冬菜的吧？這會兒分家分給他們了。想著他們也吃不了這麼多，等收好後，她給婆婆劉氏送去，到時她願意給誰就給誰，他們不干涉。

孫保財看著這一片菜地，以前都是他娘在打理，以後就得他們自己弄了。「我讓人幫著弄了好些種子，明年咱們每樣種一點，到時吃得也豐富些。」

錢七贊同。紅棗村家家戶戶種菜的種類都單一，以前她跟王氏提出多種幾樣菜，結果挨了一頓批，大概就是說她不會過日子。後來她就不說了，因為她發現以她的口才，根本說不通一個固執認死理的人。

菜園子後面有個門，出去就是他們家的三畝田地。田地的最北面是崖壁，他們家的地是最東面的；往東有片荒地，因碎石頭太多，所以沒有人開荒，荒地再往東就是官道了。

至於西面也是片田地，按照這裡當初的分地規矩，誰家房子後面的地就是誰家的，挨著他家地的應該是林寡婦家的地。

地裡種的是小麥，再過十來天就該收割了。

錢七看著已經成熟的小麥，挑了下眉頭。嗯，她喜歡吃米，不單單是她，孫保財也喜歡吃米飯，於是開口道：「老公，咱家這旱田能改成水田嗎？」

她知道改是能改，就是造價太高，改造的錢能趕上半畝旱地的錢了，所以這裡的人根本不會做這種事，畢竟旱田收成還多些。

她之所以這麼問，是因他倆的勞動力，估計也就能種好這三畝地加一個菜園子，再多了，孫保財肯定會佃出去收租金。

孫保財想了下說道：「我覺得可以考慮。等修好院牆和房子，看手上還剩多少銀子，如果夠，咱就改成水田。」

小麥他們都不愛吃，費勁種了還得賣了再買米吃，還不如改了水田省事。

兩人又商量了會兒，看看天色有些黑了才回屋。

翌日一早，錢七在孫保財懷中醒來，看了眼外面，天剛矇矇亮。

閉上眼本想再睡會兒，過了會兒還是認命起床。

以前的生活是晚睡晚起，到這裡之後的習慣是早睡早起，早上醒了也睡不著，畢竟晚上睡得早，睡眠太充足了。

穿好衣服後，她看孫保財還在睡，逕自去後院井邊洗漱，又到廚房看看還有好些肉和蔬菜。蔬菜倒是還能放兩天，現在天熱，肉要是放下去就壞了。

想了下，只得動手把肉切成片，用食鹽醃了。

這是跟王氏學的，能放上好些天不會變味。要是想再放久一些，就拿到外面晾曬風乾做成肉乾。但這是最簡單的方法，這樣做成的肉乾，只能達到久放的目的，至於味道呢？鹹。

但就這樣最簡單的肉乾也不是誰家都會做，一是肉貴，誰家也不會多買，二是鹽也貴。所以這種方法，都是那種家裡要辦喜事的人家，肉買多了沒吃了才會用，就像錢家這幾年每年都娶個新媳婦，自然這法子用得多了些。

她把肉醃好，給灶上生了火，把昨天兩人吃剩的菜熱上，又拿過韭菜摘了、清洗乾淨，一會兒再做個韭菜炒雞蛋。

孫保財醒了，看老婆沒在身邊，起身穿好衣服，走到廚房，看老婆在做飯，他笑道：

「怎麼起這麼早？咱家就咱倆，晚起也沒人說。」

錢七無奈，苦笑道：「習慣了，醒了就睡不著。」看孫保財還未洗臉，催促道：「你去洗臉吧，我把飯端過去。」

孫保財笑著應了，轉身出去到井邊洗漱。

兩人吃過早飯，一起收拾，孫保財看著錢七說道：「我要去趟縣城，找修院牆的泥瓦工，再去趟衙門把妳的戶籍挪過來，妳去不去？」

馬上快農忙了，村裡是找不到人願意這時候接這個活兒的。這時想修院牆，只能去東石縣城找專門幹這行的泥瓦工。

至於錢七的戶籍過到他名下，只要拿著他倆的婚書就能辦了。

錢七搖頭笑道：「我不去，你去吧。去縣衙時順便問問咱家東面荒地的事，要是便宜，咱買一畝做曬場吧，反正你找人修院牆，把一畝荒地修平整了也花不了多少錢。」

這是她早上做飯時想到的。紅棗村的田地大部分都在村南，所以曬場也在那邊。他們家離村裡的曬場遠不說，還有家裡就兩個人，倒不如買一畝荒地，弄平整了做曬場。

孫保財聽了覺得有道理，那片荒地因為地下碎石頭多，不能種田，用來做曬場還是挺適合的。

他想了下，道：「那我一會兒先去村長家問問，要是便宜的話，讓他跟我跑一趟衙門，直接買了吧。」

反正要去趟衙門，一次辦了還省事。至於錢，現在還算寬裕，等修完院牆、收完地，他就出去琢磨賺錢。

他看著錢七問道：「妳說那些荒地，種點啥收成能好？」

錢七想了下，表示不知道，對著老公笑道：「要不你以後去書肆看看，有沒有關於種植類的書籍，買一本回來，到時候咱們研究研究。」

當然這話也就說說。這裡的書很貴，像種植類的屬於冷門書吧，應該不太好找。不過要是以後有機會，真的可以弄一本看看，她對研究農業還是挺感興趣的，畢竟在這裡總不能真的做個村婦吧，那樣好像對不起受了那麼多年教育的自己。

沒成親前不自由，還能勉強找些藉口，以後要是還過那樣的生活，她自己這關就過不去。

有了這想法後，覺得她家的旱地還真是不能都改成水田了。

「你說咱要不只改一畝水田吧，剩下的兩畝旱地，大不了不種小麥，種些玉米和紅薯等物怎麼樣？」

孫保財聽了倒是上心了。只要用心，他真不信以他們的認知，研究不出來怎麼種地。聽老婆說改一畝旱地做水田，當即同意，這樣能省錢不說，旱地能種的農作物種類多，這樣剩下的錢倒是可以考慮多買兩畝荒地了。而且水田裡好像能養魚吧？他在現代時聽說過，就是沒當回事。

既然有了這樣的想法，那就多試驗幾次，總能弄明白的。

這般決定後跟錢七說了聲，回屋拿出銀子揣好，他對錢七叮囑道：「那我走了，妳把門閂好，我趕在晚飯前回來。」

錢七表示知道，送他出了院門，直到看不見他的身影才把門閂插上。

孫保財直接去了村長家。「田村長在家嗎？」

田村長聽到聲音，從屋子裡出來，一看是孫家的三娃子，雖然有些納悶，還是請他到院中的石凳坐。「是三娃子啊，坐吧。」說完也走過去坐下，等著孫三娃說明來意。這小子昨天剛成親，今天來找他也不知何意？

孫保財坐下，道出了來意。「村長，我想問問我家東邊的那塊荒地多少錢一畝，我想買一畝做曬場。」

田村長聽了倒是詫異，沒想到他想買荒地。

那裡的荒地不適合種莊稼，碎石頭太多，就算費大力氣修整出來，也出不了多少糧食，所以那塊地從沒有人想過開荒。衙門都有記錄具體情況，也出過一些政策鼓勵開荒，可惜大家都會算這筆帳，自然不把衙門的鼓勵政策當回事。

他想了下道：「你家東邊的荒地一共有五畝地，單買是一兩半銀子一畝，三年後開始徵收糧食稅，比正常的田地減半，六年後正常徵收。」

就算這樣，大家也不願意開荒。那裡的地修整出來就費功夫，養幾年地也沒啥收成，到時再收糧稅的話，那這一年就白辛苦了。

「要是五畝荒地全買的話，衙門有鼓勵政策，也是每畝一兩半銀子，只不過全買的話，衙門會登記備註，並且可以改成園地，以後免徵糧稅。」

孫保財忍不住笑了。衙門也太會玩了，把本是農業耕地的荒地改成園地，是不用交稅，但是在農村，誰家弄那麼大的菜園子啊！

他對大景朝的土地用途和商業都研究過，園地的劃分在大景朝還是比較嚴格的，規定每家種菜的園地不能超出一畝；如果超過一畝，必須由衙門發放園地地契，才能算作園地。當然變更有地契的園地是要交錢的，有園地地契後就可以買賣。

園地只要有衙門發的園地地契，那麼這園地，你是弄成菜園子、果園、茶園等，那就隨你了。

他皺著眉頭想了會兒，決定還是回家問問老婆意見，畢竟七兩半銀子呢，這些錢再添點能買兩畝旱地了。

想罷，孫保財對村長笑道：「叔，你等我會兒，我先回家商量下，一會兒就回來。你今兒個有空跟我進城嗎？不管商量結果如何，肯定是要買一畝荒地的。」

田村長聞言笑道：「有空，你回去商量吧，我在家等你。」

孫保財便跟村長告辭。

他看著孫保財的背影，沒忍住笑了。看來這小子對錢家的七丫頭挺重視啊……

# 第八章

錢七在院子裡晾肉乾，聽到敲門聲，上前仔細一聽，竟是孫保財的聲音，心裡納悶。他剛走一刻鐘，怎麼就回來了？

「怎麼了？忘記帶什麼了嗎？」

孫保財搖頭道：「沒有。我剛剛不是去村長家問地的事嗎？他跟我說了那片荒地的情況，所以回來跟妳商量下。」接著把村長跟他說的情況敘述一遍。

錢七聽完，也知道為何孫保財回來找她商量。這就是塊雞肋，食之無肉，棄之不捨。

昨晚兩人算了家裡的錢，家裡有十兩銀子外加五百個銅板。孫保財說在外面還有二兩左右，要是買五畝荒地，一下就去了七兩半銀子。

想了會兒，她抬頭看著孫保財道：「你既然來問我，是不是你有意買，沒法下最後決定，讓我幫你？」

孫保財這人要是不想買，會直接作決定，這會兒既然回來問她了，說明他有八成想買的意願，只不過出於尊重來詢問她。

孫保財聽了，呵呵笑道：「還是老婆瞭解我。我想著，這地始終是挨著咱家的，不管怎樣，買了就算將來用不上，咱就搭個七兩半銀子，但是地還不是咱們的嗎？最主要是衙門主動改成園地，這是不收費用的，以後也不用繳納田稅，就放著唄。」末了還開玩笑道：「不管怎樣，這也是塊不動產，留著以後咱倆研究種瓜果用也行啊！」

錢七白了他一眼。拿那塊荒地研究，就他倆這水平？不過這地老公想買，她當然不會擋著。「想買就買吧，買了地，修院牆的錢還夠嗎？」

她對這裡的物價不太瞭解，不知剩下的錢夠不夠？

孫保財笑道：「修院牆連工帶料，我估計也就二兩銀子便能下來。那我去找村長了，儘量今天把這事弄完。」

一兩銀子等於一千文錢，雇一個人的人工費，一天也就二十文，他主要是想找包工包料的，這樣可能會多花些，但是也省了不少事。

錢七點頭，叮囑道：「那你快去吧，早去早回。」

孫保財趕到村長家，跟村長表示要買五畝荒地。

田村長聽了心頭一跳。好傢伙，兩娃子商量的結果竟然是都買，花那麼多銀子，買那塊種不出啥東西的荒地。他不由看著孫保財道：「三娃子，這事你要不要問問你爹娘的意見？」忍不住出聲提點了下。

孫保財聞言笑了。「不用，我們都分家了，我家我作主。叔跟我去趟東石縣城吧，今天就把這事辦完。」

這事要是讓他爹娘知道了，準要反對，所以今天必須把這事辦了，要不然等他娘知道後，估計還得費一番周折。

田村長不由笑了。他作主？剛剛是誰要回家商量的？

但看孫保財執意要買，也就不勸阻。這事說白了還是對他有好處的，只不過同村之人，他會提點下。

想罷，他對孫三娃笑道：「那你等會兒，我回屋拿點東西。」回屋跟家人交代了聲才出去。

兩人到官道攔了輛牛車，去了東石縣城。到東石縣城時已經中午，這會兒衙門午休時間也不辦公，索性先去找何二。

這般想著，對著田村長說了打算。

田村長自然不會反對，兩人來到餛飩攤子，看何二忙著，跟他打了聲招呼，要了兩碗餛飩和兩碟小拌菜。

何二把餛飩和菜端上來後，坐下納悶地看著孫保財。「你小子昨天剛成親，今天就往外跑。」

有啥事不能等兩天辦，要是他，絕對要守著媳婦幾天。

孫保財白了何二一眼，道：「你不是去我家看了嗎？你看我家那院牆，你說我以後往外跑能放心嗎？所以想找幾個泥瓦工，把我家院牆重新砌高些。」

又跟何二介紹了田村長，並且說了下午去縣衙辦買地手續的事。話落，看著何二道：「我來找你想問問，有沒有熟悉的泥瓦工，我想把砌院牆的活兒包出去。」

之所以來找他，是知道他人面廣，什麼樣的人都認識些，而且何二介紹的人可信。

何二笑道：「有，我去讓人把他叫過來，到時你們聊。你們先吃吧，我去幫我娘忙會兒，下午我跟你去縣衙。我找找人，最起碼你們不用等著。」

衙門這幫人，辦事不給點好處，都是拖拖拉拉的，他去打個招呼能快些。

孫保財聽了笑道：「那敢情好。謝了，你去忙吧。」

田村長坐在旁邊聽了兩人的對話，得知孫保財要修院牆，心裡挺驚訝的。這院牆要是修下來加上買地錢，還不得小十兩銀子啊，就是整個孫家都不可能有，村人的習慣是手裡有餘錢夠買地的，都會買田地。

不說別人家，就是他家也不會留這麼些銀子。那這些銀子，都是三娃子自己賺的了……這般想著，倒是對孫保財徹底改觀。這小子在外面混得挺明白，心裡越發感慨這謠言真是一點都不可信。

另一頭，老杜聽何二找他，知道應該是有活兒介紹給他了，飯都沒吃直接來到餛飩攤找何二。

何二看人來了，笑著過去。「杜叔，我朋友家想砌院牆，想把活兒包出去，我帶你過去，你倆聊聊吧。」

老杜應了聲。「行，二小子，要不是你時不時介紹些活兒，叔家的日子可就難了。」

何二笑笑沒說話，把老杜帶到孫保財面前，介紹道：「我家鄰居杜叔，他幹泥瓦匠都二十多年了，經驗多、活兒好。」說完對老杜笑道：「杜叔，這是我兄弟孫保財，你倆聊吧，我等會兒過來。」說完順手把旁邊桌上的碗收了，放到大盆裡開始洗碗。

這會兒過了中午，也沒什麼人來吃飯了。

董氏看沒啥人來了，也過來跟兒子一起洗碗。她兒子長得好又孝順，就是這名聲拖累了姻緣……

剛剛看鄰居老杜來了，她又忍不住說道：「兒啊，那杜家的閨女，你說你怎麼就沒相中呢？那丫頭模樣也挺好的，雖然幹活不行，但不是有娘嗎？」

何二看董氏又開始說這事，只能無奈道：「娘，杜家的丫頭長得太好了，我不喜歡，我的親事不急。」

說完低下頭，忍不住冷笑。杜家那丫頭心大著呢，人家可看不上他，人家想當官太太呢。這市井之事，啥事他不知道？那丫頭看上了個窮酸秀才，不時就去跟人家獻殷勤，這樣的女人能要？要了他可就真的成了笑話。

董氏聽了兒子的話，真的沒話說了。這還有嫌棄人家好看的？

孫保財請老杜坐下，向他說了要修的院牆長寬還有高度，以及把一畝荒地弄平整了做曬場，一併讓老杜出個全包的價格。最後兩人經過一番商談，價格定在二兩二錢。

孫保財付了兩百文訂金，約定明天去他家看，要是這活兒做不了，老杜把訂錢退給他就是；能做的話，就直接測量算料錢，他會先給一兩銀子，剩下的完工再給。

下午，三人來到縣衙，何二上前道明來意，直言找王捕頭。站班的衙役認識何二，直接就放行了，何二便帶著兩人去找王捕頭。

像他們這樣的人，跟衙門的捕快、捕頭必須混熟，才能在市井混得開。跟王捕頭認識，還是他師父柳慶魁牽的頭，打的交道多了，自然就熟悉。

孫保財倒是沒多想，只是跟在何二後面。何二認識王捕頭他知道，他跟好幾個捕快也熟悉，跟王捕頭也見過幾次，只不過他覺得能走正常管道，就不願意去走人情。欠別人的人情不用還嗎？之所以沒駁了何二的好意，是把他當好友，才會這麼不客氣，他相信何二待他也如此。

田村長壓下心底的驚訝。沒想到三娃子的朋友竟然認識衙門的捕頭，真看不出剛剛還在餛飩攤洗碗的人，竟然能有這麼大的能耐。

暗暗打量這小夥子，長得清秀斯文，真看不出是混市井之人。能幫著母親洗碗、煮餛飩，一定是個至孝之人，這般想著，對這個何二是越看越順眼。

何二見到王捕頭說明來意，王捕頭看孫保財也是熟人，這事自然好辦，爽朗笑道：「大家都是熟人，這點事還不好辦？你們跟我來吧。」

孫保財趕緊謝了王捕頭，知道一頓飯是跑不了了，也明白何二是給他和王捕頭搭橋。在東石縣裡，跟這樣的人越熟悉越好。

王捕頭把他們領了管理田地的戶房管事面前，說明來意。「曾管事，我朋友想買紅棗村閒置多年的荒地，你幫著辦一下吧。」說完這話，說了聲還有事，就不陪他們在這兒等了。

何二和孫保財笑著謝過，並把王捕頭送出門。

曾閔聽了王捕頭的話，看向何二，哪裡不明白這是什麼朋友，笑道：「既然是王捕頭帶來的，這事好辦，過來具體說說是哪塊地吧！」

聽完了，回身查了檔案，看是朝廷下發過鼓勵政令的荒地，合算了最低價格後，他看著孫保財道：「這五畝荒地可以改成園地，我給你按最低價格算，一共是六兩銀子。」說完笑咪咪地看著孫保財。

孫保財聽了，上前遞過去六兩半銀子，笑著道了句。「麻煩曾管事了。」

這點規矩他懂，人家少算你一兩半銀子，你還不得拿出半兩銀子謝謝人家？而且王捕頭說有事迴避，就是這麼個意思。

曾閔看這人上道，笑了。就喜歡和這樣的人打交道，不用多說暗示，人家就明白了。他把銀子收起來，當即就給出園地地契，並且登記在案。

等手續辦好，笑著謝過後，幾人才出來。

出來後，孫保財看了眼地契，挑眉笑了，把地契揣進懷裡。有了這張地契，基本上無論他在這塊地上做什麼都行，除了不能建正規屋子。

因為園地的性質是免徵稅費，朝廷收不來錢，所以對於園地的用途性質一直很寬鬆，是以對園地的審批和發放非常嚴格。當然最主要的是，良田是不允許改成園地的，被允許改成園地的都是些荒地。因著變更園地要繳納一筆費用，所以大家其實更願意開荒種糧。

田村長忍不住在心裡感嘆，這衙門有人就是好辦事啊！以前他要買地辦理地契，還要等個小半天呢，有人的話不用等不說，最主要的是，還少收了這麼多銀子。

雖然知道這錢最終也省不下，但至少結交人了，以後辦事豈不是更方便？當了二十多年的村長，這裡面的道理還是明白的。
孫保財對何二笑道：「你們還得等我一下，我要把我娘子的戶籍挪到我的戶籍裡。」
何二聽了出聲道：「你去辦吧，就在隔壁房，那裡是辦理戶籍的地方，我們就在這兒等你。」
孫保財點點頭，用了一刻鐘把老婆的戶籍辦好，三人一起出了衙門。
他看天色已經下晌，轉頭詢問田村長。「村長有要買的東西嗎？」來趟縣城不容易，一般多少都會帶些東西回去。
田村長聽後笑道：「我是要買些東西，買完我會直接雇車回去，你不用管我，有事你就去忙吧。」
孫保財聽了笑著同意，且又謝了一遍村長才跟他分開。
何二看孫保財忙完，說道：「走，去我家待會兒。你上回跟大蝦說讓他幫著淘換些稀罕的種子，大蝦給你弄來了不少，昨晚送到我那兒了，正好你直接帶回去。」
孫保財笑道：「那敢情好，大蝦回來了，這次跟商行出去時間可夠長的了。」
大蝦也是自己比較好的哥兒們，以前也總在一起，後來他妹妹嫁給富源商行的一個管事，把他弄進去跟著商行車隊。這小子因總跟著商行車隊哪裡都去，見到的東西多，所以他才託大蝦幫著弄點稀罕種子。
何二聞言笑了。「又走了，昨天去我家，說今天起早就得走。」
孫保財也笑了。很多朋友都羨慕大蝦，找了個穩定的工作，而且這種大商行可不是誰都能進去的。他不予置評，整日在路上奔波的日子，有何可羨慕的？風險高不說，吃飯大多在野外湊合，睡都不能睡安穩，得時時提神防備。

兩人一路說著話到了何二家，孫保財看到大蝦帶回來的種子都放在一個大袋子裡，每樣都單獨包了十斤左右的小包，還細心在小包上寫了種子名稱和用途。

說實話，真的有些感動，這小子根本不識字，這些字估計是求人幫著寫的。

他翻了翻，看裡面有十幾個布包，知道他給的那點銀子不可能買這麼多種子，這小子應該是自己搭錢了。

何二看著孫保財的表情，知道他猜到了，笑道：「大蝦說沒來得及回來參加你的婚禮，所以弄了幾袋種子是給你成親的賀禮。」

孫保財失笑地搖搖頭，把布袋繫好。「這小子每次回來都會給咱們帶東西，他現在還沒成家呢，也不知多攢些錢。」

大蝦的情況跟何二差不多，都是小時喪父由寡母帶大，只不過比何二多了個妹妹，他雖沒見過，但是聽說長得好看，要不然也不會被富源商行的管事看中，娶了當續弦。

眼看沒啥事了，他跟何二告辭。「我先走了啊，請王捕頭的事，等我家院牆砌好後，我來縣城找你。這段時間我應該不會進城了，有事你讓人給我傳話吧。」

說完又聊了兩句，他才扛著一大袋子的種子往外走。

他沒有馬上回去，而是去了書肆。「有沒有關於農作物的書籍？最好便宜點的。」

書肆掌櫃聽了，抬頭看了眼，抬手指了指角落裡一堆舊書，出聲道：「那裡的舊書便宜，一百文一本隨便挑，有沒有關於農作物的書籍，我也不清楚。」說完繼續忙著手上的事。

孫保財挑了下眉，看了看那堆舊書，走過去翻看。還行，不算破舊，不過書頁都變了色，應該是放太久了。

他開始一本一本挑選，最後還真被他找出兩本跟農業有關的書，大概翻了下，知道這兩本是難得的好書。一本是《農桑通訣》，主要論述農業發展歷史，以及農、林、牧、副、漁各業的技術和經驗；《百穀譜》則敘述各種農作物及蔬菜、瓜果、竹木等的種植培養方法。

壓下心底的喜悅，他又隨意挑了兩本雜談書籍，才帶著這四本書到掌櫃那裡。「掌櫃的，我要這四本。」

書肆掌櫃隨意看了眼，確認是那堆舊書裡的，道：「一共四百文。」

孫保財把四百文放到櫃檯後，把書放進袋子裡，扛起袋子就走了。

書肆掌櫃看著出去的身影，不禁皺起眉頭。

這人難道識字？剛剛沒細看這人到底買了什麼書……

# 第九章

錢七把肉乾晾曬完，眼看暫時沒什麼事做了，拿了把鋤頭從後門出去。看荒地上到處都是碎石頭，不但碎石多，顯得這片地凹凸不平，雜草也多，心裡暗自嘀咕，怪不得這地沒人願意要，要是收拾出來得費多少功夫。

看著遠處還算茂盛的雜草，覺得既然能長出草，應該也能長出其他農作物。

她拿著鋤頭找了處還算平整的地方開始刨，想看看這地裡的石頭究竟有多深？刨了大概三十公分後，才出現沒有碎石的好土。

這也太深了。她把鋤頭放到地上，找了塊乾淨的石頭坐下休息。

這地要是讓她和孫保財收拾，得何年何月才能收拾出來？

這般想著，忽然感覺有些異樣，抬頭看去，有個十歲左右的男孩正提著個籮筐看她。

兩人互相打量，錢七率先笑道：「你好，我是你的新鄰居，你是不是叫羅斌啊？」

剛剛看這孩子身上衣服眼熟，又想到在這附近的，也就是隔壁的小鄰居了。

這孩子眉眼清秀長得俊，這會兒無害的樣子，真的看不出是昨天那個拿著砍柴刀追人的孩子。

羅斌聞言，驚訝地看著這個坐在石頭上的女人。剛剛他看到有人時還納悶，這裡怎麼會有個女人來呢？

聽了這人說話，知道她是隔壁新娶的媳婦。這女人是同村錢家的女兒，好像叫錢七吧？他有些納悶和好奇地道：「妳怎麼知道是我？怎麼知道我的名字？」

錢七聽了又不能說「昨天看到了你彪悍的一幕，所以知道是你」，只能笑道：「自然是我夫君告訴我的，說我們家有個小鄰居叫羅斌。」

可能是長期吃不好吧，羅斌的身形偏瘦，很難看出跟昨天是同一人。

羅斌聽了，皺眉道：「我不小了。」他已經能保護娘親了，不讓那些壞人欺負娘。

錢七看著這小身板竟然堅定地反駁她，說這話時，眼睛裡流露出沈穩並帶著一些憂傷。這樣的眼神出現在一個孩子身上，莫名有些感傷。於是錢七轉移話題，問道：「你來這裡做什麼呀？」

羅斌回道：「我來採野菜。這裡的野菜還算多，妳也採些吧，不過不能告訴別人，這裡就這麼大，都來採的話，咱們該採不到了。」說完提著籮筐向遠處走去。

他在村裡玩的時候，聽過孫保財的傳聞，知道他就分到了間破房子，和房子後面的三畝地。看那房子比自家的還破舊，估計日子不好過吧，才好心跟錢七說了這裡有野菜。

錢七詫異地看著已經走遠的小身影，不由笑了。是個善良的孩子，不知等這小傢伙知道這塊地以後是她家的了，會是什麼表情？嗯，她很期待。

孫保財出城找了輛去紅棗村方向的牛車，一路晃晃悠悠地到了村裡。回到家，敲門喊了句。「老婆，我回來了。」

這會兒錢七在廚房剛把飯做好，聽到聲音，趕緊出來開門。看他扛著一大袋東西，不由笑道：「買什麼了，這麼一大袋。」

孫保財笑道：「以前託朋友讓他幫我弄的種子。他現在在商行跟著車隊，走的地方多，我讓他幫我留意收集些咱們這兒沒有的種子，這不昨天晚上送到何二家去了，今天我正好拿回來。」

走到屋裡，他先把買的四本書拿出來，高興地看著老婆顯擺道：「瞧瞧這四本書，一共才花四百文，便宜吧？過來看看，妳肯定喜歡。」說完又開始拿袋子裡的種子。

錢七看他這個興奮樣，知道這是占到便宜了，不由失笑。走過去看放在桌上的書籍有些破舊，也明白為何這麼便宜了。

她拿一本翻看，裡面書頁有些泛黃，沒有破損的地方，確實是撿到便宜了。

本想看看這四本書都是哪些方面的，可認真看了會兒，她只能無奈地放下。十個字能認識三個，還是靠矇的，乾脆不看了，等著孫保財一會兒告訴她吧。

孫保財看著桌上的書，笑道：「我買的書怎麼樣？這兩本農業類書籍不錯吧，咱們剛買了地，這兩本書好好研究下，說不上那五畝荒地真能弄出些名堂呢。」

說完看老婆沒回應，還一臉失落地看著自己，不由關心道：「怎麼了，哪裡不舒服嗎？」說完還把手放到錢七的額頭上。沒發燒啊。

錢七搖搖頭。「我沒事，就是你買的那幾本書我看不了。」

孫保財愣了一下，想了想便明白了——這裡的字她不認識。「沒事，我給妳重寫一次不就行了？這書也不厚，寫一遍的話也就兩天吧。」說完又覺得不對，道：「兩天寫不完，估計得四天，我寫毛筆字不行。」

錢七聽了，雙眼一亮。這主意好！她高興地親了下孫保財的臉頰。「真有你的，這主意都能想出來。」

這樣她就能看書，真是太好了。

孫保財寵溺地刮了下老婆的鼻子，笑道：「這有什麼啊？以後我教妳識字不就行了。這裡的字看多了其實沒那麼難，等我說幾遍，妳再看幾遍，估計就能認識大半了。」

兩人又說了會兒話，孫保財也拿來毛筆，研好墨。

這筆墨紙硯是昨天來參加婚禮的一個朋友送的，那傢伙讀過幾年私塾，送人東西總喜歡送筆墨紙硯的。

每拿起一個布包，他就對老婆介紹種子的名稱和用途，然後在上面重寫上字。就這樣，兩人一個教一個學，不知不覺就過了半個時辰。

錢七看時辰不早，天色都開始有些暗了，起身說：「你先把桌上的東西收拾下，我去端飯菜去。」

孫保財也覺得有些餓，點頭應了。等錢七出去後，找了個沒用的箱子把種子依次擺好。明天還得想法子弄個架子，要不這樣放箱子裡，時間長了容易潮濕，畢竟要放一個冬天，明年才能用，要是壞了多可惜。

兩人吃過飯後，孫保財拿出紙張，開始書寫。

他打算先寫《農桑通訣》，然後是《百穀譜》。錢七就在旁邊坐著，等他寫好一張，標記好順序後，拿過來開始看。

翌日，兩人早早起來吃了早飯，今天是三朝回門的日子。

因著昨天孫保財約了老杜來看活，所以今天他們晚些才去錢家。

錢七收拾桌上的碗筷。「我去廚房收拾下，你去看看待會兒帶什麼東西回門吧。」

孫保財應道：「行。昨天我特意叮囑老杜讓他早些來，估計過會兒就能到了，咱把東西準備好，談完活兒就回錢家，應該不會誤事。」

錢七點頭表示知道了，端著東西去了廚房。

等錢七出去後，孫保財來到放東西的隔間，看看過會兒帶什麼回錢家？

他看到兩小罈酒，拿過來放到腳邊，這是送給岳父的；又拿了兩個乾果禮盒，這個給孩子的。但看了一圈沒找到適合給岳母的東西，最後看到角落裡放著的雞蛋，眉頭一挑，送這個實惠。

把挑好的東西拿出去，等會兒讓老婆看看這些行不行？

走到廚房看錢七已經收拾好了。這裡雖然簡陋，但收拾得很乾淨整潔，孫保財笑道：「我選了兩罈酒、兩盒乾果，還有一小籃子雞蛋，妳看行不？」

錢七洗了下手，笑道：「你作主吧，不過注意下，回門禮要帶雙數，要麼少拿個，要麼再添個，你看著辦吧。」

反正她六個嫂子三朝回門時，她娘拿的都是雙數，還說什麼好事要成雙成對，一定要吉利等等，所以這事她雖然不在意，但是娘一定會在意的。

孫保財笑著應了，兩人回屋把禮品又加了件，放到一邊。

孫保財眼看現在無事，反正要等著老杜，索性把筆墨紙張拿出來，再繼續書寫《農桑通訣》。

這本《農桑通訣》真是本農業類的好書，開篇論述了農業發展歷史，這讓她這樣以前不善農務之人對農業的演變有了個概念，而且書中逐步介紹了農、林、牧、副、漁各業的技術和經驗。這個十分難得，這麼好的書，聽孫保財說竟然因時間久遠，被便宜處理了。

看完農業篇，她感嘆道：「老公，這樣實用的好書為何在書肆無人問津呢？真是讓人想不通。」這書多有實用價值啊，要是農民多多研究，多收些糧食肯定沒問題。

面對老婆的疑惑，孫保財笑道：「這有什麼想不通的？這裡的人凡是去讀書，都是朝著科舉去的，夢想著能一朝得中，光耀門楣呢。所以這些人看的，都是些四書五經、史記典故等書，農業類的書，這些一心走仕途的書生怎麼會看呢？」

這種現象是這裡的通病，如果是城裡的學子，對農業類書籍不感興趣，這是正常現象，畢竟他們沒有接觸過種田的事，但偏偏農家子讀書後也不看這類書，就不得不讓人唏噓了。

想到這裡，他感嘆道：「這裡種地的農民有幾個識字的？就算識字又能認識幾個字？所以這書為何會無人問津，也就能理解了。」

而且農民往往都對讀書心懷敬畏，可能大部分的人一生都不會踏進書肆裡吧。

錢七想確實是這個理，一時竟然莫名有些感傷，也不知是為這裡整日勞作的爹娘，還是為了其他？

老杜的大兒子趕著騾車，到了紅棗村村口。問了人、找到孫保財家，把騾車停下後，老杜和兒子們下來，讓大兒子上前敲門。

孫保財聽到敲門聲，放下毛筆。「可能是老杜來了，我去開門，到時帶他看看活兒。」

看錢七只是點點頭，眼睛都未離開紙張，不由笑了。這是看入迷了嗎？出來打開門，一看確實是老杜，後面的幾個大漢應該是他兒子。

「老杜，抱歉今天是我娘子回門日，所以才讓你們一大早就往這兒跑。」

老杜連忙表示無事，跟孫保財介紹了後面的兒子，又寒暄了幾句，才開始跟著孫保財看活兒。

孫保財先帶著幾人，看了要修的院牆。等老杜的兒子們丈量完圍牆的尺寸，又帶著他們去了荒地。

到了地方，孫保財指了指這一片荒地，道：「這裡一共五畝荒地，要弄成曬場的，就是這塊挨著良田最近的。」

地裡的情況聽錢七說了，確實有些難辦。

老杜看這塊地面都是碎石，不由皺眉，問道：「這要鋪平整就可以嗎？還有這地底下多深才有好土呢？」鋪平整也要用好土墊一層才行，要不根本弄不平整。

孫保財聽了，道：「這地底下將近一尺下才是好土，這片地確實不好弄，這活兒你看怎麼幹才好呢？如果有好的意見，跟我說說可好？」

這些活兒他也頭痛，不覺問了出來。

老杜想了下才道：「我們壘牆都是用土坯壘，土坯是用麥秸切短和泥做出來的。你也知道，我這麼說的意思是，如果你能提供足夠糯米漿的話，用你這地裡的碎石土壘牆，其實也是可以的。」停頓了下，他頗不好意思地道：「這樣的話費時間和功夫，可能要另外加些錢才成。」

他們做土坯也需要去弄土，如果用荒地裡的碎石土，最大的好處就是近，能節省好些功夫。當然這荒地肯定不太好取土，但要是加些錢的話，還是可以做的。畢竟他接了要把一畝荒地弄平整做曬場的活兒，要是在這裡取土的話，曬場也好弄。

孫保財想了下，覺得老杜說的這事可行，這樣以後修整這片荒地的話，也省了大功夫。「砌牆能用多少這裡的土、要加多少錢？老杜你直接說就行，還有這牆多久能弄好？」

老杜心裡算了下，笑道：「這五畝地上的碎石土，應該能用大部分。至於價錢麼，加八百文如何？這樣的話一共三兩銀子。這錢我不要，是雇人挖土的費用，大概二十天左右能完工。」這挖土的活兒要找人幹，他和兒子們主要做土坯和砌牆。

孫保財聽了，點頭同意，覺得八百文可以接受。雇一個短工的，一天是二十文左右，如果請四個人幹個十天，正好八百文。

兩人又商量了些細節，約定好明天正式開工。簽了契約，他先給了一兩半銀子，約定剩下的完工再付。

等到送走老杜後，眼看天色不早，孫保財回屋和錢七拿了東西趕緊往錢家走。

王氏走到錢家門邊，看了幾次。七丫頭怎麼還不來呢？

眼瞅著快吃午飯了，心裡氣得直嘀咕。死丫頭，不會把今天三朝回門的事給忘了吧？

這般想著，剛想叫錢五去提醒下，就聽到女兒說話的聲音，她一下站了起來，看閨女和孫保財提著東西進來，連忙上前笑著把東西接過來，召喚錢五招待孫保財，示意女兒跟她回屋。

錢七拿著東西，跟著王氏回屋，剛放下東西，沒想到胳膊上就挨了一下掐。回頭看王氏扠腰怒瞪著自己，知道她娘這是因為她回來晚了，生氣呢，無奈地連忙解釋。

王氏聽完才釋懷了些，看著拿來的東西，忍不住說道：「怎麼拿來這麼多東西？咱家不缺這些，以後可別這樣了，妳這剛成親，得想著以後過日子的事。」忍不住又說了一堆日子該如何過。

錢七微笑地聽著。王氏雖然說話語氣不好，但是話裡充滿對她濃濃的關心。

中午時，兩人一起跟錢家人吃了頓回門飯，到了下晌才回去。

而這時，關於錢七和孫保財的新流言，已經傳遍了整個紅棗村。

# 第十章

紅棗村的最新話題是，孫家的三娃子把他家東邊的五畝荒地買了。

大家都住在村裡，自然知道那塊地是什麼樣，有一部分人開始說，那兩人成親，哪裡是會過日子的人啊！有點閒錢就開始瞎花。

村裡的老一輩人聽了也直搖頭。有那錢還不如再添點買兩畝旱地了。

還有一部分人到張氏和小劉氏跟前搬弄是非，意思是公婆分家時，肯定把錢都給了小兒子，要不他怎麼會有銀子買那五畝荒地？

這話倒是成功讓張氏和小劉氏惱火了。

公公、婆婆要是真這樣，那真是太過分了！兩人互相看了眼，同時起身把衣服往盆裡一放，強壓著怒火往家走。

一路上，妯娌達成一致，要找上自家的男人，一起去找公公、婆婆談。要是她們倆去找，肯定會被婆婆一通亂罵；但和自家男人去就不一樣了，這事公婆一定要給個說法。

劉氏正在屋裡和孫老爹吃午飯，聽到聲音抬頭一看，原來是老大兩口子和老二兩口子，不由納悶。這個吃飯點，他們一起來幹麼？

孫老爹也皺眉看著。一起來是有事啊？

劉氏看這幾人在那裡一站，也不言語，注意到兩個兒媳婦用手戳兒子的小動作，納悶道：「你們有什麼事直接說。」一看就知道寶金和寶銀是被媳婦叫來的。

兩個兒子站在那裡，欲言又止的樣子，心裡頓時來氣，看著張氏和小劉氏生氣道：「他們不說，妳們倆說吧！要是不說趕緊走，我們飯還沒吃完呢。」這番作派看著就不舒服。

張氏看自家男人不說話，婆婆又這麼說，看了小劉氏一眼，示意她幫忙說。看小劉氏點頭，才出聲道：「娘，現在村裡都說，三弟把老宅東邊的五畝荒地買了。這可是要不少銀子，我們家祥子要上私塾，現在錢還沒湊夠呢，爹和娘可不能這麼偏心，把銀子都給老三敗家吧？祥子可是老孫家的長孫，他上私塾的事，你們可不能不管啊！」

這邊話剛落，小劉氏趕忙接上。「就是啊，都是爹娘的兒子，爹娘得一視同仁吧，哪能把銀子都給了小兒子，不管其他兒子啊！」

他們家現在雖然只有一個丫頭，但是也不能虧著他們吧，畢竟兒子以後肯定會有的。

劉氏愣了愣，轉頭看孫老爹也不明白的樣子，於是皺眉說道：「妳們渾說什麼呢？沒譜的事別亂說。」

村人說三娃子的事多了，哪個是真的了？一群聽風就是雨的閒人，一天正事不幹，就知道亂嚼舌根。

「祥子要上私塾，我和你爹能管什麼？我們要是有本事，早讓我兒子去私塾了。你們做爹娘的要是有本事，就把祥子送去，但是要指望別人幫襯著，那就別送了。」

沒那本事就別逞能，三娃子那麼聰明，她和老頭子都沒動過心思讓他去私塾，想的始終是讓這一大家子能吃飽穿暖，攢些錢，好多買幾畝地。

張氏看婆婆這麼說，當即變臉。他們想讓祥子出息錯了嗎？祥子要是唸書出息了，老孫家不沾光嗎？農村家裡要是供個讀書人，哪家不是用上了舉家之力？他們家現在分家，他們也沒讓二弟、三弟幫，讓祥子的爺爺、奶奶幫一幫怎麼了？能把銀子給老三花，為何就不能給祥子交束脩呢？

可她知道先不能說祥子的事，平復了心中的氣憤道：「我們可沒亂說，這話可是村長的兒媳婦說的，說村長昨天跟老三去了縣城衙門辦的這事，老三確實把那五畝荒地買了。」

劉氏聽這事是村長兒媳婦說的，知道估計是真的，心裡震驚不已。三娃子買那塊地幹麼？有錢也不能這麼瞎花啊！

至於兒子為什麼有銀子買地，這事她倒沒有多想，畢竟這些年，那小子除了每月固定給她的，手裡始終留有銀子花，現在能拿出買荒地的銀錢，她也不太意外。

三兒媳婦的嫁妝她看過了，估計得有二兩左右，這可是村裡多少年來的頭一份，私底下，錢家有沒有給兒媳婦錢，這個都不好說呢。

她想不通的是，三娃子花那麼多銀子買那破地幹麼？只想著過會兒去老宅詳細問問。

這會兒又想到剛剛兩個兒媳婦的話，意思是她給三娃子錢了。看來這事今天得好好跟他們扯個明白，要不然兒子們以後還不得生分了？

劉氏看著孫寶金和孫寶銀，問道：「你們媳婦說老三買荒地的銀子，是我和你爹給的，這事你們倆也是這麼想的嗎？」看兩個兒子點頭後，才皺眉說道：「我和你爹沒給三娃子錢，這事要是真的，那麼這筆銀子應該是他自己弄的，跟我們沒關係。」

話落，看他們明顯不信的樣子，氣笑了。「你們難道沒長腦子，不會算算咱家一年能有多少盈餘嗎？你們打短工和做繡活的錢，是不是都歸你們自己了，沒交到我這兒吧？我這兒收著的只是每年地裡的出產，對嗎？那地裡一年出產多少，你們心裡沒數嗎？今兒個我還就把話說明了。這地裡每年所得，交了田稅留夠口糧，剩下賣糧的錢，每年是不是也就能得一兩多銀子？咱家沒分家前，這一年的開銷是不是都是這裡出的？這幾年咱家置辦了幾畝地，你們好好算一算我手上能剩下多少錢？」

四人被劉氏這一通算下來，確實應該沒多少錢了。這般想著，眼裡疑惑盡顯。那老三買地的銀子是哪裡來的？

孫老爹看著孫寶金、孫寶銀，心裡真的很失望，輕輕搖搖頭道：「既然已經分家，就自己過自己的日子吧！你們兄弟幾個，不管過好過壞，都是自己本事的事，別忘了當初你們為何提出分家就行了。」

這話一出，直接讓孫寶金、孫寶銀臉上燒得慌。當初他們是把老三和他要娶的錢七當成累贅，才提出分家，這會兒算什麼事？還有爹話裡的意思，是他們沒有老三有本事嗎？

這般想著，心裡不禁升起一絲氣憤和難以接受。

劉氏看兒子、媳婦的反應，索性又加了句。「我和你爹現在是單過，就像你爹說的，既然分家，就是自己過日子了，別說我們手裡沒啥錢；就算有錢，也不該是你們惦記的，那也是我們願意給誰就給誰吧！」

孫寶金本想說些什麼，但最後發現他們的行為確實像爹娘說的，都分家了還惦記爹娘的錢。

張氏和小劉氏互相看了眼，眼中布滿疑惑。她們不明白，老三哪裡來的銀子買地呢？這般想著，話就不覺說了出來。

劉氏聽了，睇眼看著大兒媳，冷笑道：「老三的錢哪兒來的，我可不知道，我只知道自從老三往外跑後，每個月都會給我拿回來些錢。他可不像你們想的是個吃白飯的，家裡這幾年新置辦的五畝地，裡面可是有老三給的錢呢。老三媳婦光那嫁妝就值些錢，錢家就這麼一個女兒……」

這話雖然沒說完，但意思他們怎會不知？張氏和小劉氏當即臉色變了。她們當初的嫁妝跟錢七的一比較，確實寒酸太多。

等老大、老二夫婦被她嘲諷走了，劉氏對著孫老爹氣道：「你說這三娃子買那荒地幹啥？不行，我得去問問。」

孫老爹皺眉道：「妳忘了今天是三朝回門日，這會兒他們應該在錢家呢，晚些我跟妳去吧。」他也想知道兒子是怎麼想的？

孫保財和錢七回去時，只看到門前有人，走近一看，發現竟然是孫老爹和劉氏，忙快走幾步到跟前，詫異地看著他們。「爹、娘，你們怎麼來了？在這兒等多久了，是不是有事啊？怎麼沒去錢家找我呢？」

錢七把門鎖打開，笑道：「爹、娘，咱們進屋說吧。」

這會兒太陽正足，也不知兩位老人家在外面等多久了。

看兒子、兒媳這樣，孫老爹和劉氏心裡舒服多了，中午跟老大、老二夫婦生的氣，都緩解了不少。

錢七先去廚房倒了兩碗白開水，這是她早上燒的開水，放到陶罐裡晾涼的。她來這裡，知道喝的是河水後，就開始堅持喝燒開的水，為此王氏沒少說她事多，還時常嘀咕，也就錢家家境好些，慣著這些個毛病。

她把水端進屋，放到二老面前，然後坐在一旁聽他們說話。

劉氏拿起碗喝了口水。剛剛在外面待了有一刻鐘，確實感到口渴，這會兒喝了錢七端來的水，突然覺得有這麼個會來事的兒媳婦挺好的，雖然不能幹活，但這舉動確實讓人暖心，也有點明白錢家為何寵著錢七了。即使有那樣的名聲，但錢家還是始終寵著她，說明這丫頭有招人疼的地方。

孫保財等自己爹娘喝完水才問：「爹、娘，是不是發生什麼事了？」

劉氏聽了沒忍住，把中午的事說了一遍，末了道：「兒子，你買那荒地幹麼啊，有那錢為啥不添點買兩畝好地呢？」

孫老爹也開口。「詳細說說你怎麼打算的，還有你在哪兒弄的銀子？」三娃子腦子好用，又總在外面跑，他總擔心這娃子走偏了。

孫保財不禁皺起眉頭，沒想到大哥、二哥會因為這事去找爹娘。

他解釋道：「這錢是我上次跟著押鏢去海城所得的，我幫著鏢局做了件事，所以人家給了我十兩銀子。」

劉氏聽後直點頭。這事兒子跟她說了，說得了筆意外之財。當時她沒多想，哪承想竟然給了十兩銀子。

他笑了笑，接著道：「我想著錢放在手裡，說不上哪天就花了，所以才起了心思買地。為何買了那五畝荒地，就是這地跟我家的旱地挨著，還有我最開始只是想弄個曬場，才去問村長那地的事；後來他說能改成園地，還沒有費用，我就動心了。反正這地買了，我以後就是放著，也不用交稅。」看劉氏瞪著自己，連忙又道：「當然不能放著了，就是種點菜也是個收入不是？爹、娘，我已經約了泥瓦工匠明天來修院牆，那師傅說可以用荒地裡的碎石土砌牆，到時那塊荒地就好整理了。」

說到這裡，他看著孫老爹和劉氏道：「爹、娘，今年我先把院牆修了，等明年兒子想辦法把房子重蓋，到時候你們搬來跟我一起住吧。」

剛剛聽了劉氏說大哥二哥的事後，他決定還是早些讓他們來跟他住吧，留在那邊，以後肯定事多。

劉氏聽兒子這麼說，心裡別提多高興了。唉，還是三娃子惦記他們。

孫老爹也眼含笑意。任誰聽了這話都高興，這說明兒子心裡有他們。

「你的好意我們心領了，我們現在還能幹活，我和你娘自己過，其實也挺好的，你們好好過日子吧。」

這才分家多久，這要是不跟大兒子過而是跟了小兒子，村人又該要說閒話了。

劉氏看老頭子這麼說，哪怕心裡不情願，也不能駁了他的話。

錢七看婆婆失落的樣子，不由笑了，也加入勸說行列。「爹、娘，相公想盡孝心，你們就過來唄。你們現在也上了年紀，種地是個體力活，別讓自己太累了。」

這話一說完，可把劉氏逗笑了。「傻孩子，我和妳爹都種了一輩子地，不種地幹麼去？」

這話雖然有些不著調，但是聽著真舒心啊，這還是第一次聽兒媳婦說不想讓他們太累呢。

錢七笑道：「就是種一輩子了才要歇歇啊。你們要是閒不住的話，我們在官道邊上給你們弄個茶寮，這樣的話，你們每日也有事做，還能有收入，不是比種地強啊？」

他們買的荒地，東邊緊挨著官道，這條官道往南去是東石縣城，往北是臨安府，這每日來往的車輛還是很多的，弄個茶寮不是挺好嗎？

孫老爹聽了，不由陷入沈思。他們年紀越來越大，不得不承認，體力確實大不如前；現在勉強還能幹活，要是再過兩年呢？

劉氏聽了只想馬上答應，但家裡始終是老頭子作主。不過她現在對這個三兒媳婦徹底改觀了，這腦子跟三娃子一樣聰明，就憑著這股聰明勁，她和三娃子的日子也不會太差。

孫保財在心裡給媳婦點了個讚。這主意好啊！在自家地上搭個茶棚，誰也說不出啥。

他看著孫老爹笑道：「爹，就別猶豫了，你搬來我這兒後，就把房子和那四畝地分給大哥、二哥吧，你們倆啥也不帶地過來，誰也說不出啥來。」

劉氏聽了這話，詫異地看著孫保財，知道這孩子是認真的，不由又看向錢七，心裡突然泛起酸來。這兩個都是好孩子，再想到中午大兒子和二兒子夫婦的行為，越發心寒。

這般想著，不由得看向老頭子，等著他的決定。

# 第十一章

孫老爹也沒想到孫保財會這樣說。這樣的兒子突然有些陌生，什麼時候，他的兒子已經這麼有擔當了。

看著孫保財，他出聲道：「你說的可是真的？你要知道，我們要是來的話，那地、那房子都可以給你的。」老人跟著誰過，家產就留給誰，這是傳統。

孫保財聞言笑了。「爹，那地和房子我不要，給大哥、二哥吧！我還年輕，這些我自己會賺，你們就安心來我這兒吧，別的不敢說，讓二老吃喝不愁、安度晚年，兒子還是能辦到的。」

話都說到這分上了，孫老爹還有什麼不同意的？「行，那我和你娘明年過來跟你們過。我們手裡還有些銀子，到時建茶寮的錢，我們自己出。」

就算沒了房子和地，他們能幹活、能賺錢，到時也拖累不了老三。等他們攢足錢，到時再給老三置辦些田地，那時誰也說不出話了。

劉氏聽了老頭子的話，頓時鬆了口氣。她還真擔心老頭子顧慮太多，不答應呢！現在好了，以後跟老三過，她還能幫著幹些活。

翌日一早，老杜帶了十個人過來開工。孫保財跟老杜簡單聊了幾句，跟他說了有事再來找他，才讓他們去忙。

回屋後，他叫上老婆，兩人一起去了錢家。畢竟修院牆時，都是一幫男人幹活，錢七在家確實很不方便，這裡人也講究這個。

孫保財也跟去，是昨天岳父聽了他要用糯米，說給他兩袋，讓他今天去取。

兩人到了錢家，跟岳父說了會兒話，錢老爹讓錢五幫著把糯米扛過去。等把他們送走後，錢七才被王氏叫過去。

王氏看著閨女，問道：「聽說你們把東邊那五畝荒地買了？」

昨天這丫頭走了，就有人來家裡說這事，言辭間都是說她閨女、女婿不會過日子，那地怎麼能買呢？

她聽著難受，女兒、女婿有錢，愛買啥買啥，關其他人啥事？

錢七聽了，把買地的事說了一遍。

王氏直點頭。「買地是對的，就是買的那地不太好，下次有錢了，買好地就是。妳和三娃子經過這事也有經驗了，下次買地時，拿不定主意的話，問問我們這些長輩，我們經驗比你們足。」

買都買了還能說啥？再說孫保財有銀子沒胡花，而是選擇買地，那也是知道會過日子，她便安心了。

孫保財和錢五把糯米扛回去，放到廚房裡，謝過錢五，讓他先回去。

家裡都是師傅們幹活，孫保財也沒啥事，一會兒打算回屋把書抄完。

他找到老杜，跟他交代糯米放在廚房，讓他們自己去廚房做糯米漿，叮囑完便回房。

《農桑通訣》他已經抄寫完了，現在接著抄《百穀譜》。他和老婆商量的結果是，先嘗試一下稻田養魚，畢竟這在現代農業裡很成功，雖然他們不知道具體怎麼做，但是看過《農桑通訣》裡的養魚篇，決定一試。

關於怎麼養魚，他們已經有了概念，剩下的就是嘗試，在實踐中摸索經驗嘛，反正他們會先改一畝水田，就想先試試稻田養魚。在稻田裡實驗，最壞的結果就是一畝稻田顆粒無收罷了，還有魚苗都死了，但這個損失還是能承受的，至於那些荒地，暫時還未有打算。

等他們把這兩本書好好研究研究，看看這裡的氣候適合什麼農作物生長，再作決定也不晚。

至於孫保財家在修院牆的消息，也很快地傳開了，村裡人有那好事的會過來看看。這是正事也沒啥好說的，頂多是說些酸話罷了，只不過紛紛猜測，這孫保財哪來的錢啊？

他們有那消息靈通的，已經知道了孫保財買地修牆的銀子，不是孫老爹和劉氏給的，這就讓大家更想不通了；甚至還有人猜測，是錢家給的陪嫁銀子，為了讓孫保財善待錢七。

這話就是錢家的兒媳婦聽了，都覺得好笑。

錢家兄弟這麼多，要是小姑挨欺負了，她六個哥哥一人揍孫保財一拳也能把他打趴下，還用得著另外多花銀子？最主要的是她們知道，就算公婆寵著小姑，也不會給她十兩銀子做陪嫁。

如今大家也開始忙著要收莊稼，也沒閒工夫在那兒扯閒話。

孫保財跟老杜說了，想辦法先把曬場弄出來，曬場弄好後還要曝曬幾天，才能晾曬糧食。這樣等牆修得差不多，他家就開始收割麥子，到時曬場也好了，正好可以直接晾曬。只不過會比村裡其他人家要晚幾天收割麥子、曬糧食、繳納糧稅罷了。

錢家地多，人也多，全家十幾口人一起割麥子，五十畝地，十多天工夫全部割完，然後是給麥子脫殼、晾曬。這個時候，家裡的女人還好些，男人就要連夜用連枷和石滾給麥子脫殼。

錢家相比別人家好些，自家有牛，能用石滾給麥子脫殼，牛後面拉著石滾，一圈一圈地壓麥子，自然省了不少人力；其他沒有牛的人家，只能用連枷一下一下打。

錢七用過連枷打穀，做半個時辰，腰便疼了一個星期。王氏也嘟囔了一個星期，說就沒見過她這麼嬌氣的。從那以後，沒讓她用連枷打過麥子，而是讓她在家給大家做飯。

後來之所以少進廚房，一方面是她嫂子多，她娘給每個嫂子都安排了事，並且是輪值，另一方面是她娘覺得她做飯太費油。她做一頓飯用的油，別人能做兩頓甚至三頓飯，所以後來也就是農忙時才被允許進廚房做飯，因為農忙時最累，大家多吃些油水，幹活有勁。

這幾天她在錢家，自然是接過了做飯的活兒。

錢老爹眼看今天能把麥子全部脫完殼，把錢五叫過來，道：「你去你妹妹家幫三娃子割麥子。你妹妹這幾天在家裡幫忙，現在她家要割麥子了，她不方便回去，你去吧！等麥子割完，你回家把牛和石滾弄去，幫脫完麥殼你再回來。那時正好晾曬得差不多了，到時你跟著去縣城交糧稅。」說完不再理會兒子，逕自去忙自己的。

錢五偷偷在錢老爹背後翻了個白眼。他還以為今天幹完活，終於能早點睡覺，沒想到還被外派了。但知道老爹是心疼小妹，唉，他認命地放下手上的連枷，往孫保財家走。

錢七知道今天孫保財要割麥子，本來不想出來，想幫著割麥子的，結果被孫保財親自送到錢家，還不經意地跟她爹說了今天收麥子。她當下就明白這人要幹麼了，是嫌棄她割麥子慢，想換個快的。

但她又不能拆自家老公的臺，所以只能白了他一眼，往廚房走去。

孫保財回來後，準備了兩把鐮刀，去了曬場。

經過幾天晾曬，曬場地面已經結實乾燥，適合晾曬東西，他才決定今天收麥子的。畢竟再不收割、脫殼、晾曬的話，要是趕上雨季，他這三畝地的麥子就完了。

看著東邊荒地被挖得坑坑窪窪，他心情更好了，這塊地終於見到大片好土。

老杜說院牆還要幾天能徹底完工，因著荒地的土不好挖，所以工期延後。

錢五來的時候，看孫保財已經在地裡割麥子，旁邊還有把閒置的鐮刀，他眉頭一挑，看著地裡忙碌的身影。狡詐的傢伙……認命地拿起鐮刀幹活。

他爹就是偏心，以前疼妹妹，現在連女婿都向著了，兒子在他心裡就是一根草。

心裡雖然嘀咕，但手上的鐮刀可不慢，錢五只用了一刻鐘就趕上了孫保財。

錢五轉頭挑釁地看了他一眼，才繼續低頭割麥子。

孫保財看著錢五，也加快手上的進度。

把割完的麥子攤晾在曬場上，兩人直接找了個陰涼的地方坐下休息，互相打量對方一眼，不由笑了。好傻！

錢五挑眉笑道：「看不出你小子挺能幹，怎麼以前沒看你這樣啊！」他可是長年幹地裡的活兒，孫保財竟然沒被他落下。

孫保財嘿嘿一笑。

「哥是靠腦子的，誰像你啊，只會出苦力。」

這話是隨便說說。為了氣氣錢五，這幾天他可是咬著牙，硬撐著才沒被錢五落下。幸虧他家地少，要是多的話，他早放棄了，前幾天幫老爹收麥子都沒這麼累過。

他都累成這樣，要是讓錢七來割麥子，都能想像自己的結局。老婆一定會讓他來個不少於一個時辰的全身按摩，結果大部分都是他幹活，白天累得夠嗆，晚上還要繼續加班，這事他才不幹。

他也不想老婆吃這個苦，所以才暗示岳父派個人來幫忙。

錢五看著曬場東面的那片地。這地以前啥樣，他當然知道，現在雖然被弄得坑坑窪窪的，但是露在外面的好土越來越多。現在看來這地，還真能被孫保財給收拾出來。

想想兩人年歲相當，孫保財已經能獨立賺銀子買地，而自己還真像孫保財說的，只會出苦力。

這般想著，不由陷入深思，想著自己和孫保財的差距，越想兩人的差距越大，最後嘆了口氣。他不如孫保財太多了。

錢五轉頭看著孫保財，認真問道：「你以後去城裡能不能帶著我，我也想跟你出去見識見識。」

孫保財聽了這話，當即點頭笑道：「行啊，我這幾年在外面不是結交了一些朋友嗎？有個朋友隔段時間會從臨安府帶些貨回來，價格比鋪子裡的便宜多了。我把看中的貨物買來，想法子賣出去，這中間最少也有一成的利潤。你要是決定好了，到時我帶你去拿貨，然後跟著我賣貨就成。」

說白了，他朋友就是個搞批發的，他們這些拿貨的就是零售商，中間就是賺個差價。

錢五才明白，原來這些年，孫保財是做這個賺錢啊！可笑的是人家明明是幹正經營生，村人卻把他給說成了個整日胡混的地痞。

他想了會兒道：「我已經決定了，現在就差家裡，等我回去跟他們說說，到時我來找你。」

他爹肯定支持，當年爹就是在城裡做過買賣。只不過要給家裡一個交代，畢竟兄弟們都在家裡下地幹活，他要是去外面賺錢，對他們也不公平。

他爹娘在兒子、媳婦身上的宗旨就是一視同仁，家裡除了小妹，都是一樣對待的。錢家男丁在種地期間都要下地幹活，農閒時可以出去打短工，打短工的錢是自己留著。

孫保財想了下道：「行吧，跟他們好好說，反正過些天糧食就賣了，也沒什麼農活，這段時間正好出去試試，看看能不能幹這個？」

話是這麼說，其實他覺得錢五適合換個生活。人家現在願意改變和嘗試，就跟別人不一樣了。

村裡多少年輕人，一輩子守著一塊地，一種就是一輩子，這種觀念上的認知，除了自己想通，別人是沒辦法改變的。他以前也跟大哥、二哥說過，讓他們農閒時跟他做點買賣，人家卻當他在吹牛，寧願去打短工。

錢五點頭表示明白，看今天的太陽足，這麥子曬到晚上應該就能脫殼。他對孫保財說道：「吃過晚飯，我把牛和石滾弄過來，今天把麥子殼脫完吧。」

孫保財點頭同意，隨後看了看天。「走吧，咱倆回屋吃點飯，一會兒你在我家睡一覺吧。」

他知道錢家這些天要連夜給麥子脫殼，錢五肯定沒睡多少覺，才這麼說的。

錢五點頭應了，兩人拿起鐮刀起身回屋。

羅斌板著一張小臉，用木鍬翻動晾曬在院子裡的麥子。他家就兩畝地，每年都是在院子裡脫殼晾曬。

林氏出來看兒子板著臉幹活的樣子，一臉無奈，知道他是為了東邊荒地被隔壁孫家買了，為了以後不能挖野菜不樂意。

唉，斌兒為這事都氣好幾天了。

她搖了搖頭回屋。還是把手上的繡活做完吧，到時好去集市賣了買斤肉，斌兒已經有半年沒吃過肉。今年風調雨順收成好，去除交糧稅剩下的麥子，也夠他們娘兒倆一年的口糧了。

這般想著，臉色不覺露出笑容。能讓兒子吃飽飯，她就能一年不用愁。

其實羅斌氣的不是別的，是生自己的氣。明明是孫家的地，他還好心告訴錢七，這地裡有野菜，讓她也可以去挖，還不讓人家告訴別人，想想都丟人！

# 第十二章

錢五睡了一下午，起來後跟孫保財說了聲，就去村南的曬場，到了曬場找到他爹，把這事說了一遍。

錢老爹聽了，詫異地看著兒子。這去幫著割了幾天麥子，回來就跟他說要跟女婿試著做生意？

說實話，他還真沒想過孫保財是在外面跟人做生意的，他一直以為他的賺錢之道就是像上次押鏢類的活兒呢，這麼看來，他女婿還是個正經人了？如果真這樣的話，他閨女還真嫁對人了。

孫保財這孩子他還挺喜歡的，腦子活、敢出去闖，跟自己年輕的時候很像。這會兒知道人家在外面有正經營生，他就更放心了。既然老五想出去，那就去吧，整日守著地，能有多大出息？

這般想罷，錢老爹看著錢五道：「農忙完，你就去試試吧！反正你哥哥們也會出去打短工，要是開春了，還想繼續跟三娃子在外面做生意的話，到時再拿個章程出來。」

到那會兒，老五是想回來種地還是繼續做生意，也能下決定了。

看錢五點頭答應，又忍不住叮囑道：「記住，幹什麼都不能愧對良心、不能忘本，在外面多聽三娃子的，別想著一下子就能賺錢。做生意從來都是有賺有賠，千萬別急功近利，遇事不好能退就退，別捨不得銀子。」

對於錢老爹的教誨，錢五一一應下。說實話，他心裡也打怵，但是要是不試試的話，還真的有些不甘心。

跟錢老爹又聊了會兒，聽他說了些當年在縣城做買賣的經驗，錢五突然有個念頭，不覺就問出來。「爹，你是不是對兒子們都很失望啊？」

他還記得以前跟著爹在縣城打理雜貨鋪的事，後來要不是有人看著他家生意好、眼紅找事，他們家現在應該安家在城裡了吧？

錢老爹笑了。「你們都是我兒子，哪有什麼好失望的啊？你哥哥們現在會安心種地，是因為對當年的事記憶猶新。他們啊，是怕了，爹不是也怕了，要不能帶著你們回來種地嗎？」

錢五跟錢老爹說了會兒話，心底因此通達不少，便去回了孫保財。

孫保財看錢五這麼快就回來，還牽著牛拉著石滾，一看就知道他沒吃飯，直接從曬場過來。

孫保財挑眉看著他笑道：「是現在給你弄點剩飯呢，還是晚一些等你妹妹回來時，跟我一起吃啊？」

老杜每天都是天色快暗了才帶著人回城，錢七也會在那個時間回來，然後給他做晚飯。

錢五聞言當即表示。「我不吃剩飯，等著跟你一起吃。」雖然剩飯也挺好吃的，但是怎麼說，都不如新做的好吃。

孫保財笑了笑，兩人牽著牛來到曬場，把晾曬小半天的麥子鋪好，然後錢五開始牽著牛用石滾，一圈一圈壓麥子，他用木鍁不時翻動。

錢七回來，先到後院看了眼，看五哥和孫保財在幹活，也沒去打擾，逕自去廚房做晚飯。

平日就他們倆的話，也就做兩個菜，今天五哥在，又幫著他們家幹了一天活兒，所以晚飯做了四菜一湯。

做好後，把飯菜擺好，才去曬場叫他們吃飯。

到了曬場，她對孫保財笑道：「你帶著五哥先去吃飯，這裡我先看著。」知道他們今天要把麥殼脫完，看來要藉著月色幹活了。

孫保財聞言。「好的，尊夫人令。」便衝著錢五道：「走吧，咱們先去吃飯，吃完有力氣了幹活。」

錢七看他們回去了，才走到老牛跟前，牽過韁繩開始壓麥子。

錢五看了桌上豐盛的飯菜，不由調侃道：「好豐盛啊，娶了我妹妹，你可有口福了！」他妹妹唯一得到全家認可的就是手藝。

兩人邊聊邊吃飯，孫保財先吃完，便對錢五說道：「你慢慢吃，最好別剩菜，我先出去了。」

現在天黑了，他有點不放心老婆一個人在外面。

錢五點頭應了，不是他吃得慢，是孫保財吃得太少，他這才吃了一碗飯，肚子裡剛有點東西。

孫保財看錢七牽著牛在壓麥子，笑著走過去。「給我吧，妳歇會兒。」

錢七聞言笑了。「我又沒幹什麼活，歇什麼啊？倒是你剛吃完飯，一會兒再幹活。」

聽老婆這麼一說，笑道：「那行，我就用木鍁偶爾翻一下麥子吧，咱倆聊會兒天，等妳五哥來了，妳就回屋，聽到沒？」

這點活兒，他和錢五就夠了，一會兒揚麥子灰大，還是讓老婆回屋子吧。

看老婆同意後，這才向她說起錢五的事。

錢七沒想到五哥會作這個決定，不過還是叮囑老公多照顧。這裡的買賣不是那麼好做的，要想做得順，方方面面都要顧慮，她不認為錢五有孫保財這兩下子。

她跟錢五做了十年兄妹，這人什麼樣她還是知道的，要說本分做買賣的話，五哥肯定行，為人誠信、能幹，還能吃苦，這都是優點，但要是涉及到彎彎繞繞，他就不行了。現在孫保財能幫他，但以後還是得靠他自己才行。

孫保財聽老婆這麼說便笑了。「我有我的道，他未必不會走出自己的路來，就看他往不往裡悟，能不能堅持了。」

兩人又說笑了會兒，看錢五來了，錢七才回去收拾。

孫保財和錢五幹到天快亮，才把麥子脫好殼裝進袋子，再把麥子放進糧倉裡，等太陽出來再晾曬。

大景朝的田地稅賦是收成的兩成，這個兩成是由官府派人調查地方畝產量，取中得出要交的兩成糧食是多少。每個地方的標準都不太一樣，比如東石縣繳納田稅的標準就是按照畝產兩石算，每石為一百市斤。不管你每年收的糧食多少，無論光景好壞，都是按照這個標準繳納；只要不是出現災荒年，朝廷是不會減免稅賦的。

像今年風調雨順，每畝小麥的產量都在三石以上，收成多，卻只需繳納兩石的賦稅，所以今年秋收後，大家臉上的笑容格外燦爛。

孫保財把要繳納的糧食單獨做了標記。他家應該是村裡最後交糧稅的，因為這些天太忙，交糧稅的事就沒急著去。

除去交糧稅的，他家還剩八百斤左右的麥子，留下兩百斤自家吃，剩下的明天都拉到縣城賣了，到時買些稻米回來。他和錢七都喜歡吃米飯，不太喜歡吃麵食。

弄好後，他出來找老杜。今天院牆正式完工，要跟老杜結算剩下的銀子。

院牆修的是兩米高，因著院牆用的是碎石土做的土坯，牆面並不光潔平整，還有好多碎石尖突出來。孫保財看了特別滿意，要是有人敢翻牆，還不得被碎石刺得嗷嗷叫？

掏出銀子給了老杜，兩人又說了會兒客氣話，老杜才帶著人離開。

孫保財把門鎖好，準備去錢家接老婆回來。

因著明天要用錢家的牛車，而且還得讓錢五幫忙，所以到了錢家，跟岳父、岳母打過招呼後，知道錢七還在後院幫忙，於是找了錢五在院子裡說話。

錢五聽孫保財說卯時初去，不由皺起眉頭。「是不是太晚了？」

他們交糧稅都是頭天晚上去排隊，就算這樣，往往都是第二天下午才能完成；而且明天可是收稅的最後一天，這傢伙就不怕交不上？糧稅交遲了是要罰銀的。

他們交稅時要幫他代繳，這傢伙非說時間來得及，現在可好了，弄到最後一天才去交，這人要是多的話，排不排得上還不知道呢！

孫保財哈哈笑了。「沒事，聽我的吧，明天人少著呢，衙門辰時才開，我們卯時初走，到了正好衙門開門。」

朝廷規定的收糧稅日為七日，超過七日繳納者會有罰銀；大家都怕被罰銀，所以都是頭幾天就去排隊交糧稅，弄得最後一日基本無人交了。

他總在縣城混跡，這種情況當然清楚，還納悶過，後來他爹說了，趕早不趕晚，要是遇到下雨天怎麼辦？他聽了，觸動不小。原來有些事自己想的還是淺薄了。

錢家交糧稅都在頭三日，還真沒在最後幾天交過，不過既然孫保財這般說，應該是真的，畢竟他總在縣城混跡，知道這事也正常。

孫保財想了下。「明天咱們不會太早回來，你跟家人說一聲，別讓他們惦記了。」

明天賣完糧食便要去找何二，問問亮子什麼時候回來？何二家算是他們這些朋友的聯絡站了。

他又和錢五聊了會兒，看錢七過來，兩人才一起回家。

快到家時，錢七遠遠就看有人在羅家門前徘徊。那人好像看有人來了，轉身就跑。

她忍不住皺起眉頭。不知為何，這身影看著有些眼熟呢？

孫保財正想著明天要辦的事，沒注意前面，等錢七提醒，只看到一個消失在角落的身影。

走近後，只看到羅家門前有一捆柴。兩人互相看了看。難道這是林寡婦的追求者？

這也不是不可能的事，可這人能送柴火，看來是有幾分關心在裡面。

但這畢竟是人家的事，於是不多停留，往自家門前走。現在已經下晌，天太熱，兩人直接回屋，等晚一些再去後面地裡幹活。

前些天給老杜他們買了些酒菜，額外加了兩百文，讓他們幫著把挨著曬場的一畝旱地給鬆了土，還把已經挖得坑坑窪窪的荒地整理了下，現在那裡的地面已經平整多了。

他要把那畝旱地改成水田，所以現在只要有空，就把挖出來的好土都平鋪到東面的荒地上。

兩人回屋後，孫保財繼續抄書，抄到有趣的地方，不時會跟錢七分享。

等太陽西斜後，兩人去了後面。孫保財挖了一筐土，一起抬到荒地，倒在地上，兩人邊幹活邊聊天，時間過得倒也快。

錢七看著在地裡用木鍬挖土的孫保財，不由笑道：「怎麼樣，你沒想到也會有今天吧！」

這傢伙以前什麼時候幹過農活，就是體力活都少，估計以前揹過最重的就是她，那還是兩人的熱戀階段；現在這人揹個百十來斤的東西，都不算啥了。

孫保財聽了大笑，可一想到兩人來到這裡後，都改變許多，心裡不由一陣唏噓。

「有時候我都忍不住會想，這是不是一場夢，讓咱倆來到這裡，重新認識自己，也重新認識彼此；等咱倆領悟了人生的真諦、婚姻的真諦後就夢醒了，發現彼此在家裡的床上剛睡醒。」

錢七聽了，微微一笑。她也希望這是場夢，人生的真諦不敢說，畢竟一生還沒過完，不能太早下定論，但是在婚姻上，她是真的反思了。

羅斌打開門，看門前有捆木柴，板著小臉把柴提了進來，拿到廚房角落裡。

他看娘看著柴出神，不由嘆了口氣走出去。

娘自己想不通，他也沒辦法。

他走到後院，開門出去，坐在臺階上。見東邊的地裡有人，知道那是孫保財夫婦，他看著他們愣愣地出神，想著娘，想著羅二叔。

他過了年就十一了，該知道的都已經知道，即使娘不跟他說，但光是村人的閒言碎語也讓他明白，他爹是為了救羅二叔才死的。

娘對這事一直耿耿於懷，至今不能釋懷。而他小時候，每隔十天就會有一捆木柴放在家門前，後來他才知道是誰放的，以及這人跟他家的淵源。而這人一放就是六年，過年時還會放些肉。

每到那時，娘就會哭，後來才知道娘是在想他爹。

但是他爹長什麼樣，他現在已經不記得了……

# 第十三章

孫保財醒來，看外面有一絲光亮，知道該起床了。

看老婆還在睡，他低頭親了下她的臉頰，才起來穿衣洗漱。

弄好這些，他便坐在院子裡的小木凳上等著錢五，心裡計算著手上的銀子能幹麼？現在手上還有六百多文，在亮子那兒有他的二兩銀子，那小子有時候手上錢不足，會先跟他們收貨款，到時候給他們的貨會比平時還便宜些。

這事說來是有風險的，但因為合作過幾年，亮子的信譽一直很好，加上都是多年朋友，就是人家開口借的話，他要有也會借的。

至於家裡的麥子，應該能賣個二兩多銀子，手上一共就這些錢，他想著要不要弄點貨，跑趟臨安府，這樣賺得多些。

東石縣主要的特產是東山石，東山石是一種紋理細膩的石頭，適合雕刻印章用。據說當朝宰相都用東山印，也不知是不是真的，反正都是這麼傳的。

聽到門外有動靜，他起身去開門，讓錢五進來。兩人把糧倉裡的麥子扛到牛車上，弄完後，又叫錢五等會兒，回屋把錢七叫起來，讓她把門閂好。

等她把門閂好後，才跟著錢五趕著牛車往東石縣走。

兩人到衙門時正好趕上人家應卯，詢問了下還要等會兒才能交糧稅，兩人坐在牛車上等著。

錢五看衙門前根本沒人排隊交糧稅，心裡服氣。想想他們那時，提前一天來不說，還排到後面，等到了隔天下午才交上。

不過這事羨慕不來，他們家糧食多，肯定趕早不趕晚，萬一晚了遇到雨天，他們家可就虧大了。

等了會兒便通知可以交稅，孫保財讓錢五在外等著，牛車上還有好些糧食呢，得看著些。他扛起要交稅的麥子，獨自進衙門裡交稅。

因為沒人，很快就辦好了，他出來對錢五笑道：「咱倆先去吃點東西，然後去把麥子賣了。」

錢五自然同意，出來得早，肚子早餓了。

兩人在附近找了個麵攤，要了兩碗麵，又在旁邊賣包子處給錢五買了兩個大肉包。這傢伙食量大，光吃麵根本吃不飽。

錢五看見肉包子，頓時笑了。這小子心思就是細。

吃了一個，他開口問道：「你把麥子都賣了，吃什麼啊？」

這一畝地出多少麥子，他心裡有數，他看牛車上的麥子就知道這小子根本沒留多少。可不留夠一年的口糧，這哪能行呢！

農家人講究的是除去繳納糧食的，必須留夠一家人一年的嚼用，剩下的糧食才會拿去賣，孫保財這是反其道而行。

孫保財笑道：「我和你妹妹都不愛吃麵食，所以打算賣了，買些稻米回去。」

錢五倒有些詫異。他妹妹不愛吃麵食，他怎麼不知道？但一想可能是在家時不時能吃米，這會兒嫁人了，孫家又沒有水田，所以想吃稻米，才會這般跟孫保財說。

這般想著，錢五也不再多言。反正孫保財幹啥心裡都有數，不會讓小七餓著。

兩人吃過飯後，牽著牛車在街上走，看到小飯館，孫保財就會進去問問，看看他們買不買麥子？

錢五不明白孫保財在幹麼？剛吃完，往飯館去做什麼？

孫保財笑著解釋。「我去問問這些小飯館要不要麥子？這麥子賣給糧鋪，得少賣不少錢呢，賣給飯館的話，比糧鋪便宜些，他們也願意買。剛剛問的兩家，有一家掌櫃不在，作不了主，還有一家剛買了。走，咱往前面再看看。」

賣糧鋪也就能賣個一兩多銀子，賣給這些小飯館就不一樣，賣的算是零售價，只要每斤比糧鋪便宜個一文錢，只要有缺的基本上都會買。這一斤少一文，十斤就是十文，一百斤呢，差距就大了。

至於那些大飯館買糧，糧鋪本身就會給優惠，而且那幫人殺價太狠，所以他才找這些小飯館。

大景朝是沒有直接賣麵粉的，想吃麵食都是買麥子自己用石磨磨。這些小飯館裡都有專門的石磨，頭天晚上會把第二天用的麵粉磨出來。

錢五聽了恍然大悟。原來可以這麼幹，那他家的麥子是不是也可以啊？這般想著，就把這話問了出來。

孫保財笑道：「我家麥子少才這麼幹的，要是多的話，我還是會賣給糧鋪，因為沒那麼多精力去慢慢賣。」他手上還要顧及其他生意呢。「不過你倒是可以試試。你家有牛車，拉糧食也方便，就是把天氣看好，別淋著雨了，每次少拉些出來賣，賣完就回去。你想想，就算不是賣自家的糧食，在村裡收些糧食這麼賣，只賺個差價，是不是也比給別人打短工強多了？」

說完，他看前面有家小飯館，逕自走了進去。

錢五聽了孫保財這話，越想越覺得這還真是個營生。

孫保財進去後找到掌櫃，跟他說了麥子的事，掌櫃看了確實是新麥子，當即要了三石。

錢五幫著把麥子扛進去，心裡還在嘀咕。原來真的能這麼容易賣出去啊?!

兩人又走了幾家小飯館，把剩下的麥子都賣了，孫保財帶著錢五去找何二。

這時間何二應該在餛飩攤了。

見何二在攤子上坐著，他笑著走過去。「二哥好悠閒。」

何二笑著回道：「你小子可算出來了，這段時間兄弟們總問怎麼沒見你，還說是不是娶了媳婦，不想出來了。」說完又跟錢五打了聲招呼，讓兩人坐下聊。

孫保財微一挑眉。「這可是冤枉我了。你又不是不知道，這段時間農忙，我這是剛忙完，這不，忙完就來找你了。」

兩人又互相調侃幾句，才問起亮子回來了嗎？

何二笑道：「回來了，讓你進城後去他那兒拿貨。」

因著他有別的賺錢之道，這事他也不參與，就是在中間傳個話。

孫保財聽亮子回來了，笑道：「那你下午有空沒，跟我去一趟啊？」

他的貨都是放在何二家，下午去的話，正好運回他家，到時明天他來找買家賣了。

這次他讓亮子幫忙帶的貨是墨條。墨條是每隔兩月進一次貨，他賣了三年的墨條，手上有些固定客戶，都是些私塾的夫子和他們的學生。

一條品質中等的墨條，在東石縣的書肆鋪子裡賣二十文一條，而他在亮子那裡拿貨價才十二文，賣給私塾裡的學子是十九文，夫子是十七文；但很多私塾的夫子會直接幫學生代買，所以這墨條也就一條賺五文。

這也是當初他為何定這個價格的原因。讓這些夫子給學生些人情，這是雙方都樂意的，而他也變相做了回好人，把這些夫子籠絡住了，所以客源一直很穩定。

文房四寶，他只做墨條生意，其他的不做，只因墨條是消耗品，這東西進價相對其他還便宜些，也好保存，因此是每隔兩個月給客戶送一次貨。

何二點頭表示有空，兩人又說了會兒話，約定下午一起去的時間，這才去忙。

孫保財估算還有一個時辰，跟錢五去了趟糧鋪，買了些稻米；又去了打鐵鋪，跟鐵匠師傅訂了幾樣東西，交了訂金，約定三日後來取。

錢五在外面等著，看孫保財出來，才好奇問他幹麼去了。

孫保財笑道：「你妹妹讓我訂幾樣做菜的東西。」

兩人眼看沒啥事，重新回到何二家的餛飩攤，要了兩碗餛飩，邊吃邊等著何二。何二忙完了，幾人才一起去亮子家。

亮子大名叫馬亮，長相一般偏瘦，看上去不起眼，但腦子活絡，家裡有個親戚在臨安府，他去過一次就動了批發倒賣的心思，後來發展成二道販子，而他們在他手裡拿貨的，算是三道販子。

亮子家跟何二家差不多大，這些都是他做生意後慢慢置辦下的。

幾人來到馬家門前，看大門虛掩著便直接推門進去，站在院中喊了聲，等這小子出來。

馬亮出來一看是何二和孫保財，雖然另一個人不認識，但立即露出笑容，把他們請進屋裡。

他對孫保財笑道：「可把你小子盼來了，你再不來，過幾天我又走了。」

貨都被拿得差不多了，除了孫保財那份沒來取，其他人早就拿走，現在手裡就剩下一點茶磚。

孫保財知道馬亮也就這麼一說，哪次他回來不得待上個二十來天辦貨？「我不是秋收忙嗎？這不忙完我就來了。」說完，介紹了錢五後又詢問。「我五哥也想在你這兒拿點貨賣，你現在手裡還有什麼貨，適合的話給他拿點。」

何二在旁邊坐著喝茶，看著馬亮眼下的青黑，不由皺起眉頭。這小子是怎麼了？

馬亮聽了直言道：「現在手裡就剩點茶磚了，這東西沒有門路不好賣，還是別拿了，等我下次回來，帶他早點來挑貨。」

茶磚這東西，普通人家不會買，有錢人家都去茶鋪買。錢五也是孫保財的實在親戚，看著也就是個老實的莊稼人，沒有門路還真會砸到手裡，所以他才不建議。

孫保財聽了，也明白這茶磚拿不得，幾人又聊了會兒才起身去拿貨。

馬亮帶孫保財去了放貨的房間，拍拍他的肩膀，笑道：「你成親我也沒趕回來，這裡多的是我的賀禮，你可別介意送晚了啊！」

孫保財笑著謝過，又說了幾句話，才把貨裝上牛車。

馬亮看著他道：「我十天後走，要是帶貨的話，提前一天跟我說，這次不提前收款了。」

孫保財笑著點頭。「我知道了，你回去吧，我們先走了。」

等三人回到何家把貨放好，才抬眼看著何二道了句。「你有空跟亮子談談吧。」那小子眼眶發青，看著狀態就不好。

這般想完，看著何二。「要是有我能幫忙的地方，跟我說，別客氣。」

看何二表示明白，也不再多言，同錢五駕著牛車往回走。

但馬車剛走到路口轉彎處，孫保財對錢五說道：「五哥，你先回去，跟小七說一聲，我晚些回去，讓她把門閂好了。」

錢五聽了莫名其妙，有事剛剛怎麼不去辦，這會兒往回走了才說出來？他狐疑地看著孫保財。「你有事我可以等著。」這小子是不是想背著小七在外面胡來？

孫保財一看就知道錢五想歪，好笑道：「別亂想，我是真有事。」說完跳下馬車，示意錢五趕車走。

錢五無奈，只得趕車往回走，還想著等回去之後，得提醒下小七把孫保財看嚴點。

何二鎖了門，正打算去馬亮家，走到路口，看孫保財在那兒站著，挑眉笑了。「你小子怎麼沒走啊！」

孫保財笑了笑。「不放心亮子唄，走吧。」

兩人邊說話邊往亮子家走。到了馬家，推門進去，竟然看到馬亮在院中獨自喝酒。他們才走了多大會兒，這又不是吃飯的時候，竟然在院子裡開喝了。

馬亮詫異地看著兩人。「你們怎麼又回來了？」他才喝了半斤酒，還沒醉，不至於眼花看錯了。

兩人走過去坐下。桌上除了酒，連個菜都沒有。何二當即諷刺道：「這是幹麼呢？現在喝酒都不用菜了。」

孫保財也開口說道：「自己一個人喝多沒意思，怎麼不叫我們？」

# 第十四章

錢七正在院子裡翻著晾曬的紅棗，聽到敲門聲，起身去看，回來的就錢五自己，納悶問道：「保財呢？沒跟你一起回來嗎？」

錢五把牛車上的稻米扛起來，回道：「保財說他有事，讓我先回來了，等他回來，妳好好問問吧。這是他買的稻米，我給妳放廚房。」說完逕自扛著稻米往廚房走。

錢七聽這說話的語氣，不由挑眉看著錢五的背影。這是話裡有話嗎？她失笑地搖搖頭，沒接這話茬。

孫保財什麼樣的人，她還不瞭解嗎？兩人經歷了這麼多，對彼此的信任是最基本的，所以五哥這話聽聽就算了。

錢五看妹妹沒啥反應，嘆了口氣，叮囑道：「保財說了，讓妳把門閂好，他晚點回來。」

說完，他出門等小七把門閂好後，才趕著牛車回家。

回去後，他跟錢老爹說了今天去縣裡的事，說完又看著錢老爹問道：「爹，你說我以後在各村收糧食，然後像孫保財這麼往外賣，行不行？」

反正現在也拿不了貨，他在回來的路上越想這事越可行，以後還能收些山貨啥的去賣。

錢老爹聽了老五說的，覺得這還真是個營生。他也沒想到孫保財是這麼賣麥子的，這樣自家的麥子少說也能多賣五百文左右。而且這才多大會兒工夫，按照老五說的，這一條街的小飯館都沒問完，麥子就賣完了。就算用一天工夫賺五百文，那也是賺了別人一個多月的工錢。

這般想來，就算以後收糧食賺不了這麼多，那也比給人打短工強多了。

錢老爹又琢磨了會兒才道：「可行是可行，你要是決定做的話，先去問問你妹夫，這般做會不會觸碰縣城裡某些人的利益？」

這麼做時間長了肯定瞞不住，那些開糧鋪的商人會不會找老五的麻煩？如果有人找麻煩的話，孫保財能不能幫著解決才是關鍵。

老五心裡沒啥彎彎繞繞，想不到這方面，所以他這個當爹的得提醒些。

錢五起初沒聽懂，想了會兒才想明白，於是點頭表示知道了，決定明兒個一早就去問。

「爹，家裡的牛車我用能行嗎？」

要做這個肯定要用牛車，而牛是家裡的，他要是用來收糧食，兄弟們會不會有意見？至於收糧食的本錢，他手裡那些應該夠，要是買牛車的話，那點錢卻是萬萬不夠。

錢老爹看著兒子親切地笑道：「牛啊，這個爹可以作主，要用的話，每天十文錢，一天給一次。」說完就往外走，走到門邊又回頭道了句。「等你問完跟我說聲，到時咱們全家商量下，看看你哥哥、弟弟們還有誰願意做這個？反正用牛車每天車資十文錢，要是有人願意的話，車資還能有人幫你分擔些。」

說完也不理會呆愣的兒子，臉帶笑意地走了。

錢五聽了他爹的話，回過神後看著爹的背影，送了個大白眼。

一天十文，怎麼不去搶?!大哥他們一天出去打短工，有活兒時才能賺個二十文左右，有時沒活兒都賺不到錢。他老爹這營生好，只要他用牛車，每天固定十文收入，還不用出力幹活呢！

孫保財回來時，天色已經黑了。

錢七開了門，笑道：「我五哥可說了，讓我好好問問你，你撇下他幹麼去了？」

孫保財哈哈笑道：「妳五哥那時看我的表情就不對，好像我要做什麼對不起妳的事。」

他牽著老婆一起回屋，跟她大致說了下今天為何晚回來。

錢七聽了，只是叮囑幾句，要他注意些安全，笑著問道：「那你晚上吃飯了嗎？」

孫保財搖頭道：「沒有，商量完我看天色已經不早，就沒跟他們去吃飯。」

這裡跟現代可不一樣，他擔心天黑了老婆獨自在家害怕，這才急著往回趕。

錢七明白了，眼含笑意。「那你等會兒，我去給你端飯。下次要是到飯點了就在外邊吃點，別急著往回趕，回來晚些我又不會說你什麼，咱家牆被你弄得那麼高，安全著呢，我在家一點都不害怕。」

家裡的門閂是孫保財特意加工的，門閂上，兩邊都有凹槽鎖扣，只要把門在裡面插好，再把鎖扣插進凹槽裡，外面根本弄不開。

當時看到弄好的門閂，她還調侃他是不是電視劇看多了，被戲劇裡用刀一點一點從門縫挑開門閂的情節給打擊，才把門閂弄成這樣。

這時的天氣還是有些熱，吃過晚飯，兩人到院子裡納涼，孫保財把今天的事說了遍，又把銀子拿出來給錢七，道：「這個妳先拿著，等我把墨條賣了，還能有個三兩左右。我身上的銅板，明天要請王捕頭吃飯用。」

他們三人商量的結果，還是要借助王捕頭，所以他提議正好上次買地時有個人情，趁這機會把人約出來，飯桌上好說事。

說來這是全部的家當了，對比村裡一些人家其實也不少，但明年用錢的地方多，這點銀子肯定不夠用。買糧種的錢暫時不用擔心，家裡留了麥種，岳父知道明年他要種一畝稻子，也說了稻苗去錢家拿。

雖然糧種不用花錢，但是買魚苗也是筆錢。他已經決定在稻田裡養鯽魚，東石縣這裡的人比較喜歡吃鯽魚，鯽魚味鮮肉嫩營養足，家裡有生孩子的都會買鯽魚給孕婦吃。

而且鯽魚基本都是一條一斤多，相對於其他魚種總價較低，更是比肉類便宜多了，花的錢少還能吃到葷腥解饞，別說縣城裡的人喜歡買，就是村人趕集時，有的也會買一條回來。

想到這裡，他看著錢七問道：「老婆，妳吃鯽魚嗎？明天我買幾條回來。」買幾條，吃不完，找個木盆打些水，放著養個幾天也死不了。

錢七正玩著荷包裡的碎銀，聽了這話回道：「買幾條吧，等你把燒烤用的鐵板拿回來，我給你烤魚吃。」

她讓孫保財去鐵匠鋪訂製幾個燒烤用的東西，到時拿回來，正好烤魚吃。

孫保財笑了。「今兒個去了，三天後就能拿回來。」

想到過幾天就能吃到老婆烤的魚，心情更好了，已經好久都沒吃過烤魚。

錢七輕輕應了聲，感受著手上碎銀的稜角，不由問道：「咱們房子蓋多大的，需要多少錢，你問了嗎？」

要是蓋房子的話，他們手上這點銀子好像不夠……

孫保財問過老杜，他們要蓋新房的話，也得蓋個磚瓦房吧？要是還蓋個土坯房，想想就沒意思。

如今村裡就幾家蓋了磚瓦房，其中一家便是錢家，怎麼也不能讓老婆住得比以前差。

這般想著，他說道：「蓋三間磚瓦房全部包出去的話要十兩銀子，咱家要蓋的話，肯定不能蓋三間，我打算蓋六間。」

爹娘明年會來跟他們住，蓋小了住不開也不方便。他打算各走各門，這樣都有獨立空間，也少了很多矛盾，以後兩人也會有孩子，所以打算蓋六間房。

現在他們手裡全算上有五兩銀子，可是還差幾個五兩呢！他以前是沒用心琢磨，現在有老婆要養了，肯定得用心琢磨怎麼賺錢。

錢七微微一笑，當即乖巧點頭，表示相信老公。

兩人又笑鬧了會兒，孫保財說要去趟臨安府，問她跟不跟去？

錢七聽了，納悶道：「你怎麼打算自己去臨安府了，不是說託人問嗎？」

孫保財為何有這想法了？她還沒去過臨安府呢，還真的挺想去看看。

他解釋道：「有這想法是我想弄些東山石過去，順便考察市場，到時自己帶些貨回來。」

他想趁這段時間去臨安府看看，要是行的話，以後自己走貨，也不幫別人帶，跟亮子的生意也不衝突，畢竟來年要用錢的地方多，得變通一下。

錢七明白他的意思了，不由笑道：「我去過最遠的地方就是東石縣，還沒去過這裡的大城市呢。」

她對於臨安府的瞭解，只知道每年有很多秀才前往臨安參加鄉試。

孫保財聽了這話，莫名有些心疼。這裡對於男人還好些，對於女人的諸多限制，想出個遠門都難。

他牽過老婆的手，感嘆道：「咱們以前是想去哪兒就去哪兒，現在是去哪兒都得想想再想想。」

一是安全問題沒保障，白天還好些，要是錯過了住宿地方，晚上就得露宿荒郊野外，真的太危險。二是交通工具，一想到要坐三天牛車，一路晃晃悠悠地去臨安府，心裡就一陣怕。

這般心裡琢磨，要不還是借輛騾車吧，多少能快些。騾車一般有車廂，要是遇到下雨天也不至於淋雨。

兩人又聊了會兒出行的事，這才回屋休息。

翌日一早，錢七正在廚房做早飯，聽到有人敲門，出來一見是錢五。

她納悶道：「五哥怎麼這麼早，有事啊？」什麼事用得著這麼早來？

錢五嘿嘿一笑。「我找妹夫有點事，來晚怕他走了。」說完頗不好意思。是有點早，這天還未全亮呢。

錢七笑了，說孫保財應該在後院，讓他自己去找，便回到廚房繼續做飯。

孫保財剛洗完臉，看錢五過來了，不由挑眉看著他。「五哥有事啊？」這麼早來，一看就是堵他的。

錢五直接道了來意，孫保財笑道：「沒事，別的地方不敢說，但是東石縣這裡沒事，你回去跟爹說下，讓他放心吧。」

錢五想做倒賣糧食的小販，其實也不錯。他為人實誠，時間長了，肯定能籠絡到穩定的客戶。

大景朝對於糧食買賣的販售，只要數量不超過百石，都是被允許的，要是超過，則必須向官府報備。

岳父擔心得也有道理，但他本來就跟混跡市井之人關係好，那些人要是使壞，多數都是找何二這些人。

錢五安心了，謝過孫保財後也不多留，還得回去跟他爹說這事。

他回去後，找到錢老爹說了孫保財說的話。錢老爹聽了點點頭，卻對錢五道了句：「先吃飯吧。」

錢五只能無奈跟著，心裡嘀咕。爹就不能先說說啥意思嗎？這會兒其他人還沒來全，他們先坐下也不能吃。

等所有人都到齊了，錢老爹開口道：「一會兒吃完飯，你們都到堂屋來，我有話跟你們說。」

錢家兄弟一陣納悶，不知爹要說什麼？幾人互相打量一眼，最後目光都看向錢五。

錢五知道爹要說的是收糧轉賣的事，面對兄弟們的目光，只是對他們笑了笑就開始吃飯，反正一會兒他們就知道了。

吃過飯，大家來到堂屋相繼坐下。

錢老爹看人都齊全了，便道：「今兒個要說的事，是老五想幹個營生，把你們叫來是想問問，你們跟不跟著一起幹？」又把收糧轉賣的事說了一遍，最後笑道：「牛車是家裡的，所以不能白用，用牛車一天十文錢，一天給一次，這錢算公中的。收糧的錢你們自己想辦法，當然賺多少我也不管，你們可以自己留著，我要的就是每天用牛車的錢。現在說說，你們誰願意跟著幹吧？」

這般說完，看兒子們都是小聲跟兒媳商量，又笑著加了句。「想幹的話就今天說，今天不說的以後也別說了，更別看著別人賺錢眼紅。」說完就不再言語，等著他們商量完。

王氏跟錢老爹過了大半輩子，自然知道他啥意思。老頭子這是用心良苦啊！牛是家裡的，當然不能讓一人獨用，要不其他人心裡哪能沒意見？這樣每天收十文歸到公中，錢是大家的，自然就沒人有意見。

但看著還在商量的兒子，她不由搖搖頭。

錢五聽完，想了下，問道：「爹，要是我們都想幹，但牛車就一輛也不夠用啊？」

錢老爹無奈地看著傻兒子。這話就不能過過腦子嗎？你當這是個好營生，其他人可不一定也這樣覺得，畢竟還沒見到利呢。

知道大家都在等著自己回答，他笑道：「買牛車這錢爹還是有的，不過記得，一天十文錢車資。」

錢五嘿嘿一笑。這樣就好，大家都能賺到錢。

錢大首先表態。「爹，我聯繫了去做短工，這事我不參與了。」

聽到老大表態，老二、老三、老四相繼表態說不參與此事。

他們都找好活兒了，這事怎麼算都不合算，能不能賺到錢還兩說，首先他們要先去收糧，這得多少本錢？收了糧，萬一賣不出去怎麼辦，難道留著自己吃？

還有就是每天十文錢的車資，雖然合用是共同分攤，但要是賺不到錢，那是必須往外掏啊！爹可不會看他們沒賺到錢就不收車錢。

錢老爹雖然每天笑呵呵的，卻是那種說到做到之人，從來都是言出必行。

錢六看哥哥們都說不參與，不禁皺起眉頭深思。

如果這事是五哥提出來的，他肯定跟哥哥們一樣選擇，但是現在這事是他爹提出的，這就值得深思了。

他雖然年紀小，但是他最崇拜爹，他們錢家在紅棗村過得僅次於村長，家底都是爹賺的，他爹如今這般說，肯定是看好這件事。

個錢。

錢老爹對表態完的兒子笑了笑。適不適合只有自己知道，既然這般選了，就不適合賺這

但看老六還未表態，於是開口問道：「老六你什麼意思？說說吧。」

錢六聽到爹的問話，嘿嘿笑。「爹，我想跟五哥一起幹，哥哥們都找到短工了，就我還沒著落。這幾天我還愁去哪兒找呢，今兒個爹說了這事，正好我有事幹了。」

這話一說完，把大家都逗笑了。

錢老爹笑罵道：「本錢可是要自己掏，到時賠錢了別來找我，說是我讓你幹的，我可不會賠你錢。」說完，他看著大家，語重心長地道：「你們記著，一個人多大本事就賺多少銀子；本事不到，就算幹了也賺不到銀子的。所以你們怎麼選擇，我都支持。」

這樣事情便決定下來，也就讓大家散了。

# 第十五章

孫保財吃完早飯就走了。

今天要做的事情可多了。到了縣城後，他先去聯繫私塾的夫子，詢問他們要多少墨條，然後約好送貨時間。做好這事再去找何二，今天他們要約王捕頭吃飯。

錢七等孫保財走了後，把廚房收拾好，回屋帶上唯一一雙鹿皮手套，拿著一把木鍬和籮筐去了地裡。

今天，她的任務是挖出一道排水溝，給稻田放水用。這時太陽還沒昇起來，正是幹活的好時候。

她把籮筐放到地上，走到崖邊開始用木鍬挖地。

劉氏在兒子家門外敲了一會兒門，無人應，心裡納悶這一大早的幹麼呢？門是從裡面門上的，明顯是家裡有人啊。

這般想著，打算繞到後門去看看，是不是在後院整理菜園，才沒聽到有人敲門？

她繞到後面，一眼就看到三媳婦在那兒挖土幹活，這一幕當即讓她眉開眼笑。誰說錢七不能幹活的，瞧瞧這一大早的就開始幹農活，這不挺勤奮的嗎？

現在她看錢七是怎麼看怎麼順眼。

走過去見錢七臉上都出了一層薄汗，不由說道：「怎麼不叫三娃子幹啊，這地裡的活兒讓他做，妳啊，就做些家裡活兒就行了。」

錢七看是婆婆，笑道：「娘來了。三娃子去縣城了，我也沒啥事，就想挖個排水溝。不能啥事都讓夫君幹啊，我得分擔下。」說完，對著劉氏道：「娘，咱們回屋吧。」

劉氏眉開眼笑的，直誇錢七懂事。

面對劉氏的誇獎，說實話，她還真有些不好意思。

錢七把劉氏請進屋裡後，給她倒了杯水，才詢問來意。

劉氏皺起眉頭，想著該怎麼說？她本以為兒子在家呢，現在不在，覺得這事還是別跟兒媳婦說了，於是笑道：「我找三娃子有點事，等他回來了讓他去找我吧。」

錢七雖然好奇，但也不好追問，只得笑道：「行，夫君回來我跟他說。」

說完開始跟劉氏聊起家常，得知祥子去了大石鄉的一家私塾讀書，覺得挺好。大石鄉離這裡近，她覺得張氏還是還滿能辦正事的，於是誇了誇大嫂。

劉氏聽了，不由嘆了口氣，拍了拍錢七的手。「她想讓祥子有出息是好事，但是偏偏這才剛送到私塾去，就在村裡自覺高人一等，見人就誇她家祥子多聰明，今天又學了幾個字，好像祥子現在就考上秀才了。」

這樣行事，時間長了，誰還會搭理她？

錢七也不知該說什麼，她沒想到張氏是這樣的人，十年寒窗苦讀可不是說說而已，現在就開始作夢，早了吧？

送走王捕頭，孫保財跟何二、亮子告辭，剩下的事就不用他了。他搖了搖暈乎乎的腦袋。今天喝得有點多了……一邊往城外走，路過賣魚攤，買了五條鯽魚，到城外找了輛拉客的牛車，一路搖搖晃晃地回到紅棗村。

坐了一個多時辰的牛車，到家時人已經醒了。

錢七接過鯽魚，三條放到木盆裡，拿了兩條遞給孫保財道：「娘今天早上來找你，沒說啥事，就讓你去找她，你把魚帶過去吧。」估計兩老也很久沒吃魚了。

孫保財點頭表示知道了，接過魚，親了下老婆臉頰。「那我先去看看啥事，等會兒就回來。」

錢七笑地搖搖頭。這是酒還沒徹底醒呢。

孫保財提著魚進院子，看到大嫂、二嫂在院中晾曬紅棗，笑著打了聲招呼，逕自往自己爹娘屋裡走。

張氏和小劉氏互相看了眼，心裡不是個滋味。三弟這是發財了，又是買地、又是砌牆的，現在來看娘都帶兩條魚。這兩條魚怎麼說也得有十個銅板，是孩子他爹半天的工錢……兩人都想著等晚上吃飯時，讓孩子們去看看爺爺奶奶。

孫保財進屋看爹娘都在，笑道：「爹、娘，我來了。」說完把魚遞給娘。

劉氏笑著讓孫保財跟孫老爹先聊會兒，她先把魚送到廚房去。

孫保財在屋裡和孫老爹聊天，知道了家裡的近況，大哥、二哥都去大石鄉的程地主家打短工了，祥子也去了私塾唸書。對於這事，他只是笑笑，道了句：「能多識些字挺好。」

孫老爹聽了兒子的話，挑眉問道：「怎麼，你對祥子讀書這事不看好？」

孫保財嘻嘻笑。「爹，這讀書得多了，你看有多少考上秀才的，又有幾個考上舉人的？這些考上的人中，又有幾個是出身農家的？要我說，讀書是好事，但是要抱著平常心，孩子有天賦就讀下去，要是沒有天賦，也別給他太大壓力，能讀書識字就好，到時幹什麼都能用上。」

古代想要透過科舉出人頭地，可是比在現代考大學難多了。

孫老爹聽了，不由陷入沈思。三娃子這話說得對，十里八鄉這些年好像就出過一個秀才，就是在大石鄉開私塾的王秀才，祥子現在的夫子就是他。祥子讀書上有沒有天賦不知道，但他知道祥子可沒有三兒子小時聰明。

想罷，他看著孫保財道：「將來你的娃兒，你也這般想嗎？」

孫保財不明白他爹為何這樣問，只是說了心中想法。「當然啊，我會在我的孩子讀書的年紀送他去讀書，學成什麼樣都可以，只要他能讀書、識字、明理、知事就可。至於功名，他要是想考他就考；要是不想考，我也不會在意。」

他會做到自己該做到的事，剩下的就看孩子自己了。

孫老爹聽了這話，只是點點頭。「我等著看你能不能做到。」

孫保財笑了笑。「爹，你看兒子能不能做到。」

劉氏進來，聽這父子倆在那兒說啥能不能做到的，不明白兩人在說啥，但想著今天叫兒子來的目的，對孫保財道：「你是不是有個朋友叫何二的，至今未娶親啊？」

孫保財詫異道：「是啊，比我大兩歲，沒成親呢。娘怎麼知道何二的？」

劉氏聞言笑道：「你林嬸子來給田忠家的閨女問的，託我問問你何二家裡的事。」

孫保財聽他娘這麼說也明白了，知道應該是田村長說的。

林嬸子就是村長夫人，田忠和田村長是堂兄弟，他家的女兒好像是叫田妞吧？田忠雖然跟田村長是堂兄弟，因家裡以前有患病的父母，為了給他們治病，賣了家裡的地並借了不少錢，可後來也沒留住人，老人相繼走了。這些年據說一直在還債呢，這日子過成什麼樣，可以想像。因為連續幾年都守孝，田妞的親事好像也耽擱了，這樣看來今年是出孝了。

他笑著把何二家的情況說了下。劉氏聽了，覺得這條件已經挺好，雖然名聲不好，但是為人孝順，品性就不會太差。況且有本事在縣城裡有自己的房子，這般想著都覺得比自己兒子條件好多了。

同樣都是名聲不好之人，她兒子不都娶上媳婦了？

孫保財可不知道娘親心裡是這麼想的，聽了娘讓他去探探何二的口風，點頭應下，又聊了會兒，眼看沒啥事，才起身告辭回家。

他回去跟老婆說了這事。錢七一聽跟田妞有關，叮囑道：「這事你牽個線吧，田妞挺好的，孝順厚道，品性沒話說。」

她跟田妞接觸過很多次，挺喜歡這小姑娘，文文靜靜的，就算穿的滿是補丁的衣服，也能露出淡然的笑。這樣的性格、氣度，在村裡這些姑娘身上絕對是獨一份。

孫保財聽了點頭。「既然妳這麼說，那我心裡有底了，明天去何二家拿貨時，我跟他提提看，看他什麼意思？」

能入他老婆眼裡的，說明這田妞肯定有獨特之處。

一輛騾車在官道上行駛，錢七同孫保財一起坐在駕車處。

她身穿一身藏青色男裝，孫保財說出門在外還是男裝方便些，弄了身衣裳讓她換上。可她穿上就知道，這是特意去成衣店按照她的尺寸訂做的。

看著旁邊的孫保財，她笑道：「老公，我想跟你說一句話。」看著他趕車的樣子，莫名地想笑。

孫保財轉過頭，挑眉笑道：「什麼話啊？」特意這麼說一下，肯定不是好話。

錢七嘻嘻一笑。「你趕騾車的樣子，跟你開車時一樣帥。」說完逕自笑起來。

孫保財聞言，瞇眼看了錢七一眼，哼了聲。騾車在這裡也是轎車級別好不？只不過以前開的是自己家的車，現在是找人借的。

這般想著，他笑道：「等我以後有錢了，也買個這裡的寶馬讓妳坐。」

一套馬車下來，差不多十五兩銀子吧？所以馬車確實是這裡的寶馬，富貴人家的專用交通工具。

城裡的普通人家，要買也是買騾車代步拉貨，像他借的這輛騾車，也就五兩銀子便能買下來。但要是農家，多數會選擇牛車，牛可以用來耕種田地，對於農家更實用。

兩人是今早出發的，車廂裡有兩箱東山石料，都是他這些天收的小料，用來雕刻印章，可以說家底都在這兩箱東山石料上了。至於為何只收這些小料，是因那些完整的大塊東山石料，他這點銀子也收不起。

錢七聽了點頭，表示相信老公說的話，只不過對於坐這裡的寶馬並不期待。這才坐了大半天的騾車，顛簸得腰都疼了，她覺得在這裡就適合宅在家裡，已經決定不到萬不得已，以後不出遠門了。

孫保財對此表示贊同。出門確實是遭罪，這次出來帶上錢七，也是不放心她一個人在家，想著等下次再出門，把劉氏找去陪她吧。

兩人這一路上遇到很多參加鄉試落榜的秀才，孫保財看到有些穿戴好還帶著書僮的，主動上前攀談，乘機跟他們推銷刻印章用的東山石料。

錢七看著那些書生大多都會買一、兩塊，在心裡給孫保財點個讚。這臉皮厚的，那些書生怎麼比得過，最後都乖乖掏了銀子，還會對孫保財感謝一番，因為他會說很多一定能考中的吉祥話。

兩人在晚飯前到了瓷安縣，找了一間小客棧住下，簡單吃了飯，決定到街上逛逛。走在街上，孫保財向錢七簡單介紹了瓷安縣。

瓷安縣盛產瓷器，這裡最出名的瓷器就是紫釉瓷。紫釉瓷在色澤上有些類似景德鎮的茄皮紫釉瓷，只是茄皮紫釉瓷的紫色更濃重，釉面也更勻淨。

兩人在街上隨意觀看，孫保財主要是想瞭解紫釉瓷的行情，到了臨安府看看那裡的價格，要是有賺頭，倒是可以賣些。

兩人回到客棧時天色已暗，錢七看孫保財拿了一些東山石還要出去，連忙搖頭表示不奉陪了。坐了一天的騾車腰痠背痛的，現在就想躺著歇會兒。

孫保財寵溺笑道：「那妳把門閂好，一樓大堂有好些學子，估計都是從臨安府回來的，我去跟他們聊會兒天。」

這話把錢七逗笑了。「好吧，你去聊天吧，我先小睡一會兒。」

翌日一早，兩人早早起來，吃了點早飯，趁著天色微亮便出了城，往臨安府方向去。如果順利，今天在天黑之前能到臨安府。

孫保財看錢七還有點迷糊，道：「去車廂裡睡會兒吧。」為了趕路，起得確實早了些。錢七搖搖頭表示不要，騾車晃晃悠悠的，睡覺容易暈車。

孫保財便讓她靠著自己，心裡計算手裡的銀錢，想著到了臨安府帶些什麼貨回來？他沒想到這次出來會遇到返鄉的落榜考生，這些考生很多是臨安府其他縣城的，都聽過東山石，而且很認可，一看他拿出的是真貨，只要手頭寬裕的都會買兩塊。

特別是昨天在瓷安縣遇到的考生，不但買了他手裡的東山石，還買了不少紫釉瓷。他帶來的東山石還沒到臨安府呢，已經賣出一半了。早知是這麼個情況，肯定跟何二借些錢，多收些東山石。

錢七可不知道她老公心裡正在懊悔少賺了不少銀子，她靠著孫保財的肩膀，閉著眼睛打算瞇一會兒。反正現在天才朦朦亮，路上也沒啥風景可看。

快到中午時，兩人簡單吃了點單餅捲醬牛肉，眼看天色有些陰了，擔心一會兒有雨，吃完也沒休息，直接趕路。

可剛上路沒走多遠，就遇到一人揮手攔車。

孫保財看那人做小廝打扮，不遠處還有輛馬車，停下騾車，問道：「請問有何事？」

邵安看著趕車的男子道：「抱歉打擾，在下邵安，是臨安府人，今日本想去大羅寺院，不想走到這裡馬車壞了，所以這位公子，可否借用下您的騾車，捎我們一程？不會讓公子白幫忙，我們會出車資。」

從這個方向走的多數都是去臨安府，這天色陰了，一會兒擔心下雨，好不容易遇到這輛騾車，希望他們好說話，能帶少爺、少奶奶回臨安府。

錢七看這情形應該不是壞人，便等著孫保財處理。

孫保財聞言，看著邵安道：「你們幾人？我這車裡還有些東西，不方便帶太多人。」

這是事實，騾車本身就比馬車小多了，他雖然把帶來的東山石賣了一半，但那裝東山石的箱子還在，光這兩個箱子就占了一半空間。

說實話，要是可以，他並不想帶人。要是下雨了，他倆有個躲雨的地方，但是看這情形也不好不幫，不知對方能出多少車資，如果數目可以的話，他挨雨淋也是可以的，錢七不淋雨就行。

他知道三兩、五兩的對這些有錢人家，那是隨手的賞銀。

邵安聽了這話，笑道：「我們一共三人，不知能否帶下？」說完遞上一個銀錠等孫保財接過。他不信自己會被拒絕，這五兩銀子都能買下這輛騾車了。

孫保財看邵安手裡的五兩銀錠子，笑著搖頭道：「最多帶兩個人，你們商量下吧，要是不行請別擋路，我們要趕路呢。」

他不喜歡這小子太過自信的態度，剛剛掏銀子時那輕蔑的眼神，別以為他沒看見。說心裡話，即使給他車資，他都不太想帶了。

邵安聞言，當即臉色變了，皺眉看著眼前之人，確定這人說的是真的，才收起心底的不屑，賠笑道：「公子稍等，我去問問我家少爺。」

# 第十六章

邵明修放下車簾。

剛剛的情形他看在眼裡，那個趕騾車的明顯不吃邵安那套。

沐清月看著夫君，詢問道：「我們要搭乘這輛騾車嗎？」她還沒坐過騾車呢。

邵明修笑了笑。「這雨眼看就下來了，我們在這會兒有危險，還是搭著吧。」

那兩人一看不是壞人，在看人方面，他還是有幾分自信的。看邵安回來了，便直接道：「我們先走，你一會兒把車弄到路邊，要是下雨就在車裡躲會兒雨，我們回去後會叫人來接你。」

邵安點頭，回去對孫保財笑道：「公子，那麻煩了，我們家少爺和少奶奶搭乘您的騾車到臨安府。這是車資，您看行嗎？」

說完遞出五兩銀錠子，這會兒態度誠懇多了。

孫保財笑著接過銀子放進懷裡，笑道：「可以，讓你家少爺、少奶奶過來吧。」

有時候這銀子也滿好賺的，就看能不能遇對人。

等人走了，他對著老婆叮囑一番。

等邵明修得知，他要坐在外面騾車的前座時，不由瞇起眼睛，看著這個叫孫保財的男子。前座就能坐下兩人，而他們四人，這人這麼說是什麼意思？

孫保財看邵明修誤會，笑著解釋道：「邵公子別誤會，同我一起的是我娘子，出門在外不方便，我才讓她穿男裝的。這會兒眼看就要下雨，理應讓女人們坐在車廂裡，你說是吧？」說完等他決定。要是對方不同意，就把銀子還給他們好了，反正不能為了點銀子讓老婆淋雨。

錢七聽了老公的話，對著戴面紗的女人笑了笑。她本來長得就清秀，這一笑，帶出女子特有的柔美。沐清月看了，知道確實是女子，對著邵明修點點頭，示意沒問題。

邵明修聽了這話，知道自己誤會了，又得到妻子的確認，便點頭同意。確實不能讓婦人在外淋雨。

錢七看雙方達成共識，笑著讓對方先進車廂。

車廂沒有門，是用竹簾擋著的。沐清月被夫君扶上去，掀開竹簾看，裡面確實不寬敞，兩個大箱子擺在一起，占去一半空間，除了箱子上放著的包裹和雨傘，再無其他東西，難道要坐在車板上嗎？

邵明修也看到這情景，讓邵安去拿兩個墊子過來，看妻子坐好才讓開。

錢七看沒人擋著，連忙進車廂。還是快些走吧，天色越來越陰了。

她現在擔心要是雨下得小還好，能慢慢趕路，這要是下大了，他們還不得找個安全點的地方避雨。雨要是一直下，他們可能真的要露宿荒郊野外。

進到車廂裡，看女子給她留了一個墊子，她對著位戴著面紗的女子笑了笑，把看著就高級的墊子與外面自己坐的草墊子換了，才放下竹簾。

沐清月詫異地看著她的行為。這人好像很有意思。

雖然空間不大，但兩人還是能錯開地對坐著，一會兒如果坐得累了，還能把腿伸長。

錢七雖然這般想著，但看了眼沐清月，覺得這位絕對不會做出伸腿的動作。

孫保財看老婆把坐墊換了，只是笑了笑，知道老婆習慣用自己的東西。

等邵明修坐好，他開始趕起騾車，往臨安府的方向走。

兩人互相介紹自己後，便一路閒聊。

邵明修起初只是想隨便找個話題，畢竟時間這麼長，總不能不說話吧？但是聊上後，發現孫保財對事情有獨到的見解，也起了聊興，逐漸引導話題，沒想到孫保財竟然都能接上話，說出的觀點也讓他認同。

邵明修心裡詫異至極。孫保財說自己就是個普通的農家子，為了生計才不時做些小買賣，這樣的人竟然有這番見解，心裡頓時起了結交之心。

雖然邵明修沒有明說，但孫保財猜測他應該有舉人功名了。

剛閒聊時，對方說是為了讀書上的事去還願，沒想到車輪壞了，想到現在是秋闈放榜之後，所以有此猜測。

不過這種猜測也只是放在心裡，對方既然沒有明說，他也不會問，但聽出對方有意結交也樂得配合。能認識這樣一個人，對他來說應該是幸事。

這時，感到雨點落在臉上，孫保財知道這場雨是躲不過去了，他們上方有個前簷，如果是小雨還能遮擋，不過看這天色陰沈的程度不可能是小雨，便對著車廂喊道：「娘子，妳把雨傘先拿出來。」

錢七聽了，把箱子上的兩把雨傘拿過來，掀開竹簾放到兩人中間，又重新把竹簾放下。

外面的兩個男人話題不斷，車廂裡的兩個女人，除了一開始簡單介紹自己的名字，就沒人主動說話了。

錢七看對方戴著面紗，沒有說話的意思，也不會打擾。她自然是不知該說什麼，總不能說怎麼種地吧？她不覺得這位女子接觸過種地之事。

沐清月其實不是不想說，也是不知該說什麼，總不能說詩詞歌賦吧？本想等著對方說，奈何對方就是不說話。

她這次和夫君出門還願，為了表達誠意，連個丫鬟都沒帶，誰想竟然連大羅寺院還未到達。這會兒看對方把雨傘拿出去，索性摘下面紗透透氣。這裡空間小，她戴著面紗，總覺得呼吸不暢快。

沒想到聽對面的女子說了句。「妳好美！」

她抬頭詫異地看著對方，見對方眼神真摯，不由笑了，輕聲說了句。「謝謝。」

錢七看沐清月不但人美，聲音也好聽，心下連連讚嘆。

她是第一次看到這麼美的古典美人，她來到這裡之後，看得最多的就是村裡的女子、婦人，就她這清秀之姿，在紅棗村還算好看的。現在看到沐清月的容顏，明白是她在這裡的社會階層太低了，所以只能看到村裡的婦女。

兩人開始有一搭沒一搭地閒聊，儘量找彼此都能說得上的話題，倒是感覺時間過得快了些。

說實話，雙方在心底都鬆了口氣。要是一個人的話，還能放鬆放鬆，兩個不熟悉的人在一個狹小的空間裡，不說話真的很尷尬。

孫保財眼看雨勢大了，不由盤腿坐著，省得淋濕褲子。邵明修看了，糾結了會兒，索性也放開，學孫保財盤腿坐。雖然有些失禮，但心裡安慰自己，非常時期理應不拘小節，總比褲子被雨水打濕的強。

孫保財看邵明修也跟著盤腿坐，知道這人不是迂腐之人，不由笑道：「把雨傘打起來吧！有些潲雨了，淋濕了衣服要著涼的，如果雨勢再大些，咱們就要找個地方停留一下。」

邵明修點頭認同，於是把雨傘打開。看著不斷滴落的雨水，心裡不由一陣唏噓。今天還特意選了吉日出門，沒想到是這麼個光景。

孫保財看雨越下越大，且伴有雷聲，知道不能趕路了，便找了個地勢平坦空曠之地，把騾車趕過去。停好騾車後，他撐起雨傘，在車尾解下綁著的竹簾，拿著竹簾給騾子披上，才回到前座坐下。

邵明修看著前邊的樹林，不由道：「咱們可以把騾車趕到樹林裡，這樣雨水會小些。」找棵大樹底下停著，大樹能遮擋不少雨水。

孫保財聽了，也知道邵明修不懂才會這麼說，不由想著該怎麼回答？又不能說因為濕木頭導電，而且樹太高容易被雷擊，不能躲去樹下。

他想了會兒才道：「我們村裡的老人會告誡孩子們，下雨天不能躲到樹下，因為天上打雷的話，有時候會劈到大樹，人要是站在樹底下，容易被雷劈到。」

邵明修一聽，心裡震驚不已。竟然有這事？他以前和同窗出去遊玩，遇到下雨時總會在樹下躲雨，豈不是很危險？

這般想著，不由帶著幾分疑惑，但又覺得孫保財不會拿這事騙他，以後還是注意些好。

沐清月在車廂裡聽到外面的對話，不由對錢七問道：「你們村裡的老人真的這麼說嗎？」

錢七眨眨眼，笑道：「是有這回事。」

多了也不知該怎麼說，難道說雲裡聚集著大量的正電，大地本身就是一個導電體，空氣是絕緣體？說出這些，別人只會把他們當成異類。

來到這裡，她領悟最深的就是要把自己與這裡不同的地方小心藏起來。這裡有這裡的規則，只能改變自己去適應，然後在適當的範圍內做自己。

孫保財詢問邵明修到臨安府的路況如何？得知路況很好，還沒有山體，才安心不少。這樣等雨小一些還能繼續趕路，路不在山邊，危險就少很多，今天應該還是能趕到臨安府。

邵明修眼看雨還在下，想到今年鄉試的一道考題，看著孫保財，突然想聽聽他的見解，於是笑道：「孫兄，你說怎樣做才能讓農民吃穿不愁呢？」他把意思變換一下，就當閒聊吧。

孫保財也沒多想，順口答道：「自古民以食為天，改變糧食的產量，農民自然吃穿不愁了。」

地裡出產的糧食多了，國庫自然充盈，農民也能多賣糧食，手中自然有閒錢。

邵明修聽了這話，直問道：「如何改變糧食的產量呢？」

孫保財被問得莫名，笑道：「邵兄，這應該是朝廷的事吧？朝廷要是重視農桑，自然要組建研究農業的人，研究如何才能讓糧食豐收高產啊！」

邵明修聽了，無奈一笑。就是沒什麼成果，今年才會出這樣的考題，這是他祖父打聽出來的。

孫保財在天黑前終於趕到臨安府。看著高大的城門牆上，寫著「臨安府」三個字，心才徹底放下。

這會兒雨已經停了，孫保財進城找了個車馬行停下，婉拒了邵明修邀請到邵家作客的好意。他還是有自知之明的，人家付了車資，這會兒再去住？他還不至於這樣。

兩人交換了住址，約定以後一定互相拜訪，才跟邵明修告辭。

而孫保財趕著騾車，打算一會兒找一間小客棧住下。

錢七這會兒也坐到外面，想著剛剛沐清月揮手告別，不由一笑。真是個有趣的人。

她好奇地看著街上的建築物。原來這就是府城啊。

孫保財出來前問過馬亮關於臨安府的情況，知道南城是平民聚集之地，到了南城便找了間乾淨的小客棧。

但在府城，普通客房也要四十文一晚，物價真貴，在東石縣，四十文能住上房了。他想了下，先交兩天房錢，又拿出十文，要了熱水和兩碗湯麵。

在雨中趕了一下午的車，他現在還覺得身上冷呢，吃碗熱湯麵能暖和暖和。

孫保財叫了小二幫忙把裝有東山石的箱子抬到房間。房間挺乾淨整潔的，他放下箱子謝過小二，又給了他一文錢，送走了人才關上房門。

錢七直奔著床去了，對孫保財道：「你也過來躺會兒，這兒有被子先暖和下，一會兒洗完澡我就睡覺，今天感覺比昨天還累。」

特別是跟沐清月待在車廂的時候，愣是沒好意思當著美人的面伸伸腿。

孫保財也躺到床上，拉過被子蓋好，摟著老婆笑道：「吃完麵、洗完澡，咱倆一起睡。」

兩人說了會兒各自對邵明修夫婦的看法，又吃過麵、洗完澡便早早睡了。

翌日一早，邵明修起來，剛洗漱完就聽到有人在門外哭泣，皺了眉道。「讓邵安進來吧。」

邵安一進來，撲通就跪到地上哭道：「少爺，邵安回來了！」

邵明修看著好笑。還沒說他什麼呢，就開始哭了。「回來就回來，哭什麼？」

邵安聽了，哭得更慘。「少爺，奴才差點回不來了！今兒還能得見少爺，奴才是喜極而泣……」

邵明修只是好笑。還喜極而泣。他笑罵道：「好了，別渾說了，到底怎麼回事？說吧。」

看來他們走了之後真的發生什麼事，要不邵安不至於這樣。

邵安想到昨天的事，臉色煞白，開始訴起委屈。「少爺，昨天您和少奶奶走後，奴才尋思，這馬車總不能就這麼放在官道上，所以我牽著馬，慢慢把馬車弄到旁邊的樹林裡。本想著這要是雨下大了，我這不是還能躲會兒雨嗎？誰想雨下得最大時，只聽一聲響雷，轟隆一聲，把我旁邊那棵大樹給劈斷了，那斷了的樹幹一下就把馬給壓死了！」

說到這裡，他開始對邵明修表清白。「少爺，奴才真的沒做任何對不起您的事啊，嗚嗚嗚……」

當時他真的嚇破膽了，拿著雨傘就往官道跑，奈何除了下雨，沒有一個人經過，他就這樣在雨中站到半夜，直到府裡來人接應他才倒下。

今早一醒，就來跟少爺認錯，要是因為這事從別人嘴裡說出去，導致少爺從此不用他，還不如他自己辯解一下呢！

邵明修聽了，原來孫保財說的是真的，又暗自慶幸，如果昨天沒有跟著走，他們是不是跟邵安一樣了？有可能真出事也未可知，這般慶幸的同時，又有些不舒服。

連農家人都知道的常識，為何他們這些讀了十幾年書的人不懂？聖人說得對，三人行，必有我師焉；看來他們知道的，未必我知。

耳邊突然響起孫保財說的話：「閉門造車，出門合轍，才是正理。」

當時他聽孫保財說這句話，並沒在意，只當對方學了句成語跟他賣弄一下，現在想來才知，原來是大有深意。

當時他們在談論農官沒研究出怎麼增產糧食，恐怕這話是指那些農官只知閉門造車，不知實際考察研究，所以在農事上才無多大進展。

想到這裡，他暗自吐出一口氣。有這番見識通透之人，要是讀書走仕途，必定有前途。又不由得替孫保財可惜，同時也覺得自己真的要改變些才是，不能再死讀書，要多接觸、瞭解實際才行。

看邵安還跪著，連忙讓他起來，安慰道：「你先下去吧，好好休息幾天，等休息好再回來當差。」

邵安聽了邵明修的話，知道他並未怪罪，心底終於鬆了口氣，對著他又是磕頭道謝。

等邵安退下後，邵明修又仔細想了一遍昨天跟孫保財的談話。

因昨天睡得早，孫保財和錢七起得也早，兩人在客棧吃了早飯，跟小二詢問了下情況，知道還有不少考中的考生沒離開臨安府，這些人基本都在參加各種宴請。

稍微一想也明白，這些已經有了舉人功名的考生，做官已經是板上釘釘的事；就算考不上進士，也能在縣衙裡當個縣丞，所以自然拉攏的人多。

孫保財決定先把手上的東山石賣了。當然不能找這些人賣，現在別人都給這幫人送禮，他就算拿著東山石去，人家也不會看得上。

他想著人生地不熟的，還是先找專門雕刻印章的鋪子吧，看看他們收的價格是什麼樣？如果價格適合，直接賣給他們，這樣也算為了以後鋪路。

兩人趕著騾車，來到小二說的石緣街。

據小二說，這條街上開的鋪子大多都跟石頭、玉器有關。現在看來果然不假，街上掛著醒目的招牌，都跟石、玉有關。可他們走了幾家鋪子，發現大規模的鋪子給的價格，還沒有小鋪子的高。

最後，他們選了一家叫石生緣的小鋪子，跟掌櫃聊了會兒，也弄明白了原因。

原來這些小鋪子不敢壓貨，也拿不出那麼多錢壓貨，跟那些大型玉石鋪子沒法比，所以每次進貨少，會收些散貨來彌補。

也不能怪那些大型的玉石鋪子給得低，因為人家的成本價就比這些小鋪子便宜。

錢七聽明白後，在心底道了句：奸商。

她剛剛去那些玉石鋪子看了，成品價格比這些小鋪子可高多了；進價低、賣得高，中間的利潤空間真大。

孫保財把掌櫃給的四兩銀子放好，笑著跟掌櫃告別，約定好有貨的話還往裡這送。

從鋪子出來後，又趕著騾車往曹家集去。

# 第十七章

曹家集是府城最大的批發市場，馬亮就是在那裡進貨的。

中午時，兩人到了曹家集，這裡有專門停放車輛的地方，只不過要收一文管理費。

錢七下了馬車，拽了拽老公衣袖，示意她餓了。

孫保財看著老婆可愛的小模樣，好笑道：「咱們先找個地方吃點飯，然後再開始逛。」

錢七笑著點頭應了。

吃飯的時候，倒是聽了不少消息，大家都是常來這裡進貨的商販，有什麼訊息也會互相交流下。孫保財很認真地聽了個全，有不懂的地方，也主動跟人家攀談。別人看他會說話，也樂意跟他交談。

這時錢七就在旁邊感嘆。很好，她老公在交際上依舊功力深厚。以前孫保財就這樣，只要想跟誰搭話，五分鐘就能跟人家聊開，為此兩人鬧了好多次矛盾，因為這傢伙只要跟人聊上，往往就把她忽略了。

孫保財看老婆不知在那兒想什麼，湊過去笑道：「在想什麼呢？」

這般說的時候，眼裡卻含著心疼。他知道她的心結，他現在已經在改了，希望老婆能感受到。

錢七回過神，看他就在眼前，笑道：「想你唄。」

看著孫保財鬆口氣的樣子，她笑了笑。過去的，就讓它過去吧。

兩人吃過午飯，開始逛曹家集。曹家集在臨安府東南方，據說這地方當年是個小集市，後來由曹家聯合眾商家規劃，慢慢發展成今日的規模。因為曹家是最初的發起人，後來人們為了紀念曹家，才稱這裡為曹家集。

兩人經過的鋪子，無論是賣什麼的，都會進去看看。

孫保財關心有沒有適合的商品，好進一些回東石縣賣，順便把商品的價格摸清楚，心裡有個底。錢七就是純粹觀賞，看到有興趣的，也會拿到手中研究一下。

兩人閒聊時，孫保財也給她說些大景朝的常識，比如這裡社會階層以士、農、工、商分類，按照他的說法，這些是有人權的階層；還有一些賤籍，可以隨意被人買賣，是沒有人權的階層。

除了這些，還有一些特權階級，比如皇權，比如位高權重者。

他自嘲，來這裡當農民，其實階級還是比較前面的。

大景朝的當朝皇帝是景齊皇帝，即位後便開始扶持商業，並且開通了海運。景齊皇帝如今在位二十載，大景朝已經不是重農抑商的狀態，現在反而有些重商輕農。

雖然商人的社會階層還是排在最後，但是對於商賈已經沒有太多限制，商籍子弟德才兼備就能參加科舉，也能穿戴絲綢，只不過在樣式規格上有些限制。

其實在她看來，商的地位早已超過農，商人有錢，吃穿不愁，農民勞作一年只是混個溫飽。沒有錢，哪有什麼地位？只不過古人對於糧食更重視些，才讓農籍在商籍前面吧！

想到這裡，她不由好奇問道：「咱們這樣不會被歸入商籍嗎？」

孫保財笑道：「朝廷對這個是有規定的，只要不超過規定交易的貨物數量和金額，就不歸為商籍。」

這樣也是為了扶持農民，畢竟朝廷扶持商業，也得給其他人一些出路。不過他昨天從邵明修的話中察覺出，朝廷應該要開始重視農業了，就不知是怎麼個重視法？

其實他對於景齊皇帝挺佩服的，當年能大力改革商業、推動貿易，徵收商稅充盈國庫，這一連串的舉措都別有深意。

自從他來了之後，朝廷就沒有加過農業稅賦，這個現象在古代應該是很難得的，足以說明大景朝國庫非常充盈。加之也沒聽說有過任何大型戰事，國強了，周邊的國家自然不敢侵犯。

現在這位明君，應該是察覺出農商之間的差距，想要平衡；要不農民以後不種地了，都跑去經商，就是動搖國本之事。

錢七點頭表示明白了，兩人繼續逛商鋪。

在曹家集轉了一圈，孫保財最後決定還是弄一些文房四寶回去。他手上的客源大多都是讀書人，做生意嘛，做熟不做生；再說這裡的文房四寶都是批發價，他一算就明白利潤是多少。最主要的還是手裡銀子有限，也不敢亂弄。

他現在一共有十三兩銀子，帶來的東山石有五兩的貨底，一共賣了八兩銀子，還有五兩銀子是邵明修給的車資。

這要是沒遇到邵明修，手裡這點錢也就能進一半的貨。

他選了一家感覺最好的店鋪，掌櫃姓方，是個挺實誠的人，店裡的文房四寶他看了看，都是宣州府大作坊出品，而且這兒有現貨不用等，在裝車之前還能檢查一遍，確定一下貨物品質。

當然因著方掌櫃好說話，他還要了兩刀普通紙作為搭頭。

紙是一捆十刀，一刀一百張，兩刀就是兩百張紙，進價還要一百文呢！從這些紙的價格上就能看出，在這裡讀書的成本有多高。

他要這個倒不是想賣，而是想著祥子現在唸書了，正好能用這些普通紙練練字。

總共跟方掌櫃訂了十二兩銀子的貨，手上只留一兩回家錢。

孫保財把買的生宣紙放在之前裝東山石的木箱中，就怕回程下雨，這些紙可最怕雨水了。不能怪他這般小心，這兩捆生宣紙就花了六兩銀子。

他認識一位開私塾的老夫子，知道這人喜好用生宣紙作畫，曾經拉著他說了好一通，關於作畫工具紙張的講究。所以這些生宣紙主要的銷售對象就是這位老夫子，到時讓他介紹幾個同好，這些紙就不愁賣不出去。

這般想著，手上沒停，把其他貨物依次擺放好。

錢七看孫保財擺放貨物的樣子，笑道：「你還是自己買一輛騾車吧，這樣用別人的，我都替你不好意思了。」

不論這是誰家的騾車，知道他們拉了這麼多東西，心裡都不舒服。

孫保財挑眉一笑。「行啊，我先買輛騾車，寶馬以後買。」

這騾車是個朋友家裡的，他想著回去說說，看看朋友家賣不賣？反正他似乎也不怎麼用。

兩人收拾好，眼看天色不早了，便打算先回客棧。

羅斌看孫家的地裡蹲著個人，不由好奇地走過去。

原來是孫家的祥子。這人不是去私塾唸書了嗎？怎麼在這裡蹲著啊！

於是也蹲在他身邊，出聲道：「你在這兒幹麼呢？」兩人差三歲，以前也一起玩過。

祥子看是羅斌，勉強笑了下。「我來找我三叔，但是他好像不在家，我也沒地方去，就在這兒待會兒。」

今天他沒去私塾，不敢現在回去，要不娘該罵他了。

羅斌聽了納悶。怎麼會沒地方去？想了下問道：「你不是去私塾了嗎？學得怎麼樣，現在村裡的孩子都羨慕你呢！」

這是事實，連他也羨慕，他們都說祥子以後能當秀才老爺。

祥子苦笑了下。他以前也覺得能去私塾很好，能讀書識字。村裡其他玩伴，沒有一個去私塾的，他覺得自己比別人都強，是跟別人不一樣的。

等去了私塾後才知道，確實跟別人不一樣。

私塾裡，只有他穿補丁的衣裳，只有他中午吃大餅和鹹菜，只有他每次都完成不了夫子留的練字作業。

別人每天都是交十張大字，只有他每次交作業只交一張，然後被其他同學嘲笑。

他也知道去私塾的錢都是爹娘省下來的，娘現在也不像他剛去私塾時的高興樣子了。

自從被夫子叫去批評一頓之後，娘就整日愁眉不展，爹更是在外打短工，好久都不回來一次，只為了多賺些銅板。如今除了去奶奶家能吃點好的，家裡好久都沒吃過肉，福子的小臉都瘦了。

這一切都是因為他去私塾才這樣的。所以他想來找三叔幫著勸勸爹娘，他不想去私塾了。

他心裡憋得難受，索性把一切跟羅斌說了，說完心裡倒是輕鬆不少。

羅斌聽了，震驚地看著祥子。原來私塾是這樣的啊！但想了會兒也明白了，私塾裡都是家境好的孩子，祥子家跟那些人家比不了，才會是這個情形。

聽祥子說一天要交十張大字，心裡更是不忿。那一張白麻紙要一文錢一張呢，哪裡是祥子家能負擔得起的？

想罷，他說道：「你三叔家這幾天好像沒人，以前每天都能看到你三嬸在地裡幹活，這幾天沒看到，要不你跟你爺奶說說吧！」

看著祥子失落的樣子，羅斌說出自己的建議。「我覺得你還是應該去私塾繼續讀書，你要是不去，束脩能退嗎？怎麼也得學完這一年才行啊！沒完成夫子留的大字，大不了臉皮厚些，挨幾下打手板唄。至於那些嘲笑你的同窗，你不理會就是，還能少塊肉啊！」

這樣的事要是發生在自己身上，他就這麼辦，自己挨幾下打也沒什麼。

祥子聽了，羅斌說得好像有道理，他皺著眉頭認真想了想，越想越覺得是這個理。

想罷，他決定還是先找爺奶幫忙勸勸娘，唸完這一年就不去私塾了。

想通後，他開始和羅斌說起別的。兩人一個七歲，一個十歲，說著說著，祥子竟然開始教羅斌自己學過的字。

看羅斌只要自己說幾遍就能記住，祥子詫異地道：「羅斌，我覺得你應該去私塾唸書。」他比自己聰明多了。

羅斌苦笑。「我家可拿不出那些錢讓我去私塾，所以你要珍惜啊，好好學。」

他現在就想快些長大，到時能賺錢了，娘就不用那麼辛苦。

劉氏看孫子出去了，嘆了口氣，對著孫老爹道：「怪不得最近老大媳婦不到處嚷嚷了，原來是這麼回事啊……」

剛剛祥子來說了自己在私塾的情況，還央求他們勸勸他爹娘，讀完這一年就不想去了。

說實話，她聽到私塾的夫子每天留的大字有十張，心裡一顫。這一張白麻紙就是一文錢，十張就是十文。

祥子還說，這只是晚上留在家寫的，白天在私塾還要寫好多。敢情老大這打短工一天賺的錢，都不夠祥子的紙錢。

看老頭子不說話，只在那兒抽旱煙，她問道：「祥子說的事，咱們說不說啊？」

這都分家了，說了，怕老大兩口子說他們耽誤祥子的前途；不說，難道就這麼眼瞅著，家就這麼敗了？

最主要的是祥子說了，他在私塾讀書的資質一般，夫子說運氣好的話，興許能考個秀才。這話聽著就知道，資質一般是重點，後面的不過是安慰人。

孫老爹想了會兒，開口道：「等等吧，看老大兩口子啥意思。祥子讀書啥樣，老大媳婦也知道了，怎麼選擇看他們吧！妳一會兒給老大媳婦送兩百文去，讓她給祥子買些紙張，其他的話就別說了。」

孫子讀書，他們當爺奶的，理應給他買些東西。

劉氏聽了點點頭。她能說什麼呢？老大媳婦也是想讓孩子有出息。

這般想著，便起身去拿了兩百文錢，又拿了十個雞蛋，往老大屋子走。

到了院子裡，一看兒媳婦小劉氏在，道：「今天妳爹看孩子們都瘦了，叫我給你們一家十個雞蛋，給孩子們補補。我先給妳大嫂送去，一會兒給妳拿來。」

本就想著先給老大媳婦送去，一會兒給大丫送十個雞蛋，這會兒看到老二媳婦在，正好說了，省得又有誤會。

小劉氏聽了，當即笑道：「哪能讓娘給我送啊？一會兒我去拿吧。」

劉氏點頭應了，繼續往老大屋裡走。

張氏正在納鞋底，打算多做些到集市上賣錢，好給孩子補補。聽到腳步聲，抬頭一看是婆婆來了，連忙站起身道：「娘，快來坐。」

劉氏過去坐下，把雞蛋放到桌上，看著張氏道：「給妳拿點雞蛋，給我孫子補補。妳看這段時間，祥子和福子都瘦了。」說完又把錢放到桌上。「這是我和妳爹給祥子買紙練字的錢。」

說完看老大媳婦愣著，她立刻起身往外走，擔心再待下去，自己說的話就不中聽了。走到門口，忽然聽到老大媳婦的哭聲，她深深嘆了口氣才出去。

孫保財回到客棧，第一件事就是找小二幫忙把車裡的貨物抬到客房裡。這種小客棧，人家只是提供個放車馬的地方，可不會幫忙看貨物，所以還是把車廂裡的貨放到房間裡安全些。

小二一看是這位客官，樂得幫忙，知道這位客官不會白用他的，把東西都搬進客房後，拿了兩文錢笑著走了。

眼看快到晚飯時間，兩人商量下，決定出去吃。離客棧兩條街的地方就是南城的夜市街，聽小二說很熱鬧，直到天色全暗才會散市。兩人走路到了夜市街，只見街道兩旁都是各種攤位，這倒挑起了錢七的幾分興致，對孫保財道：「咱倆先逛逛，遇到想吃的東西就坐下來吃。」

孫保財當然認同，牽過她的手開始逛夜市。

兩個男人手牽手逛街，這一幕倒是惹了不少人矚目。

當錢七意識到時，本想把手抽回來，畢竟在這裡多一事不如少一事，因為有時候，有理也沒處說。
但她感覺孫保財不但沒鬆手，還牽得更緊了。
她微微一笑。好吧，既然孫保財都不介意，她還在意什麼？
也不多想，兩人繼續逛街。
錢七對這裡的木製手工藝品比較有興趣，蹲在攤位前拿起木簪欣賞，也看不出是什麼木頭做的？她對這些沒怎麼瞭解過，當然也是沒啥機會瞭解，只能看出做工精緻，聞著還有股花香味。
這香味挺熟悉的，就是一時想不起來是什麼香味？
攤主是位老婦人，錢七笑著問：「這是什麼木做的簪子？多少錢一支？」
攤主看了看眼前這位，長相清秀，臉上帶著一絲柔美，旁邊還跟著一位男子。雖然這人一身男裝，但是以自己幾十年的經驗是不會看走眼的，這是個女娃子，便笑道：「這是桃花簪，五文一支。」
錢七聽了恍然大悟。怪不得這香味聞著熟悉呢，原來是桃花木，五文錢一支也不貴，索性開始挑起來。
挑了十二支桃花簪後，她道：「就要這些了，麻煩幫我包起來。」
攤主看她買了這麼多，又多放了一支，說是送的。
錢七笑著謝過，接過包好的桃花簪。
孫保財對於老婆買了這麼多簪子，一想就知道是幹麼用的，便笑著付了六十文錢，牽起老婆的手繼續逛。

兩人一路吃了兩個小攤就飽了，於是順著原路慢慢返回，權當消食。

回到客棧時正好天黑，洗漱後，兩人躺在床上閒聊會兒就打算睡了，明早要起早回去。

本想著在這裡逛兩天，但錢七說也沒多大意思，所以兩人商量後決定回去，等以後有機會再出來玩吧，那時想來心境也會不同。

回去之後，孫保財把貨都賣了，小賺了一筆，買了一輛騾車跑貨用。

但讓他沒想到的是，邵明修竟然主動寫信聯絡，出於禮貌，孫保財也會回信給他，於是就這樣，兩人一直保持著聯繫。

# 第十八章

春季正是農忙之時，紅棗村的家家戶戶都在忙著春耕。但就算再忙，只要閒下來，聊的都是孫家的孫保財。

讓他們熱議的是，孫三娃要在稻田裡養魚！

這事是他本家嫂子說出來的，一些人覺得他在胡鬧，他們種了一輩子地，可沒聽過這麼新鮮的事；還有少數人觀望著，稻田裡養魚，也有可能真的能行。

誰也不傻，孫保財自從成親後，別的不說，開始正經過日子倒是真的。

而且人家確實是越過越好，分家後又是買地，又是砌牆、買騾車的，日子過得可比兩個哥哥強多了，這還是看在眼裡的。

村裡甚至有傳言說，錢家的七丫頭旺夫，是個有福氣的人，所以自從他倆成親後，日子過得是越來越好。

如今村裡還真有不少人相信，畢竟事實擺在那兒呢，錢家七丫頭沒出嫁前，在錢家也是個享福的命，農活時從來看不到她的身影，聽說家裡的重活，王氏也不讓她做。

那孫家三娃子沒娶錢七之前是個什麼樣啊，孫家過的啥日子，他們可是清楚得很。現在呢，這日子過得，他們看著心裡都泛酸。

還有那些家裡兒子想娶錢七可爹娘不同意的，也在心裡怨懟，這要是他娶了錢七，這日子過得好的就是自己了！

所以對於孫保財要在稻田裡養魚這事，他們留了個心眼，打算時刻關注著。萬一要是真能行，那可是件轟動的事。

而這些人當中，就有田村長。

田村長想得更遠些，他知道孫保財不是個胡鬧的人。

他姪女田妞已經跟何二訂親，正日子定在六月初八。何二來下定時，他們聊過孫保財，在何二口中，他知道了一個跟大家說的不一樣的孫保財。

因此他對於這稻田裡養魚很期待，如果真成了，最先受益的就是他們紅棗村了！

孫保財真沒想到，邵明修竟是中了榜眼。這名次等同於現代的高考狀元了吧？可比他厲害多了，他當年可離這好遠；這麼厲害的人物要跟自己相交，他是不是應該感到特別榮幸？

他失笑地搖搖頭。這些跟他關係都不大，他這輩子的追求就是小富即安，跟老婆在一起白頭到老，足矣。

一抬頭，看見錢七在稻田那裡，他不由笑了。

他老婆現在癡迷於研究各種農作物。

家裡的旱地種了一畝麥子，另一畝地種了玉米和大豆。種麥子是為了交田稅用，照錢七的意思，種玉米是想吃些粗糧，大豆就是為了喝豆漿和吃豆腐了。

家裡現在有了騾子，等有時間買個石磨，到時每天磨豆漿喝也挺好。

至於稻苗，已經種下三天了，他打算等過幾日就去拉魚苗。

他跟一家池塘養魚的訂了三百尾鯽魚苗，頭一年用稻田養魚，也不知能不能成，所以也不敢多弄。

老婆現在每天都圍著稻田研究，她說放了魚苗後，她要開始每天記筆記，把每日變化都詳細記錄下來。

好吧，他老婆現在有研究精神，要是這麼一直下去，要成為一名古代農學家還是有可能的。

他要在稻田養魚的事，也事先跟錢家、孫家說了。畢竟這是大事，如果不事先說了，稻田養魚又瞞不住，到時還得費勁解釋。

孫家和錢家長輩都覺得他在胡鬧，對於此事並不支持，可最後看他態度堅決，也只能隨他去。

至於平輩是啥想法，他心裡也有數。

稻田養魚這事還沒開始呢，就傳到了村裡，他想應該是兩家的女眷們說的吧？

自家荒地現在給錢七做研究用，她打算種大蝦收集的種子，現在正在培育那些種子。

孫保財走到錢七跟前。「咱家地種完了，下午我去錢家幫著種地去。」

他爹的四畝地在昨天就種完了，他們地少，種得快，不像錢家田地多，現在還沒種完。

錢七聽了，點頭道：「行，下午我也跟你去吧。」

她能幫著做飯，按照以往的情況，再一天也能種完。

孫保財看著錢七。「等放完魚苗沒啥活兒了，咱先把房子蓋了吧。」

這個冬天，他就沒閒著，買了輛騾車來往於府城和東石縣，自己帶貨自己賣，倒是賺了不少。除去這段時間的開銷，手上還有三十多兩銀子，蓋房子是足夠了。

錢七聽了，笑道：「行啊，你找師傅的時候，別忘了把咱們的要求說了就行。」

他們打算把廚房蓋在後面，還想蓋一面火牆，夏天的時候用插板插上，煙從煙囪直接出去。冬天時再變換一下插板位置，讓煙從火牆走，就能暖和不少。

這地方的房子都沒有保暖設施，冬天只能用炭盆取暖。放一個炭盆還是冷，放多了，普通人家也用不起；所以趁著這次蓋新房子，兩人就琢磨著要怎麼取暖？最後想到小時候去北方的親戚家，他們用的火牆、火炕，才想在房子裡加一面火牆。

至於火炕，他們覺得用不上，這裡的溫度最冷也就零下十度左右，火炕雖然熱，但是睡多了也上火，所以不打算弄。

孫保財眼看日頭上來，兩人一起回屋，打算吃過中飯去錢家。

錢五和錢六在農忙這段時間沒出去，而是幫著家裡幹活。

他們從去年秋收後開始收糧和山貨，除去開銷和給他爹的車資，每人攢了五兩銀子，哥兒倆高興得幹農活都特別賣力，想著早些幹完，早些出去收貨。

錢六可不像五哥那麼沒心眼，他知道，大哥、二哥、三哥、四哥明顯對他們有意見了。

哥哥們年前年後打短工沒賺多少錢，每個人也就能弄個一兩多銀子，畢竟短工嘛，沒活兒就得等著。而他和五哥賺多少也沒瞞著，這一對比，自然心裡會不舒服了。

換成是他，也會多想吧，所以他理解，就是不知道他們要怎麼做？

如今他和五哥已經把這營生做起來，也有穩定的客源了，就這營生，其實兩人真的正好。

錢五看孫保財來了，招呼他過來。「聽說你要在稻田裡放魚苗養，你怎麼想的？」這事可把大家給新鮮壞了，這幾天太忙沒時間去問，這會兒正好孫保財來了便問問。

孫保財一邊幹活一邊回答。「我弄了一本書，上邊寫了怎麼養魚，你妹妹突發奇想，想在稻田裡試試，就這麼回事。」

他和老婆都串通好了，比如這事以這樣的藉口推給她，因為以她的性子做出這樣的事，比他要正常些。

嗯，據她說，錢家肯定相信她能做這事。

錢五聽了，詫異地看著孫保財道：「你就這麼由著她了？」

他還不瞭解錢七嗎？小時候想法就多，但是娘從來不慣著，冒出一個打回一個，後來她就老實了，他還以為小七改了呢！

看孫保財連這事都由著小七亂來，心裡對這小子更是滿意。妹妹嫁給這樣的人，還真對了。就是想著回頭找小七說說，別太折騰了，孫保財賺點銀子也不容易。

孫保財笑道：「當然由著了，左不過就是一畝稻田沒收成，沒啥大不了的。」

他們已經做好準備，實驗嘛，總要交些學費的。

錢五還能說什麼，一個願打，一個願挨，心裡忍不住嘀咕。真是什麼鍋配什麼蓋，這兩人簡直就是絕配！

兩人邊幹活邊說話，孫保財聽錢五說現在已經有了固定的熟客，心裡也為他和錢六高興。他們現在主要收山貨，這東西用得快，賺得比收糧多。糧食都是那些老主顧提前說，然後收了給他們送去，每次也會給那些店家一些山貨。

聽說這是錢六的主意，孫保財不由挑眉一笑。錢六這腦子可比錢五活絡，這樣既穩固了客戶，又節省了本錢。

幫錢家忙完春耕，孫保財看稻田裡的稻苗都活了，打算明天一早就去拉魚苗。

羅斌正在地裡忙著。他家這兩畝地的小麥苗已經種下去了，現在每天最重要的任務，就是早晚拿著小木桶去河邊打水澆地。

他一抬頭，看孫保財在地裡，皺眉想了會兒，走了過去。

孫保財聽到聲音，回頭一看是隔壁的小鄰居，笑道：「羅斌啊，找我有事？」看這小表情就知道是專門找他的。

對於羅斌，他很欣賞，一個十來歲的孩子知道保護母親，整日都看到他勞作的身影，努力讓自己和母親過得更好。

想想自己十歲時在幹麼？整日瘋玩，所以面對這麼堅強懂事的孩子，他也是把他放在平等的位置，給予足夠的尊重。因為這樣的孩子，往往堅強又脆弱。

羅斌看孫保財這麼親切，莫名有些不好意思。除了娘，還沒有誰對他這麼、這麼……想了會兒，卻沒想出來要表達的詞，索性不想了，對孫保財道：「孫三哥，我聽說你家要在稻田裡養魚，我想問問我家以後能跟著養嗎？」

大家都議論好幾天了，他自從聽說，心裡就琢磨了。這事如果可行，那就是一畝地除了能收糧食，還能收穫魚，賺的就是雙份錢。

如果他家兩畝旱地改成水田養魚，豈不是多了很多收入？

所以這幾天一直琢磨著，看到孫保財定要問問。

孫保財一聽便笑了。第一個跟他說以後要跟著稻田養魚的，沒想到會是這麼個小人兒。

他看著羅斌，微笑道：「現在我家剛開始要養，也不知能不能成功，要是成功了，你當然可以跟著養啊。」

他們根本沒打算藏私，他和老婆也想對這裡有所回饋，也算沒白來吧，所以稻田養魚要是成功了，村裡無論誰家想跟著養，他們都會盡心指導。

羅斌一聽，提著的心放下了。「那個……孫三哥，我問一下，如果我家要是把兩畝旱地改成水田養魚，一共得多少銀錢啊？」

如果太多，他們家拿不出來，那好事跟他家又沒關係了。這般想著，小臉不由緊繃起來，嚴肅地看著孫保財。

孫保財起初還覺得羅斌這樣挺可愛，可注意到羅斌眼中不經意流出的忐忑後，忽然知道這孩子有多在意這事。

想到他的遭遇，他有些明白。羅斌年幼喪父，自小受盡冷暖，所以這孩子性格其實很複雜，比如他有拿著砍柴刀追著人砍的狠辣，也有老婆說過，羅斌讓她去挖野菜的善良。

這會兒在他面前，他看到了羅斌符合年齡的青澀稚嫩，和不符合年齡、對生活的抗爭。

面對這樣一個孩子，他突然很想幫幫他，就當結一份善緣吧！

「這個可是要不少銀子，兩畝旱地雇人改水田的話，怎麼也要一兩銀子吧？稻苗可以自己培育，用不了啥錢；魚苗買的是一文錢一尾的，現在跟人訂了三百尾。這是剛開始，還不知能不能養成？要是今年養成了，明年肯定要多放些魚。你算算吧，要是放五百尾魚苗，兩畝水田最少要一兩銀子魚苗錢，這麼算下來，要三兩銀子左右吧？」

這還是最少的，他沒說還要準備些額外銀子，以應對其他開銷呢。

看著羅斌的小臉，他更沒好意思說，你家沒有水井，旱地變成水田的話，要是水跟不上也是萬萬不行的。

羅斌這麼一聽，頓時滿臉失落。他家連一兩銀子都沒有，就算先改一畝水田，這錢也是不夠的。

果然不管什麼好事，他家都趕不上……小手不自覺地攥緊，臉上布滿了倔強。

孫保財看了，笑著搖搖頭，拍拍羅斌的肩膀，笑道：「你做得已經很好了。」

不是誰都能在這個年紀活得這麼堅強懂事的。這樣的孩子，要是能得到正確的引導，將來肯定比同齡之人有出息。

羅斌只是露出一絲苦笑。命運待他如此，他不怨，他只想讓娘過上好日子。

孫保財揉了揉羅斌的臉，笑道：「多大的事啊，還愁眉苦臉的？等我家蓋完房子，我還是要去臨安府跑貨，需要個人手幫忙，飯歸我管，月錢三百文，你幹不幹？」

他平均一個月跑臨安府三、四次吧，因為就自己這點貨好賣，一般一到兩天就能處理完，然後他會在紅棗村這邊收些貨，再陪陪老婆。

反正他沒把時間安排得太趕，錢這東西是賺不完的，不能跟以前一樣，為了工作把老婆忽略，到時要是惹得老婆爆炸，他可真就是自作孽了。

羅斌詫異地看著孫保財，過了會兒才反應過來，當即高興地點頭答應。「幹、幹、幹。」

三百文啊，要是攢到明年，他家也能在稻田裡養魚了！

孫保財哈哈大笑，對羅斌道：「回去跟你母親說一下吧，要她同意才行。」

看著羅斌高興地跑了，他才笑著往回走。

把這事跟錢七說了，錢七也點頭贊同。

她有時候在地裡幹活，看到羅斌的小身影，都會忍不住想，這要是自己的孩子這樣，還不得心疼死？

# 第十九章

羅斌興奮地跑回家，高興地喊道：「娘，我找到活兒了，一個月三百文錢！」

林氏看兒子興奮的樣子，心裡卻沒有兒子這樣高興。

誰會花三百文雇個孩子？她擔憂地看著羅斌道：「你說說，是誰找你幹活，這幹的是什麼活兒？」她就剩下斌兒了，絕不容許任何人打他的主意。

羅斌看娘的表情就知道什麼意思，解釋道：「娘，是隔壁的孫保財，他過段時間要往臨安府跑，所以想找個看車、看貨的。剛剛我去找他問稻田養魚的事，他跟我提了這事，我當即就同意了。」卻沒說是孫保財讓他回來問，反正這錢，他一定要去賺。

羅斌心裡莫名覺得這是自己的機會，可具體是什麼，他也不知道，只是覺得跟孫保財出去很重要。

林氏聽是隔壁鄰居找斌兒幹活，提著的心稍微放下了些。鄰居家的變化她還是知道些的，也聽說了他家有騾車來回跑貨，就是不知原來是去府城。想罷，又跟兒子叮囑一番。

羅斌始終笑著聽娘的叮囑，對未來充滿信心。

翌日，孫保財吃過早飯，跟錢七說了幾句話，就趕著騾車去東石縣北邊的一家池塘拉魚苗。

錢七送走他，開始研究自己培育的種子。

孫保財的朋友收集的種子裡，這個冬天被她成功地弄死好幾包。現在她培育的是西瓜苗，也不知最後能不能成？不過已經能看出有長芽的趨勢了。

說實話，她感覺經過一個冬天的折騰，她在育苗方面確實有了很大進步，最少現在能成功讓種子發芽了。

錢七卻沒想到，錢家種完莊稼了，錢大、錢二、錢三、錢四一起找到錢老爹，表達了心中的意見。

錢老爹聽了之後，把大家叫到一起，打算今天把這事說明白，要不家宅不寧啊！如今齊聚一堂，他看兒子們這會兒都不說話了，那就自己來說吧。

他開口道：「今天叫你們都過來，是老大、老二、老三、老四找我說，他們覺得他們在家種地，而老五、老六出去賺錢，這事得有個說法。」說完這話，他看著幾個兒子笑了。「當初叫你們自己選擇，你們都是怎麼選擇的，心裡有數吧？這會兒看著老五、老六賺錢，眼熱了是嗎？」

沒管幾個兒子、兒媳變化的臉色，他繼續道：「你們要個說法，這事不好辦啊，老五、老六出去，每天都給我付了十文車資，這錢可是入了公中的。這一天十文不多，但一個月、一年可就多了，也三兩多銀子吧，所以老五、老六雖然出去賺，但每年也給家裡交這麼多錢。再說農忙時，他們要回來幫著幹活，你們在家幹的農活，能值多少錢，你們算過嗎？」

就是不知足才會這般行事，閒著時，他們誰不是出去找個短工做？

說到這裡，錢老爹停頓了下，又道：「當然一家人收支不平衡，你們心裡肯定不舒服，但是也沒有別人賺了錢，白給你們的道理。所以為了公平，給你們三個選擇，你們自己選，作了選擇以後，誰都別來我這兒說事。第一，維持現在這樣，你們自己調整心情。第二，我買兩輛牛車，你們也可以選擇做這行，但是先聲明，老五、老六也是自己摸索著幹起來，買了牛車後，這營生你們自己商量做，別指望著別人幫。當然車資跟他們一樣，每天給我十文錢。

「第三個就是分家，以後各自過各自的日子，誰有本事就多賺些，沒本事就守著老本過，憑著分家的家底也餓不死。」

說完，他看著大家震驚的表情。「現在你們商量一下，要是覺得這裡說不方便，就出去商量，一刻鐘之後回來告訴我結果。」說完也不再理會眾人，示意王氏跟他回屋。

王氏跟著錢老爹回屋，納悶地道：「你這是弄的哪一齣啊？」兩人生活了大半輩子，老頭子啥樣她還不知道，分家？怎麼可能呢？老頭子以前就給她分析過兒子們的性子，說不宜過早分家，今天又這麼說，也不知要做什麼？

錢老爹聽了，笑道：「妳去看看家裡的銀子，還夠買兩輛牛車不？」

看老婆子嘟囔著去了，笑著搖搖頭。自己的兒子們什麼樣，他心如明鏡，能力都平平，老五是孫保財帶著才開竅了些，後來能把這營生做成這樣，還是跟老六有關。

老六的腦子是活絡些，就是太年輕了，去年才剛成親，性子還沒完全定下來呢！這要是現在放出去，將來的事就不好說了。

他這些年攢下現在的家底，遲早是要給他們的；只不過在給他們以前，他們要有能力管好分到的家產，並且能越過越好才行。要是現在給他們，他敢說分到他們手裡的田地，十年後都不一定能多一畝。

到那時，孩子越來越多，日子只會越過越窮，那時候他的孫子們過得還不如他爹這輩呢！

能力平平也是自己的親兒子，他不能看著他們把日子過成那樣。

王氏把錢匣子拿過來，放到桌上，對錢老爹道：「都在這裡了，你看看夠不？」

這裡是去年賣糧的銀子，還有以前的一點家底。一聽老頭子說要買牛，她知道是啥意思了，看他在那兒數錢，只問道：「你就這麼確定，兒子們不會選擇分家啊？」

錢老爹算了下，這銀子買牛車夠了，還能剩些。聽了王氏的話，回道：「當然確定了，他們要是有那個提分家的魄力，我就不替他們操心了。」

說完又把錢匣子合上，讓王氏放回去，兩人才往堂屋走。

錢家哥兒幾個誰都沒出去商量，就這麼互相說說，主要是商量要維持現在這樣，還是也買牛車幹營生呢？至於分家，他們根本就沒想過，爹娘身體都好，他們怎麼能提分家呢？

如今他們除了地裡的活兒，平時打短工賺的錢都是自己留著，吃、穿都是家裡出，他們要是自己過，還真不一定能過成這樣。

家裡現在有五十畝地，分到他們手裡也就七畝地，孩子以後只會越來越多，七畝地能幹啥？他們之所以跟老爹提意見，也是想能跟老五、老六一樣多賺些。

女眷們也聚在一起小聲說話。她們也不想分家，娘對她們這些兒媳婦都一樣，家裡的活計都是輪著來，從來沒偏向誰，所以她們對王氏是打心眼裡服氣。她們都有娘家，自己的娘可做不到婆婆這樣。

當然小姑不算，那是老閨女，疼著些也正常。何況小姑自從嫁人後，有時候出去了也惦記她們，會給她們帶些簪子，也會給孩子們買些小玩意兒，這讓她們心裡那點芥蒂也沒了。

這好好的又沒有人給她們氣受，妯娌們相處也挺和睦的，當然不願意分家了。

至於男人們那點事，一向都是由爹解決的，她們也不摻和。

錢大也沒個主意，抬頭問道：「老五、老六，你們幫著出出主意，哥哥們是選擇維持現在這樣呢，還是買牛車呢？」

錢五聽了笑道：「當然買牛車了。你們也知道我和老六賺了多少，這可比打短工強多了，爹出錢還考慮啥啊！」

真不明白這些哥哥們幹麼遇事磨磨唧唧的？早在去年就該跟他們一起幹，這會兒竟然還沒決定。

錢六聽了錢五的話也道：「我的意見也是買牛車。營生這東西都是慢慢做起來的，就算不收貨了，去縣裡趕牛車拉腳也能賺些錢不是？」

反正怎麼都比打短工強，這會兒爹提出來買牛，當然要買了，他也不明白他們猶豫個啥？天大的事也輪不到他們頂著，不是有爹嗎？雖然無論他怎麼想，最後最賺的還是爹。

這麼一想，不由翻了個白眼。他爹以後一個月光是收他們六個的車資就快一兩銀子了，這一年就是十多兩銀子。

他也明白了，他爹雖然給了大哥他們三個選擇，其實最後他們會怎麼選擇，爹早就料到了。這樣哥哥們不用去給人打短工，還能開闊眼界賺到錢，每年公中還能多十兩銀子的收入。

想到這裡，看著還在討論的哥哥們，莫名覺得他們其實很幸福，有個這麼為他們著想、鋪路的爹。

錢家哥兒幾個聽了老五、老六的話，莫名覺得在理。打短工的活兒不固定，有時有、有時沒，而且還得聽人家的呵斥，這要是自己趕車拉貨，自由多了，錢還比以前賺得多。這般想著，心裡都有了答案。

錢老爹和王氏回到堂屋坐下，等著兒子們說結果。

錢大作為大哥，站起來說了哥兒幾個的決定。「爹，我們選第二個買牛車。」

錢大說完，其他人也點頭附和。

錢老爹聽了，看著兒子們道：「既然如此，那就買吧，買兩輛牛車，兩個人用一輛，你們商量下誰和誰一起，商量好以後就不改了。」看了眼兒子們，繼續道：「不過規矩變一下，以前是每天給我十文錢，用一天牛車算一天錢，這以後我也不管你們用不用牛車，全部按照每個月三百文算，每月月初給我。以前一輛牛車那麼收費，是家裡也要用，閒著也是閒著，所以一天給一天的錢。當然了，你們在家裡幹農活時，這個天數的錢，我按照一天十文退給你們。」

看兒子臉色都變了，錢老爹笑道：「爹這麼辦也是沒法子的事，你們這以後要是因為活計不好，都不用牛車了，倒是可以出去打短工，但牛車怎麼辦？難道要我和你娘養著三頭牛嗎？這可是花了大錢的，可不能浪費了是吧？所以你們也要給我一個說法！這規矩同意了，咱們就買牛車，現在你們說吧。」

錢六和錢五對看一眼，沒說什麼。他爹這提議對他們沒啥影響，他們巴不得天天出去呢！只不過這樣一來，是把哥哥們跟牛車拴在一起了，他爹這招是斷了哥哥們的退路。

爹這麼做也合理，別人家一輛牛車都買不起，他們家一下弄三輛，這要是不好好利用起來，豈不是糟踐銀子嗎？

錢家其他兄弟聽了，幾個人商量後，也明白這是針對他們說的。老五、老六營生都穩當了，當然不用擔心這車資的事。

錢四看著大哥、二哥、三哥，道：「不就是一個月三百文車資嗎？這兩個人一人才一百五十文，去那些石場拉石頭，哪天不能賺個百八十文的啊！」

他在石場幹過短工，知道那裡用牛車拉一趟到縣城是十文一趟，他們早些去排隊的話，一天拉十趟、八趟還是能的，就是有些費牛車。

他這麼說只是想表達，有了牛車，不愁沒活兒。

而錢大、錢二、錢三一想也是，於是紛紛向錢老爹表示同意。

錢老爹笑著點頭道：「既然你們都同意，那就這麼定了。都散了，先忙去吧，我也去打聽下買牛車的事。」

看著兒子們都出去了，他才笑著起身對王氏道：「我出去溜達溜達。」

王氏看著錢老爹出去的身影，失笑地搖搖頭。

唉，這些傻兒子啊，不知有幾個知道被自己親爹給繞進去了。

錢七在後院找了個陰涼地幹活，順便等著孫保財拉魚苗回來。沒想到她沒等到老公，先等來了老爹。

看錢老爹過來了，錢七笑道：「爹怎麼來了，現在天熱怎麼不在家歇著？有事讓哥來叫我啊。」

她在錢家十年，很明白錢老爹就是老狐狸。她常常看著哥哥們被老爹各種耍弄，第一次對「被賣了還幫著數錢」這句話領悟得那麼深刻。

錢家就是有了錢老爹才有現在的家底，能過得僅次於田村長家，就是可惜了哥哥們沒有她爹的智商，要不錢家可就不只這樣了。

錢老爹呵呵笑道：「我過來看看你們家這稻田怎麼往裡放魚？」

他知道今天孫保財去拉魚苗了，估計也快回來，這種新鮮事當然要過來看看。

孫保財說是七丫頭張羅的稻田養魚，這話他只信一半，畢竟孫保財不同意，怎麼可能實行呢？再說敢這麼幹，孫保財心裡肯定是有了幾分成算才是。

看著遠處的一畝稻田，他不由瞇起眼睛。錢家可是有二十畝水田呢……

這事一開始他反對，後來仔細想過後，也明白稻田養魚要是真行，意味著什麼？意味著水田的收入翻倍，這個對農民可就是天大的事了，而大景朝的農民何其多啊！
收回心底的思緒，他和錢七有一搭沒一搭地閒聊，把家裡剛剛發生的事說了一遍。話落，錢老爹笑道：「等三娃子回來後，我問問他妳哥哥們能幹啥？要是有適合的營生，讓他幫著介紹下。」
說不管能不管嗎？能張羅的肯定幫他們想著，誰讓他生了一堆老實頭呢？
錢七聽了錢老爹說的話，笑著應下，心裡卻在感嘆，她爹這步走得漂亮，既解決了家裡出現的矛盾，又多了份新的收入，還能給哥哥們一個新的營生。等他們幹個幾年熟絡了，就算以後分家，日子也不會過差了。
當然哥哥們不分家，她覺得過得會更好，也不由想到大姪子都五歲了……
她問道：「爹，順子都五歲了，你就沒打算送他去私塾嗎？咱家條件很好了，也有能力讓小輩去私塾，不管是不是讀書的料，能識字、會算數也是好事不是？」
哥哥們都成親了，現在也沒有啥大開銷，與其給哥哥們攢家底，還不如培養小輩呢！到時候，筆墨紙硯讓孫保財去府城批發，那也能省下不少錢，現在祥子用的墨條和紙，都是孫保財進貨時要的搭頭。
之前他聽說祥子不想去私塾後，找大哥、大嫂和祥子談過，讓祥子再學幾年，最少把字認識了，學會算數就行；還跟大哥、大嫂說了，以後祥子用的紙張和墨條由他提供。
雖然那天自己沒去，但是聽孫保財說，孫寶金夫婦激動得當場落淚，還讓祥子給他下跪，是被他阻止了。

對於孫保財的做法，她挺支持的，她覺得如果可以，應該讓孩子們都讀書識字才是。

錢老爹聽完也笑了。這事他當然想過，兒子們小時候家裡沒啥錢，不能送他們去私塾，孫子這輩肯定要去的，這也是他不想過早分家的一個原因。不分家，就能用公中的錢讓每個孫子都讀書；要是分家了，兒子們有那能力讓孫子們讀書嗎？

他對錢七道：「這事爹想過，明年順子六歲就送私塾，今年先幫妳哥哥們把這營生弄起來。」

# 第二十章

孫保財趕著騾車回來時，見岳父也在。「爹來了？」

他後面還跟著一輛騾車，那是魚塘專門用來送魚苗的車，車廂就是個大木箱，裡面加了一半的水，魚苗在裡面短時間能活著。

因騾車能直接趕到地頭，所以放魚苗也方便，直接用漁網撈出放進稻田裡即可。

魚塘的陳老大邊放魚苗，邊在心裡嘀咕。這事可真新鮮，他頭一次聽說養魚在稻田裡養的；看著稻田裡翠綠的小苗，心道：這魚還不把這小稻苗給吃了啊，這鯽魚可是吃草的。

不過這些話只是在心裡嘀咕嘀咕，他不會不開眼地問出來，畢竟這事跟自己沒關係，他只要把魚苗賣出去就行了。

錢老爹跟女婿說了兩句話，也到稻田旁看魚放入田裡後，立刻歡快地游了起來，不由挑眉。這還真行啊?!

錢七看了下，笑道：「看看今年稻田養魚這事怎麼樣，要是行的話，咱們可以挖個小池塘專門養魚苗。我爹剛剛說咱們稻田養魚這事成的話，家裡的水田明年也這麼弄，到時候讓他買咱們的魚苗。」

這般說完覺得這事很可行。池塘養魚種魚苗，書上有具體說明，便接著道：「而且秋收後，水田可以在裡面繼續養魚吧？這樣到冬天也有新鮮的魚吃了。」

冬天能吃的東西太少了，就算吃魚也要在縣城買，太不方便了；要是自家有，就算冬天吃魚也方便。

孫保財聽完，看錢七越說越興奮的小模樣便笑了。她現在是越來越適應這裡的生活了。

他自然認同錢七的想法。池塘的事以前兩人就說過，奈何那時沒銀子，現在手裡不缺錢了，是該把能弄的弄起來。而且他岳父確實是個大主顧，心裡這般想，決定等找人蓋房時，問問挖個小池塘得多少錢？

錢七又問要挖多大的池塘？他想了下。「挖半畝地的吧。其實咱們就是做個實驗用，稻田養魚成了的話，村裡肯定很多人家養，到時候咱們這魚苗技術也會了，誰願意學就教給誰吧，咱倆做個先鋒就行。」

他們也商量過，能做到多少算多少，不會太刻意，就是一切隨緣。他也想看看紅棗村最後會發展成什麼樣？畢竟作為現代人來這裡，看著同村的吃不飽，穿的都是補丁的衣服，孩子一個個面黃肌瘦的，心裡不是沒有觸動。

所以，他們稻田養魚要是能成，能讓同村的收入多些，何樂而不為呢？

錢七點頭一笑。「那行，萬一我這西瓜研究成了，也是個先鋒，呵呵。」

兩人有一搭沒一搭地開始閒聊，錢七也把錢家的事跟他說了。孫保財聽完，笑著搖搖頭。

他這些舅哥有個這樣的爹是他們的福氣。他在這裡的爹，就沒有錢老爹這手段和遠見。

但是，等過段時間把爹娘接過來住之後，也該跟大哥、二哥談談了。看看他們有沒有意思做個營生？要是現在想做的話，他還能帶一下；如果兩人還是依舊不相信他的話，他也不會多說。

他對待他們的心態也是一切隨緣吧，他欠的是孫老爹和劉氏，而不是這兩個哥哥。

等魚苗放完，看老婆表示還要再待會兒，觀察魚苗的狀態，孫保財請岳父先回屋裡坐，倒上水後，兩人才開始說話。

聽完錢老爹的話，他笑道：「這事好辦。五哥、六哥他們收貨，一直在東南這片；大哥他們要是還想做這行，可以去其他方向收山貨。縣城的飯館還有好多呢，五哥、六哥才合作幾家啊。如果不想收山貨啥的，也可以跟我跑臨安府，那裡曹家集的東西，不管啥貨拉回來都有一到二成的利潤吧！進些貨回來去集市零賣也有得賺，不想零賣，就找些大的買家，便宜些賣給他們也行。」

想了下，又接著道：「爹，說實話，我覺得買牛車不如買騾車，騾車除了拉得不如牛車多這一點，其他方面都比牛車強。你看騾車拉腳比牛車快，坐的人數跟牛車一樣，也比牛車便宜一倍，騾子比牛可實在多了。」

反正他自從用了騾車後，覺得比牛車方便。牛車最讓他受不了的就是那慢悠悠的速度。騾車雖然也不快，但怎麼也比牛車快一倍；錢家又不是沒有牛耕地，所以再買兩頭牛真的有點沒必要。

錢老爹聽了也覺得在理，又詳細問了去府城進貨回來賣的事。得知孫保財在東石縣收東山石到臨安府賣，又從臨安府拉貨回來賣，現在已經有固定的客戶與店家，來往都有利潤。

這小子果然腦子活絡會做生意。他滿意地點點頭。怪不得剛才七丫頭跟他說要蓋房了呢，確實會賺錢。

詢問一番，心裡已經有底，也知道要去臨安府的話還是騾車快些，於是錢老爹又說了會兒話便回家去。

錢七在稻田上觀察，看魚苗雖小，但游得歡快，心底莫名湧起一陣開心。

這時也有人陸陸續續過來，都聽說他們家放魚苗了，只是因為她在稻田旁，所以過來的都是女眷。

大家看到稻田裡有魚，七嘴八舌地說了一會兒後，大多都走了。

只有葛望媳婦來得晚些，跟錢七打過招呼，也蹲在一旁看稻田裡的小魚，不由問錢七：「這魚再大些，不會吃稻苗嗎？」

都知道魚吃水草，這稻苗在魚的眼裡跟水草差不多吧？她可不信魚能分辨出稻苗和水草的區別。

葛望媳婦嫁來紅棗村快兩年，聽說現在還沒孩子，被葛望娘各種嫌棄。這段時間，葛家好像鬧得挺凶的，不過聽說葛望待她很好。

錢七看著她道：「不會的，以後會餵魚食，而且魚不但不會吃稻苗，還會吃長出來的雜草呢！」

看葛望媳婦一臉不信的樣子，她便不再多言。現在說啥都太早，等養成了，用事實說話吧！

葛望媳婦看錢七很好相處，想了下道：「我以後能不能經常過來看看這魚啊？」說完頗有些不好意思。家裡現在矛盾越來越大，想來錢七應該也聽過了。葛望想分家，公公、婆婆的意思是想分家沒門兒，淨身出戶可以。

就是這樣，葛望也決定要單過。

想著這一切都是因為自己一直懷不上孩子，不由心中一陣苦澀。她想過來看看，要是真行的話，這以後對自己家未嘗不是個出路。

可能是心中太長時間沒有傾訴過，這般想著，不知不覺就把心中的話對錢七說了出來。

錢七看著葛望媳婦嘆了口氣。這裡對女人確實不公，在現代，不能懷孕的話，還可以做各種嘗試；在這裡，女人要是不能生孩子，真的是一場災難。

而且在人們的觀念裡，生不出孩子都是女人的事，從來不會想也有可能是男人的問題。

對著葛望媳婦，她也只能安慰道：「女人懷孕，我聽說情緒緊張也懷不上。要我說，妳就把心放開吧，反正都這樣了，就別再想這事了，這說不上哪天就懷上了呢！至於來看魚，妳想來就來唄，等我養成了，到時妳要是想養也可以養啊，有啥不懂的可以問我。」

除了這些，也不知該說什麼能安慰葛望媳婦？兩人年歲也就差個兩歲吧，以後要是她常來，也能多個說話的人。

葛望媳婦看著這樣的錢七，笑了。她真是個很善良的人。

最近讓京城百姓津津樂道的話題，是今年殿試的一甲狀元李楠秀、榜眼邵明修、探花余哲絢。

狀元李楠秀出自嶺南李家，憑藉一身才氣被皇上欽點為狀元郎，直接進入翰林院為正六品侍講，可以說前途無量。

而探花余哲絢是三人中容貌最俊秀的，今年十九歲，尚未娶親，是前翰林學士余大學士的長孫，據說皇上有意招其為駙馬。人家一躍就可能是皇家人，這前途更是不用說了。

最尷尬的要數榜眼邵明修了。邵家祖輩也是跟著景皇打天下的，只不過後來退離京城，一直定居於臨安府，但在朝廷中，總有邵家人的身影出現。

家族雖然可以跟另外兩人比一下，但是這才氣不如狀元，長相不如探花，雖然也年輕，但已成親，自然不如另外兩人受歡迎。

最主要是邵明修入翰林院三天就跟皇上遞了摺子，言明翰林院不適合自己，想外放，皇上還讓人在朝堂上當眾讀了出來，這下就轟動了。

雖然皇上沒有定罪邵明修，但大家都在猜測，這邵明修的前途是沒了。官場上一直有「非翰林者不入內閣」的說法，所以他是自毀前途。

御書房內，景齊皇帝把邵明修的摺子又看了一遍，才對旁邊的太子道：「你看看，看完把想法說下。」

太子景禹接過摺子看起來，看過後，笑著對皇帝道：「這個邵明修挺有想法，父皇何不給他個機會，看看他能做成什麼樣呢？」

這還是第一個對父皇提出翰林院不適合自己的人。

要知道大景朝的科舉學子，只有一甲才有資格直接進入翰林院，其他二甲想進去，還要透過一段時間學習，考試過後才能進翰林院。

這人倒好，去了翰林院三天，覺得在裡面就是浪費時間，不如去地方為百姓做些實事，這份自信真是讓他喜歡。

他同邵明修年歲相當，所以很欣賞邵明修，欣賞他行事上還帶著一絲天真吧！至於有些人說邵明修這般做，就是為了引起父皇注目，對此，他只是一笑。

照父皇的話，只要有真本事，怎麼引起上位者的矚目都可以。

皇帝聽了景禹的話也笑了。他看過邵明修的殿試策論，如今這樣做也算合理，既然年輕人有想法，成全他又如何？

這天，孫保財趕著騾車到何家，把騾車拴好後，看大門虛掩著便推門進去，只見何二在院子裡做木工。這是什麼情況？

何二聽到聲音，一看是孫保財，笑道：「你小子今天怎麼有空來了？」

這傢伙最近挺忙，他都聽說了，弄什麼稻田養魚。

孫保財聞言一笑。「這不是想你了，來看看你嗎？」

走到近前，看何二在做梳妝檯，不用說也知道是給誰做的。呵，這要成親的人，果然不一樣了。

何二放下工具，兩人在院子裡坐下。「別跟我說這些，沒用，我也是快要成親的人了，才不吃你這套。不過我今兒個可跟你說好了，成親那天你必須來幫我張羅。」

他的日子定的是六月初八，娶的又是孫保財村裡的人，到時候他幫著張羅，省得怠慢了誰。

孫保財點頭道：「一定，那天無論有什麼事我都排開，你的婚宴我一定去。」

何二現在是走到哪兒都一臉喜氣，看得出來他對這件婚事很滿意。

說實話，他覺得何二這小子是不是偷偷見過田妞，要不怎麼會是這般狀態呢？不太正常吧！

這般想著，他湊到何二跟前，瞇眼看著他。「說，你小子是不是見過田妞了？」

看到這小子臉上閃過一絲尷尬，孫保財心裡明白了。

他就說嘛，劉氏跟他說了之後，他跟何二提過，當時這小子可是興致不高的樣子；後來莫名其妙地訂親了，他當時去了臨安府，回來聽說了還很詫異，但是想著古代都是父母之命、媒妁之言，就沒多想。

現在看來是何二親自相看了田妞，就是不知道這小子怎麼做的？

何二的手把孫保財的腦袋拍過去，斜了他一眼。「要你管。還有，要叫嫂子！」

他是去看了田妞的長相怎麼了，這他要娶妻還不能看看了？

都說這姑娘孝順、品性好，但光是聽說不能讓他安心，看過才能放心。

所以他找了個機會去紅棗村守著，等著等著，看到一個瘦弱的身影，身上的衣服都是補丁時，心裡莫名地心疼。

等她看到他時，連忙變道走了，何二心裡決定，就是她了。那張臉抬起的瞬間，那平靜的眼神、淡然的氣質，直擊著他的心——這姑娘適合他。

兩人又說了會兒話，道明來意。「我來找老杜的，想問問他最近有時間接活兒嗎？我家房子想現在蓋了。對了，你成親還缺什麼，我去臨安府時給你帶回來吧！」

他打算把蓋房子的事全部承包出去，到時候他還是繼續往臨安府跑，賺些錢好買家具啥的。

何二笑道：「你家那房子早該蓋新的了，這是正事，一會兒去問問老杜吧。」

他這兄弟這一個冬天一直沒閒著，東石縣、臨安府兩頭跑，為的就是早日把房子蓋了吧？

他知道孫保財其實很疼惜娘子，平日看到啥好的，都會想著給自己娘子帶一份。以前他看了還不理解，現在終於明白這是什麼感覺了。

原來喜歡一個人，真的可以時刻惦記她。

想到這裡，何二笑道：「我感覺還缺不少東西，但是又不知道買什麼？這樣吧，你回去讓你娘子去問問，還需要買什麼，我也再想想，好給你寫個單子。」

孫保財聽了真是無語。要不要這樣啊！還讓他娘子去問，這問誰？當然是問田妞了。

他忍不住道：「哥兒們，你不知道咱要避著些嗎？這要是讓別人知道，傳出去對女方的名聲就不好了。」

他當年也是一樣，但理解歸理解，就算是訂了親的男女也有諸多避諱，所以還是要提醒下。

何二不在意地道：「沒事，你就讓你娘子幫我問吧。我就是想給她喜歡的，就算名聲不好又怎麼樣？我一樣會娶她。」

這女人他娶定了，因為這事而名聲不好，他也不會在意。他就是想好好疼她，想幫她分擔她的喜怒哀樂。

孫保財也知道何二這是動情了，拍了拍他的肩膀，道：「行，我知道了，回去就讓我娘子去問。」

說完憐憫地看著何二。這小子以後在家中的地位恐怕已經定了……

# 第二十一章

兩人又說了幾句才去杜家。

老杜在家，得知他最近沒活兒，看他們家人太多不方便說事，於是把他叫到何二家，說起蓋房子的事。

何二讓他們自己談，重新拿起工具繼續剛剛做的木工。

孫保財對老杜道：「我家院子什麼樣你也知道，我想把現在的屋子扒了，重新蓋六間房。」又把自己對房子的要求說一遍，特別是加一面火牆的事。

老杜聽完，想了想道：「你說的火牆我們能砌，這火牆比做地龍簡單多了。你家院子雖然大，但是蓋六間正房，且還是一排的，你不覺得不太好看嗎？」

孫保財的意思是，各走各門互不打擾，中間堂屋兩邊是套間，廚房放在後面。

看著孫保財示意，他才繼續道：「我給你個建議，你聽聽看行不？如果你覺得不行的話，就按你說的辦。你把現在的房子蓋三間正房，再把南面大門堵上，在南面再蓋三間正房。南面的房子可以跟南院牆隔出一段距離，這樣光線不會有影響，南面空地還能做個花圃啥的，大門就開在東面。你家是最東面的人家，東面牆外，我記得有一小塊空地，所以這裡開個門很適合。這樣的話，以後你要是加蓋廂房，或是在正房加蓋耳房，都很方便。」

之所以這麼建議，是孫保財家的院子本身就大，就是蓋個大一些的四合院都可以。

孫保財聽懂老杜的意思了，也覺得這樣空間更獨立，到時候，他和錢七住在北面的正房裡，孫老爹和劉氏住在南面的正房，中間有個大院子隔開。他越想越覺得這樣不錯，於是跟老杜商量了下細節，又詢問了挖個半畝池塘的價錢。

最後兩人商量妥當，挖半畝池塘的活兒給老杜，前後蓋六間正房，在東面蓋一排倉房，再蓋個茶寮，全包的價格是三十二兩銀子，兩個月完工。

雖然這個價格比他預想的多，但是老杜這人能相信，給他算的都是實在用料。

孫保財讓何二幫著拿紙筆和老杜簽好了承包契約，約定三天後動工，這三天他要先把東西收拾好。

送走老杜，他看何二也忙，便告辭去買些東西。

下午回到家中，把跟老杜簽的契約給了錢七，並且把事情說一遍，又把何二拜託的事也說了。

錢七眨了眨眼睛，看著他道：「這裡的人也挺開放啊！」

從這一點就能看出何二很看中田妞，竟然要按照田妞的喜好準備東西，這在古代幾乎是不太可能的事。

就拿她六個哥哥娶嫂子的事來說，所有東西都是娘準備的，而且她娘給六個嫂子買的東西都是一模一樣，非常公平。只是後來她才得知，這些東西都是娘自己喜歡的樣式。

孫保財看錢七可愛的樣子，忍不住捏了下她的臉蛋。唉，這張臉啥時候能長得再成熟點呢？他又看了眼錢七的身材。怎麼只長個子呢……

看老婆瞪著自己，他忙笑道：「不是開放，而是情不自禁，呵呵，古代人也有愛情啊！」

她白了孫保財一眼。

「那我一會兒去吧，你先跟爹娘說一聲，等我回來咱們一起收拾。」

要蓋房子，肯定要先住到別處，當時分家，公公、婆婆就留了一間正房，他們去了也沒地方住。而錢老爹聽說他們要蓋房子後，就讓他們倆先回錢家住。

因她成親前的屋子還留著，所以他們打算住錢家，但這事還是要跟公公、婆婆說的。

孫保財回到孫家院子裡，只見爹和大哥、二哥在編籮筐。跟他們打完招呼，也過去找了個小凳子坐下，拿起柳條開始編。

家裡閒著沒活兒時便會動手編籮筐，等到集市時拿去賣，換點錢貼補家用。

孫老爹看了眼三兒子，問道：「怎麼來了？」此時不是忙著那個稻田養魚的事嗎？

孫保財笑道：「我想蓋房子了，所以來跟爹說聲，我打算把蓋房子的事都承包出去，這段時間先住在錢家。」

這話一出，孫家父子都詫異地看著他。

孫寶金和孫寶銀互相看了看。他們真沒想到，老三才分家不到一年就要蓋房了，這讓他們心中難免羞愧。當初他們正是因為擔心老三兩口子拖累，才提出分家，現在人家過得比他們好多了，感覺臉上被人重重打了一耳光，火辣辣的。

孫寶金想到自家孩子上私塾用的紙和墨條，都是老三給的，心裡更不是滋味。

至於孫老爹之所以詫異，也是沒想到兒子這麼快就賺到蓋房的銀子，聽到他們這段時間要去錢家住，想到自家的情況，心底忍不住一嘆。

這去岳家住，還是比在分了家的兄弟家住強一些。

想完這些，心裡又為三娃子高興。他這兒子自從成親後，真是改了太多太多！

孫老爹笑看著他道：「好、好，早蓋早住新房，去錢家住吧，我和你娘不會多想的。」

孫保財聞言，嘿嘿笑。「爹，你的茶寮，我也讓人直接蓋出來，到時候等你和娘搬過去後就弄茶寮，這地就給大哥、二哥吧。」

說完，他看著哥哥們笑道：「大哥、二哥，我去年就說過，爹和娘以後跟我過，等我房子蓋好了，就讓爹娘搬過去。他們年紀大了，不適合下地，所以我給他們弄了個茶寮，到時候他們不願閒著，就開個茶寮打發時間，要是感覺累了就歇著。」

今天正好他們都在，索性挑明好了，說完這事，再跟他們說說營生的事。

孫寶金和孫寶銀聽了，神色複雜地看著老三。

他是說過，但當時他們沒當真。聽這意思是老三啥都不要，只是把爹娘接去，這樣讓他們心裡更不好受。

劉氏在後面聽了一會兒，很是高興。兒子能這麼快蓋新房，那是有本事啊！而且能這麼為他們老倆口著想，哪能不高興？於是也坐過來編籮筐，一切等老頭子作主。

孫老爹知道他們也種不了幾年地，老了就是老了，身體確實不如以前。他對孫保財道：「等你蓋好房子，我和你娘跟你住。」又看著大兒子和二兒子，道：「等我去了你們三弟那後，我這間正房歸老大，那四畝地既然老三不要，你們哥兒倆每人兩畝吧！以後我們茶寮不管賺不賺錢，都跟你們無關了。」

孫寶金和孫寶銀聽了，也知道爹的意思。

今後爹和娘就跟著老三過了，這不管他們手裡有多少錢，都跟他們無關。這才是真正意義的分家吧，雖然這樣的分家，讓他們顯得那麼無能……

孫保財看著爹說完後，大哥、二哥都同意，就是氛圍有些沈重。

為了緩和氣氛，他對他們道：「大哥、二哥，我這冬天一直趕著騾車，在東石縣和臨安府之間進貨兩地賣，你們要不要跟著我幹啊？這個也不需要太多本錢，只要弄一輛騾車就行，到時帶貨的話，本錢多就多帶些，少就少帶些，反正比給別人打短工強多了。」

他這兩個哥哥平日有些小心思，偏偏是個看不明白事的。怎麼說呢？就是能力不足、智商不足，心胸也不足。

各種不足就算了，自卑心重，自尊心也重，還固執認死理，整日就是種地打短工、打短工種地，有時候跟他們溝通都費勁，不知道他們的腦子怎麼回事？

一開始他想不明白，後來才知道，他大哥、二哥代表了這裡農家人的一個普遍狀態，被生活壓成這樣的。

所以有時候他想幫他們，但是不知為何，他們總是拒絕他的好意。

這會兒他都這麼說了，看他們也不言語，只好自己繼續說道：「其實手上要是錢不夠的話，你們可以合夥買一輛騾車，這樣的話先試試看適不適合，這行你們能不能幹？」話落又加了句。「如果還不夠的話，我可以先借你們些。」

話都說到這個分兒上了，如果還不行，他也沒轍。

孫寶金想到自家的情況，苦笑道：「老三，謝謝你了，大哥就不跟你去了。」

他家現在根本沒有多餘的錢，今年給祥子的束脩還沒準備出來呢，沒什麼本事跟弟弟開口借錢，這口他開不了；就算要開口借錢，也是為了祥子的束脩。

孫寶銀看大哥不幹，他也搖頭表示不跟著去了。這要是他自己買騾車，他可買不起，而且老三現在要蓋房子，哪能跟他開口借錢呢？只是看老三板著個臉不說話，擔心他誤會，就把原因說出來。

孫寶金也說了自家的事，說完還跟老三抱歉地笑了笑。

孫保財聽了，心裡突然特別酸。瞧瞧都這樣了，還為人著想呢，氣死他了！

他第一次覺得，原來想幫別人賺錢也這麼難。

孫老爹看著大兒子和二兒子，嘆了口氣，拿過放在一旁的煙袋點上，開始抽菸。

就是兩個兒子這個樣子，他才痛快地同意跟著老三一起過的，也是想著再不濟，他們也能多分兩畝地；這有了六畝田地，養一家人還是能養活的，到時打些短工，日子也能過得去。

至於老三那裡，他們把茶寮弄起來，不管賺多賺少都是老三的。

劉氏聽完，眼底忍不住濕潤了，對孫保財道：「你呀，別勸著你哥哥們跑生意了，他們根本就不是那塊料，你能帶得了他們一時，還能一直帶著他們啊？還不如等你那稻田養魚的事可行了，讓他們也跟著養就是，這日子也會好的。」

三娃子的話都說到這個分上了，還能找到各種藉口，其實他們心裡是害怕。自己兒子她瞭解，就適合一輩子本本分分地種地。

孫家父子聽了劉氏的話，都無奈地看著劉氏。家裡可能就只有劉氏相信稻田養魚這事能行。

孫保財聽了娘的話，倒是覺得說得在理。大哥、二哥手裡每人有六畝旱地，到時改成水田，每年收入也不少。

這般想開後，也不過多糾結了，又跟他們聊了一會兒便起身回去。

錢七拿著個籃子到田家，看田妞在院子裡忙。

她站在門口對田妞道：「田妞，我想去挖野菜，有點不敢一個人去，妳有沒有空跟我去啊？」

這事得避著人，成不成另說，但不能壞了她的名聲。

田妞聽了，微笑道：「我也打算一會兒去呢，妳來了咱們正好結伴去。」

說完讓錢七等會兒，她回屋裡跟自己娘說一聲，又拿了籃子，跟著錢七一起走出來。

這個時候挖野菜，只能到紫霞山腳下挖，於是兩人邊走邊聊。

到了地方，錢七挖了兩下，眼看周圍沒人，就對田妞笑道：「田妞，妳也快成親了，妳有什麼特別喜歡、想要的嗎？」

田妞聽了，臉色微紅，輕輕搖搖頭。「我沒什麼特別喜歡，也沒有什麼想要的。」

村人都說，她這門親事雖然是嫁到城裡，但嫁的是個地痞，混市井之輩，那人名聲特別不好，要不怎麼會娶村裡人呢？

每次聽人這麼說時，她只是笑笑。

可她只知道他們口中說的這個人，幫著她家還了多年欠下的債務，讓她爹娘、兄嫂露出笑容。他們已經好多年未開懷地笑過了。

村裡人，誰家都不會為她這麼做，所以她不求什麼，到時好好跟他過日子，好好孝順他娘。

而且大伯說了，何二這人是個很孝順的人，在她心裡，孝順的人都不壞。

錢七無奈地看著田妞。妞啊，要是這麼說話，咱們還怎麼聊下去啊？於是只好換了個說法。「那妳希望家中佈置成什麼樣呢？」

說得這麼直白，應該能懂了吧？

田妞聞言，抬頭詫異地看著錢七。什麼叫希望家中佈置成什麼樣？等她看到錢七的表情，突然明白了，臉唰地一下紅了。

錢七眨眨眼。好羞澀啊，還是年輕好啊……

看田妞羞得轉身不理她，又忍不住翻了個白眼。唉，好不習慣這個情景，只得挑明道：「我相公跟我說，何二拜託他讓我來找妳，問問妳都喜歡什麼再買，所以我今天才來找妳挖野菜。」

說完看田妞依舊不理自己，可她耳根子都紅了，不由笑了。

還是年輕，就算平日再淡然恬靜，在這感情一事上，難免恢復正常。人家不說話，只能她說了。「其實吧，我覺得這樣挺好的。妳看啊，這反正要花錢買，是不？要是買妳喜歡的不是更好嗎？這錢可是不少呢，要是買了不實用的，豈不是可惜了。」

田妞聽完忍不住笑了。為什麼以前沒覺得錢七這麼逗呢？這話還能這麼說嗎？可她知道要是再不回話，這人不知又會說出什麼歪理呢！

等臉上的熱度消了些，她才道：「我這些年基本都是在家做活，連集市都沒去過幾次，所以我真的不知道喜歡什麼，妳就把這話遞給他就行了。」

以前在家熬藥、照顧生病的爺奶，後來他們走了後，基本就挑起了家裡的活兒。因為爹和大哥要出去打短工還債，家裡還有兩畝地都是娘在照看；嫂子要照顧孩子，每日做針線活賣錢，所以只有她做家裡活了。

錢七不由一嘆，點頭表示明白了。

不說這些，兩人一邊挖菜一邊說其他。

等到錢七回去時，看孫保財已經在收拾，便過去跟他說了這次出去的結果。

孫保財聽著也明白了。兩人開始整理需要裝箱的東西。他們是要把老屋子推倒，所以家裡所有東西都要找個地方放。

兩人忙了兩天才全部收拾完，把一部分值點錢的都搬到錢家，其他的放到後院的倉房裡。

當天晚上，他們就住到了錢家。

第三天一早，老杜來了，孫保財領著他簡單地轉了一圈，跟他說了下，若需用灶臺的話，柴火隨便用，叮囑完，付了一半錢給老杜，就到後面地裡看看。

一看羅斌也在，此時正蹲在稻田旁看裡面的魚，不由一笑，走過去也蹲下笑道：「看出什麼了？」

羅斌抬頭對孫保財露出微笑。「這些魚都活著，而且牠們在水裡游，沒有吃稻苗。」

他看了有一會兒了，雖然魚很小，但是稻苗也小啊，要是魚不吃稻苗，而魚還能在稻田裡活，呃，那不是說稻田養魚可行嗎？

孫保財點頭認同，對他笑道：「你回去跟你娘說下，咱們後天一早走，要去個七天左右吧。」

路上來回就得四天，這次還帶著錢家四兄弟，在府城肯定要多熟悉兩天。

錢家昨天已經在車行訂了騾車，總共六兩銀子，今天去取車了，所以明天適應一天，後天就能上路了。

他也得去趟縣城找何二，再把收的東山石拉回來。

羅斌聽了，立刻笑開，忙點頭表示知道了。從後天開始，他就要賺錢了！

孫保財看這小子笑得開心，忍不住揉了揉他的頭。

# 第二十二章

翌日一早，孫保財趕著騾車去了縣城。

先去一些老主顧那裡，把預定的東山石收了。收完東山石也已經中午，直接趕著騾車去了餛飩攤。

他看何二在忙，也沒打擾，逕自坐到角落等他。

何二看孫保財來了，抽空給他端了碗餛飩，笑道：「你先等我一會兒，忙完這陣子跟我去趟家裡。」

孫保財吃了餛飩，揮手讓他去忙。知道這小子惦記的事，不過結果可能要讓他失望了。

等何二忙完，兩人一起回了何家。

剛進門，何二就忍不住問：「怎麼樣？她說喜歡什麼？」

這兩天乾等著孫保財，他遲遲不來，讓他頭一次覺得這小子怎麼這麼不可靠呢！

孫保財看他急成這樣，忍不住笑了。哈哈，這小子也有今天！

只是看何二已經瞇眼看人，連忙把錢七問來的一字不差地說了一遍。

見他臉色陰沈下來，知道他不是生田妞的氣，孫保財拍了拍何二的肩膀，很識相地安慰道：「嫂子以前過得苦，你以後好好對她就是，也別對她家人有意見，她家人都是難得的好人。」

田家人但凡有人有私心，也不至於背負這麼多債吧，所以這家人的品性真的很難得。

何二聽孫保財叫田妞嫂子，心裡的氣頓時順了不少，也知道孫保財說得在理，但他就是忍不住心疼。

平復了下心情，他讓孫保財自己坐會兒，去屋裡拿了紙筆，開始寫起來。

孫保財看了下何二這番作派。是要寫情書嗎？

這般亂想著，突然想到個事，對何二道：「那個……兄弟，以嫂子家的境況，估計她不識字吧？」

何二白了他一眼。這小子確實越來越不可靠了。

孫保財上前幾步，看清何二寫的東西後，不由摸了摸鼻子。人家在寫東西單子呢，估計是讓他捎回來的吧！

等了會兒，看這傢伙還在寫，不由出口道：「喂，差不多就行了，我這騾車就這麼大，再寫就裝不下了。」

看單子上長長一串。這小子是存心不讓他帶貨了，這些東西還不得滿滿一大車啊?!

何二瞧差不多了，也暫時想不出啥，便把單子和一個錢袋遞給孫保財。「這些東西就麻煩老弟幫哥哥帶回來，哥哥成親就不收你的賀禮了。」

說完直接把東西塞到孫保財懷裡，收拾桌上的文房四寶，進屋。

孫保財拿著何二給他的清單仔細看了一遍，邊看邊在心裡吐槽。這小子把他當雜工了，就連團扇都讓他捎回來，還指定了買什麼圖案的！

但他還是把單子摺起來放好。兄弟第一次成親，得支持。

等何二出來後，兩人又開始聊起了其他，說起東石縣現在的許縣令還有兩個月到了任期，且已經確定不連任。

這麼說，東石縣要換新縣令了？這般想著，孫保財忍不住皺眉道：「這件事對你影響大嗎？」

自古就是新官上任三把火，何二這樣混跡市井之人，其實最怕的就是衙門換人。衙門每次換人，無論換的是縣令、縣丞，還是捕頭、捕快，都要打點一番，說這是規矩，要不人家稍微動動嘴、背後動動手，就夠受的了。

何二搖搖頭。「現在還不知道呢。許知縣雖然沒啥政績，但是每年只要給他孝敬銀子就行了，現在就擔心來個太貪的，那樣的話，日子就不好過了。」

來個太貪的，不只他們不好過，是所有人都不好過。

給許知縣的孝敬銀子，他們是每年各自拿了些放在一起，找個代表送過去，多少就是個心意。有時候，衙門的人也會找他們辦事，所以他們算是互補的存在。畢竟他們從不做大奸大惡、魚肉百姓之事，所以衙門也樂意跟他們維繫關係。

孫保財也擔心。這縣官對百姓來說太重要了，要是遇到個有能力的好縣官，那是百姓之福；遇到那些不作為，只知道搜刮錢財的貪官，百姓從此算是活在水深火熱中了。

想罷，他拍了拍何二的肩膀道：「順其自然吧，這事也不是咱們能改變的，萬一來的是個千載難逢的好官呢？也有這種可能，是吧？」

何二聽了這話，笑了出來。還千載難逢的好官，他長這麼大，就沒見過不貪的官。在他心裡的好官，就是貪得少，還能辦點實事的，那就是好官了。

兩人又聊了會兒，孫保財就告辭回去了。明天要起早走，還得準備些東西。

錢七從地裡回來，一路上碰到村裡的婦子們，都會被攔下來說話。無非就是對她家蓋房的事好奇，言辭間表達的都是詢問孫保財怎麼賺錢？

那些正常語氣的是好奇，怎麼賺這麼多錢？對這樣的，她會禮貌地回答；那些不正常的就是酸話了，無非是說孫保財在外面肯定做了不好的事，錢都是不義之財。

總有一些人，看別人過得好就眼紅，挑是非說酸話，對這樣的人，她根本懶得搭理。

葛望媳婦看錢七走了，忍不住對自己二嫂道：「二嫂，妳可別瞎說了，這話要是讓那孫保財聽了，妳覺得他會放過妳嗎？而且妳不看看那錢家可是買了兩輛新騾車，這肯定是人家有營生幹。」

孫保財整日趕著騾車出去，現在錢家也買了兩輛，這不是明擺著的事嗎？二嫂敢這麼說錢七，也是看人家老實，不搭理她。

她和錢七這幾天接觸下來，知道這人是個不爭不搶的性子，這樣的人被二嫂這般說，她聽著就來氣。

李氏聽了這話，當即罵道：「我怎麼說要妳管啊，妳個不會下蛋的雞！」

看葛望媳婦臉色煞白，又是得意地一連串辱罵。

葛望從地裡回來，聽到李氏的罵聲，走近了才知道是在罵自己媳婦，當即過去就是一腳，被周圍看熱鬧的人攔下來。

被攔下後，葛望腦子也清醒點了，指著李氏道：「妳再敢罵我媳婦試試！」看李氏嚇傻了，牽著媳婦的手道：「這家咱不待了，以後咱倆自己過。」

他娘整天罵就算了，那是他娘，他忍著；一個嫂子也這麼對自己媳婦，看那熟練的樣子，平日肯定沒少做這事，這個家真不能再待下去了！

周圍看熱鬧的人聽葛望的意思，這是要單過啊，忙跟在他們後面，打算看看後續發展。

到了當天下午，村裡都知道葛望跟家裡分家了，還是村長親自去主持的。只不過除了自己的東西，就是淨身出戶，家裡的田產、房產一點都沒分到，當然以後也不用給他父母送養老銀子。

就算如此，葛家這麼對葛望也太絕情，這要啥也沒有的小倆口怎麼過啊？

錢七也聽說了，如今葛望兩口子住在村東一間破屋裡。那屋子是村裡一個孤寡老人走了之後留下的，因為沒有子女，村人也沒人買，就這麼一直放著，所以是什麼樣的房子可想而知。

那屋子就在林寡婦家隔壁，距離她家只隔了一家。

錢七回屋拿了個小袋子，裝了一小袋麥子，用背簍揹上便出去。

到了葛望家門口，她看大門開著，在門口喊了聲。「有人嗎？」

葛望媳婦正在收拾屋子，要是不收拾出來，他們今天沒法住。可雖然是淨身出戶，此時卻感到特別輕鬆。

聽到聲音，她走出來一看是錢七，當即笑道：「錢七，妳怎麼來了？」

沒想到錢七會來，以後兩家住得近，來往就方便了。

錢七看葛望媳婦心情不錯，知道她沒被這事影響，於是笑道：「這不是知道妳出來單過嗎？給妳送點麥子。我家菜園子裡有菜，妳讓葛望去拿吧，現在蓋房子，整日都有人。」

葛望媳婦笑著道謝。家裡現在確實啥都沒有，這兩年攢的錢，買了這房子後就剩幾十個銅板了，錢七對她的這份好，她記下了。

兩人又說了會兒話，錢七才告辭。

晚上，孫保財聽她說起葛家的事，只是道了句。「分了好，葛家長輩做事太過分了。」

葛家的事鬧得也不是一、兩天了，就因為葛望媳婦沒孩子，便對人家各種不好。這次分家之所以這麼分，也是在他們認為，葛望要是不休妻，那就是絕戶，才不給他分家產的。

翌日一早，三輛騾車從紅棗村出發，往臨安府方向去。

蓋房子的這段時間，孫保財一直來往於臨安府和東石縣之間。

因著蓋完房，手頭沒啥銀子，房子蓋好後還要買家具，再說手裡怎麼也得留些活泛錢，所以這段時間他也挺勤快的，基本上回來處理完貨，陪錢七兩天就會走。

錢家兄弟處理貨物沒有他快，就等著下次他回來再跟著去。

至於自家地裡的那點活兒，聽錢七說，她嫂子們幫忙著幹活，也明白人家是感謝他們，帶著大哥他們跑營生。

反正也沒多少活兒，就是給地澆澆水、鋤草，他也就安心賺錢了。

這段時間，羅斌也一直跟著他跑，他發現羅斌這孩子確實聰明。比如趕車，他只是跟他說了下原理，兩天就趕得很好了，現在兩人輪流趕車，比以前輕鬆不少。

而且這孩子對於不懂的事也喜歡發問，孫保財看這孩子聰明好學的樣子，也會不時跟他說些道理，有空也教他認字。

更有意思的是，這小子拿著他給的第一個月工錢，跟他們一直合作的店家講價，最後花了三十文錢給自己買了一本《千字文》。

雖然那本書是積壓了好些年的，書皮有些泛黃，但還是被這小子當成寶貝似的，每日放在懷裡。只要他有空，這小子就會拿書來問他這個字怎麼唸。

孫保財趕著騾車往紅棗村走，對著旁邊在默背《千字文》的羅斌道：「這次我們回去，暫時先不出來了。我家房子這兩天完工，要收拾一番，還要買些家具，所以先不往臨安府去了。」

他是算著時間往回趕的，出去之前就問過老杜完工的具體日期，如果不出意外，今天應該能完事。

現在是五月底了，置辦家具要忙個幾天，至於六月初八，何二成親，這段時間確實沒時間出去。他這兩個月也賺了不少，趁著這個機會休息休息、陪陪老婆。

羅斌聽了點點頭，表示知道了。他跟著出去的這兩個月，不但見識到外面的樣子，還跟著孫三哥學到很多，對此，他是真的很感激孫三哥，從小到大，還沒有人跟他說過這麼多的道理呢。

他笑道：「孫三哥，要不要我去幫忙啊？」

孫保財搖了下頭，道：「不用，這段時間你也學了不少，好好琢磨琢磨。」

羅斌也算見過世面了，雖然年紀小，但腦袋夠用，他這麼說，羅斌應該明白意思。

羅斌想了會兒。「我打算在錢大哥他們手裡拿點貨，到集市上賣賣。」

孫三哥時常跟他說的，就是幹啥事要懂得變通，不能做那種別人推一下，你才往前走一步的人；有一天，別人不推著你走了，就在原地一動不動傻站著。

比如這會兒孫三哥要忙家裡的事，他要是只知道在家裡，等著他忙完叫他去跑貨，那他就是那個別人推一下才動的人。

他打算利用這段時間做些可行的事，這就叫懂變通，嗯，應該就是這意思。孫三哥說的這些道理，他都有用心琢磨，反正越琢磨越覺得有道理就是了。

孫保財聽了羅斌的話，眼底含笑。孺子可教也。

進村後，他把騾車趕到家門口停下，拿出一兩銀子遞給羅斌。

「這個月的工錢，多了的算是借給你進貨的錢，等你賺錢了，別忘了還我。」

羅斌也沒跟他客氣，接過銀子笑道：「謝謝孫三哥，等我賺了銀子，一定多還你些。」

孫保財等他走了，才進到自家院子。見老杜正領著人收拾東西，看他來了便笑道：「你回來得正好，今兒個收拾完正式完工，你看看還有哪裡不滿意的，我們再修繕下。」

「行啊，你陪我看看吧。」

正房的格局算是兩室一廳，中間是堂屋，東西兩邊各有一間屋子，廚房和洗漱間在堂屋後面。對他來說，這樣的格局就夠住了，將來有了孩子也能住開。

他和錢七肯定不會像這裡的人一樣生那麼多孩子，他覺得有一個孩子就行了，這裡女人生產的風險更大，他也不打算多要。

當然錢七的意思是想要兩個，最好是一男一女。

對於這一點，他打算頭一胎生產順利的話，要兩個也行；要是不順利，說啥他都不會讓錢七再生。

他看過之後覺得挺好的，詢問了下，知道一會兒就能全部完事，於是把銀子給老杜結算，待送走老杜等人才去岳父家。

# 第二十三章

隔日一早，孫保財和錢七早早起來，準備去縣城買家具。

走之前又去了趟孫家，把家裡鑰匙給了孫老爹和劉氏一把，跟他們說了房子已經完工，讓他們沒事時去看看。

錢七看著劉氏道：「娘，我們去買家具，您有沒有喜歡的跟我說下，我們給您買回來。」

劉氏聽了這話，心裡這個暖啊！三兒媳婦能說這話，是心裡有他們。

她對錢七笑道：「娘沒啥喜歡的，妳看著買就行，挑那便宜的買。」他們都這麼大歲數了，東西能用就行，沒必要浪費那個錢。

錢七笑了笑，不再多言，又說了幾句話，兩人才趕著騾車往縣城去。

孫老爹和劉氏吃過早飯，拿著鑰匙往老三家走。

其實這段時間，他不時就來轉轉，因著三娃子出去跑營生，雖然把蓋房子的事全包出去，但自己有空也去看看進度。一天要是不去轉一圈，總覺得不放心，也跟老杜不時聊聊，可以說他是看著這房子蓋起來的。

進門後，劉氏看著寬敞的院子，南北各三間正房，還都是青磚瓦房，紅棗村一共也沒幾家蓋青磚瓦房的，心裡真是為兒子驕傲，開心地跟老頭子四處觀看，新屋不但堂屋敞亮，房間也同樣敞亮。

推開南邊正房的窗戶，入眼的就是棗樹，她回頭對錢老爹笑道：「我是真沒想到，還能住上這麼好的房子。」

真沒想過以前這破破爛爛的老屋，現在變成了高牆瓦屋。

孫老爹眼底布滿笑意，認同老婆子的話。

等全部看了一遍，孫老爹對劉氏道：「走，我帶妳去看看三娃子給咱倆蓋的茶寮。」

他一開始設想的茶寮，就是隨意搭個草棚子，沒想到三娃子在路邊蓋了一間土坯房，外面支著棚子，三娃子說到時買幾張桌子、板凳，夏天就擺在外面。

劉氏聽了連忙同意。他倆以後不種地，就指著這茶寮賺些錢了，他們跟三娃子過，可不想拖累他。

劉氏看完茶寮，對孫老爹道：「這個好，到時弄把鎖，等晚上收攤後，把東西放到屋裡，到時把門鎖好就行。有這間屋子，冬天咱們也可以營業。」

到時把屋子燒得暖和些，做些熱呼呼的湯食，也能有生意。這屋裡有灶臺，反正他們這裡秸稈多，冬天光燒秸稈也不費錢。

附近的這條官道，每天來往的車輛可不少，這裡弄個歇腳的地方，時間長了也能有些穩定的人常來歇腳。

孫保財和錢七到了縣城，直接去了熟悉的家具鋪子。

這家鋪子在東石縣算是老字號，做工好，價格還實惠，主要做些中低檔木質的家具，這也是他選擇這家的原因。因為那些什麼黃花梨紫檀啥的，現在是真的買不起。

而且鋪子裡面擺設的成品都是有庫存的，老百姓買家具東西，可不像那些富貴人家要量尺寸訂製。

至於錢七跟著來，主要是選樣式，對於這些家具是什麼木料做的，她是真看不出來，現在只能聽店裡的夥計介紹，綜合夥計說的和孫保財的建議，加上她的喜好挑選。

她讓孫保財每樣訂了兩套，給公公、婆婆那間屋子也選了一樣的款式。

孫保財對老婆的做法很贊同。她對於怎麼處理婆媳關係特別有一套，前世他媽就對錢七特別滿意。那時兩人鬧不愉快，只要被他媽知道了，他永遠是那個被說的。

又挑了四套便宜桌凳，是要放到茶寮裡的。

他們選的都是時常用的桌椅床櫃等，大多都有現貨，因錢七對這裡的櫥櫃不太滿意，所以跟掌櫃說了下她想要的櫥櫃樣式。掌櫃聽了之後表示能做，五天後能做好，對此錢七沒意見，當即付了櫥櫃的訂金。

跟店家交了錢，約定好下午送去，兩人這才離開，繼續去買日用品。一樣還是一式兩份，碗碟筷子這些都買新的，舊的到時放在茶寮裡用，買完又趕著騾車直接回村。

下午家具送來之後，又是一陣忙碌擺放。

劉氏看老三給他們屋裡買的家具跟自己屋的一樣，嘴上說著浪費錢，但心裡很感動，忙著用抹布擦拭新家具。

她還沒用過這麼好的家具呢，這花紋可真好看。

錢七也在擦拭家具，對劉氏笑道：「娘，您和爹今天就搬過來吧。」

孫保財說老杜在蓋屋時就考慮到入住的事，屋子一直在通風晾曬，牆表面都乾了，窗戶和門上的油漆都是提前刷好的，所以現在沒有一點味道，對於這點她是最滿意的。

不過就算入住，屋子還是要開窗通風，這樣經過一個夏天的通風晾乾，屋子的牆裡面也能晾乾了，這樣的房子住的年頭才久。

劉氏聽了，笑眯了眼，說：「這個要問問妳爹的意思。」

這兒媳婦真的沒得說，除了沒孩子，哪樣都好。

想到孩子的事，兩人成親也快一年了，怎麼還沒動靜呢？看錢七身板也挺健康的，而且面色粉嫩紅潤，這身子生孩子是絕對沒問題的。

這般想，便忍不住開口道：「妳和三娃子這房也蓋了，也有些家底，這將來你們的孩子，一出生就比村裡的好些人家強。」

嗯，她這麼說，三兒媳婦應該能聽懂吧？

錢七聽了，知道這是在催她生孩子，想著這事早晚得說，與其等到有矛盾了說，還不如現在說了。

於是想了下，開口道：「娘，我也想要孩子，但是相公聽人說，女人太早生孩子，生出來的孩子不聰明，所以跟我說要晚幾年要孩子。」

說完一臉無辜地看著劉氏，表示這事真的跟她沒關係。

劉氏聽了這話，頓時瞪著雙眼。「三娃子真這麼說？這是哪兒聽來的，我去問問他！」簡直太胡鬧了，這話也信，她就說三兒媳婦這身板、氣色，怎麼可能還沒懷上呢，原來是她兒子的事啊！

錢七看著劉氏離開的身影，微微一笑。剩下的就由老公解決吧，她繼續擦桌子。

劉氏找到孫保財。「是你跟你媳婦說女人晚幾年生產，生的孩子聰明？你在哪兒聽的這胡話？」

這女人都是成了親就要孩子，好幾年不生的是生不出來。這渾小子這麼做，豈不是讓村人說錢七不能生嗎？準是這小子在外學壞了，年輕貪圖歡愉，才說這話騙兒媳婦的。

孫保財聽劉氏這麼說，就知道老婆把皮球踢給自己了。

看劉氏這麼生氣，他連忙賠笑道：「娘，先別生氣，聽我說完。」見劉氏瞪著自己等著，才笑道：「娘，這事是真的，我是聽縣城醫館的大夫說的，不信您去問他。」

劉氏聽了，一臉不信。「你糊弄我吧，那村裡的女人都是這麼過來的，哪個生的孩子傻了？」那生了傻孩子的，都是前世作了孽的。

孫保財笑了。「娘，我沒說生的孩子傻，我說的是生的孩子不聰明。我可真沒騙您，我可是幫過人家大夫的忙，他才跟我說這話，您想想他能騙我嗎？」

看劉氏依舊不信，便給她打了個比方。「娘，咱村裡別人家我就不說了，妳說咱家，我們哥仨誰聰明吧？反正我的孩子，要是晚幾年就能聰明些，我又不差這幾年是吧？總之我現在肯定不要孩子。」

說完這話，他趁劉氏不注意，從側面跑了。

劉氏看兒子跑了也沒搭理，倒是真的琢磨起他說的話。

自己家裡當然是三娃子聰明了，她生三娃子的那年好像是十九吧？又想著村裡熟悉的，好像有的人家是先生的聰明，有的人家是後生的聰明，但是那些先生聰明的，她也記不清人家是多大年紀生的……這般想著，越想越迷糊。

最後尋思著，三娃子也不是那種不可靠的人，這事應該是真的吧？但是又莫名地覺得哪裡不對勁。

等到家具都擦拭完後，孫老爹跟劉氏沒同意留下吃飯，兩人先回去了。

剛剛三娃子跟他說了，讓他早些搬過來，他打算明天搬，今天先把家裡的事處理下。

孫保財一看還沒到晚飯時間呢，便計劃把放在錢家的東西搬回來。他想，今晚自己和錢七就能回家住了。

住在岳父家其實不太方便，錢家人太多了，有點鬧。

趕著騾車到了錢家，因錢五、錢六在家，在他們的幫襯下，跑了兩趟就全部搬完。

今天在縣裡買了肉，錢七看天色晚了，這會兒要是做菜也麻煩，索性提議吃烤肉，跟孫保財說了聲，讓他留五哥、六哥吃飯，就去廚房準備。

孫保財對看房子的錢五、錢六道：「五哥、六哥，今天在我這裡吃吧，嚐嚐你妹妹做的烤肉，保證你們沒吃過。」

錢五直接點頭應了。他們可不會跟孫保財客氣，他說的烤肉還真沒聽過。

錢六看這房子修得確實好，自家也是磚瓦房，但蓋的格局可沒這個好。因他家人多，蓋的屋子多，院子裡顯得沒有這裡寬敞。

孫保財在院中擺了套桌椅，打算一會兒在院子吃飯。

三人坐在院子裡聊天，當他聽到錢六說想要嘗試收些藥材時，不由一笑。

錢六已經看到這樣的商機了。這事行是行，就是擔心他們經驗不足。藥材晾曬的好壞直接影響價格，沒經驗的容易看走眼，如果遇到有心人設局，他們也沒法識破。這事不是沒有，他聽何二說過，好像有人專門用假藥材行騙。

這般想著便把自己知道的事說了。

「收藥材這事可行，就是一定要注意，凡是陌生人想賣給你們藥材，還是那種珍貴藥材，且比藥店收的價格低好多的話，多半就是騙子。反正要幹這行就得多幾個心眼，還不能貪圖便宜才行。」

錢六聽了不由皺眉，他沒想到還有這事。他們出去收山貨，會遇到一些人問收不收藥材，畢竟他們這裡山多，凡是離山近的村，每個村總有些人會去山裡採藥，晾曬後賣錢貼補家用。

他們這裡的人去縣城都不方便，要是便宜些收來賣給藥鋪，也不少賺頭呢，而且都是順便的事。

想了會兒，他決定道：「我們先收些常見的、價格不高的試試，到時注意些吧。」

反正他們底錢不多，在眼力不夠之前，不收貴重藥材就是了。

錢五一聽，只要他們不占便宜就沒啥大事，頓時把提著的心放下。

等他看到錢七端著一盆肉過來，放到桌上一看，還是生肉，驚訝道：「這就是烤肉嗎？這肉也太多了吧，而且為什麼是生的呢？」我的乖乖，這肉最少得有兩斤多吧！

錢七笑著解釋了下，讓孫保財把炭爐端過來，把東西都擺上，才坐下開始烤肉。

錢五聽了便明白為何這東西以前家裡沒做過。他家那些人要是敞開了肚子吃，還不得二十多斤肉啊！一頓飯吃掉兩百多文錢，娘要是能同意就見鬼了。

可不得不說，這烤肉真好吃！

錢七吃了幾口肉，又吃了些青菜就飽了，放下筷子讓他們繼續吃，她先回屋。

錢五看小七走了，才跟孫保財說拿些酒過來。吃肉哪能沒酒呢！

孫保財好笑，錢五有這麼怕他老婆嗎？剛剛吃飯時不提喝酒，等錢七走了才說。但他還是起身去拿了酒，三人又喝了個盡興。

結果因為跟錢家兄弟聊得太晚，又喝了些酒，所以隔天便起得晚了。

洗漱後吃過早飯，孫保財對錢七道：「我一會兒幫著爹娘搬家，妳就別去了，一共也沒多少東西。」

孫老爹和劉氏都是節儉之人，衣物沒幾件，這裡的人都是一件衣服，穿到不能穿了才會做身新衣。

錢七白了孫保財一眼。「不能因為東西少，我就不去，懂嗎？」說完率先出去。

孫保財只能無奈地跟著。這不是想讓老婆歇著嗎？不過看到劉氏高興地拉著錢七去收拾東西時，他心想，他老婆可能是對的。

因為東西不多，都是些舊物還有糧食，有大哥、二哥幫忙，他們用騾車拉了三趟便全部搬完。

錢七幫著劉氏收拾擺放東西，他幫著孫老爹佈置茶寮。老倆口的意思是，過兩天就打算開張營業。

錢七看他們的衣物都是舊的，不由皺眉，對劉氏道。「娘，我先回屋一趟。」

劉氏聽完只是應了聲，以為她是有什麼事，沒想到等兒媳回來，手裡拿了兩疋布。

劉氏納悶地看著錢七。「老三媳婦，妳拿布幹麼？」

看老三媳婦手裡的布，一疋粗布、一疋棉布。

錢七笑道：「娘，我這兒有兩疋布，您和爹一人做兩身衣裳吧。」看劉氏要推辭，忙道：「咱這搬了新家，東西都換新的了，理應做兩身衣服，這顏色也不適合我們。」

劉氏聽了，哪能不知這是兒媳讓她收下的好意？也覺得老三媳婦說得在理，拍著她的手道：「這布娘收下了，我們做衣裳用不了這些布，到時給三娃子做兩身衣裳。等到集市日，娘也去給妳買塊布做兩身衣裳，這個妳可不能拒絕了。」

她看老三媳婦總穿淺色的衣服，到時給她買塊大花布做兩身衣裳穿著，肯定好看。

錢七可不知劉氏要給自己買大花布做衣裳，笑著點頭應了，兩人一邊說話，一邊收拾東西。

# 第二十四章

官道上，兩輛馬車一前一後行駛；馬車裡，沐清月靠在夫君懷裡。

他們這次算是被趕出來的。夫君辭去翰林官職，雖然最後還是被外放，成了知縣，但在家裡卻掀起了軒然大波，家裡的叔伯長輩紛紛指責夫君任性妄為，枉顧家族利益。

最後公公無法，只得趕了他們出門，這後面車裡的物品和馬車、侍婢，還是婆婆讓他們帶出來的。

她睜開眼，看著夫君道：「我們真的要去那個紅棗村嗎？」

能再次見到錢七，她挺高興的，就是他們這樣貿然去不太好吧？

邵明修笑道：「是啊，我這次出任東石縣縣令，孫保財住的紅棗村正好在東石縣轄下，我去他那裡跟他瞭解下東石縣的情況。」

他和孫保財一直有書信來往，這次出任東石縣縣令，路過紅棗村，正好去拜會。

邵平看路邊有間房子，支著棚子、放著桌凳，知道是間茶寮，於是把馬車停下，回頭道：「大公子，這裡有間茶寮，奴才去問問，這附近的村子是否是紅棗村？」

可邵明修聽了決定親自去問問，畢竟這已經是東石縣地界，能體察一下真實民情。

他走到近前，一看清那個幹活的年輕男子，不由笑了，走過去道：「孫兄，好久不見。」

孫保財放下手中的鐔子，抬頭一看，竟然是邵明修。「邵兄，怎麼會是你？快請坐。恭喜邵兄金榜題名，得中一甲榜眼！」

奇怪，邵明修怎麼會出現在這？一甲前三不是能直接進入翰林，這時候不是應該在翰林院嗎？

他知道這裡有非翰林不入內閣的說法，所以這幫中了進士有野心的，都會透過考試進翰林院。而一甲能直接入翰林被授予官職，也不知邵明修在翰林院是個什麼官？

邵明修笑著謝過，坐下。「我要去東石縣，正好路過紅棗村，就想著來看看你。我想打擾你兩日，不知方便否？」

他只要在十日內上任即可，所以沒打算先去，而是打算上任之前，先瞭解東石縣的情況。

孫保財聽了，只當邵明修有事才來，畢竟他家在臨安府，說不上東石縣有啥親朋好友要拜會，並未多想，就是有些納悶。翰林院是不是個很輕鬆的地方啊，新人都能請長假？

「說什麼打擾的話，你想住多久都行，只要你不嫌棄。」

邵明修點頭道：「那我可就在這兒住了。對了，我夫人也來了，她對令夫人一直念念不忘。」

說完讓孫保財等會兒，回到馬車上把沐清月扶下來，讓邵平把他們的包裹拿過來。

他吩咐道：「你們先去東石縣城找家客棧住下。記住，不准張揚，好好暗訪下，我要瞭解東石縣的基本情況和相關勢力。」

邵安、邵平表示明白，對於公子的要求也不敢反對，知道公子有防身功夫，也不至於太擔心。至於夫人也跟別家夫人不一樣，跟大公子在一起時，從不喜歡用侍女。

邵明修吩咐完，拿著包裹和娘子一起回到孫保財那裡。

孫保財看馬車走了，不由一笑。邵明修還真是細心之人。

他帶著他們回到家中，跟爹娘介紹朋友要來家中小住。看爹娘在邵明修夫婦面前特別拘束，只好讓他們去忙。

又把錢七叫出來招待沐清月，自己帶著邵明修四處轉轉。

錢七看沐清月來了，驚訝的同時又很高興，知道他們要在家裡住下，便帶她去了房間。

沐清月還沒在農家留過宿，所以看哪兒都新鮮。

這房間整潔乾爽，家具都是新的，她對錢七笑道：「可能要打擾你們幾天了，我們跟著你們吃就好，不用特意做什麼。」她還是擔心給他們添麻煩。

「在這兒別客氣，我給妳做些特色飯菜，都是我們這兒現成的食物。妳呀，要是想吃山珍海味，我這兒還真沒有。」

兩人一起說了會兒話，錢七要去準備飯菜，沐清月便提議要幫忙。最後的結果自然是錢七做飯，沐清月在旁邊看著。

孫保財聽邵明修說想四處轉轉，瞭解農家生活，所以先帶他去地裡。

邵明修一臉興致地聽孫保財介紹怎麼種地、一畝地能收多少糧食，還會不時問幾句，等到了孫保財家的稻田時，看裡面有魚，詫異道：「這裡怎麼有魚？」

說完看裡面的魚還挺多，而且長得都挺大，稻子的長勢也好，不由瞇起眼睛。

孫保財笑道：「這是我和娘子想的，利用稻田養魚，也是今年才開始這麼做，所以才用一畝稻田來試驗，現在看來這事可行。你看魚也長大了，稻子長勢良好，明年打算把另外兩畝旱田也挖成水田，用來種稻子養魚……」

知道邵明修會對這事感到新鮮，所以就詳細講了下。

邵明修聽完，問道：「那樣豈不是魚也有一份收入？孫兄是怎麼想到這稻田養魚的？」

孫保財點點頭。「是啊，我在書鋪買了一本叫《農桑通訣》的書，裡面介紹了怎麼養魚。我家那時還沒有池塘，我娘子就異想天開，想在稻田裡養魚。她的想法就是稻田裡有水，魚又在水裡活。我聽完覺得也是這個理，所以才開始這麼做的，反正要是不成也就是一畝稻田沒收成罷了；要是成了的話，村裡家家都這麼做，也多份收入不是？」

雖然不明白邵明修為何對這事如此感興趣，但也當他純粹是好奇。

邵明修默默把《農桑通訣》這本書記下，想著到時也買一本看看。

他看著稻田裡游得歡快的魚，對孫保財道：「那要是整個東石縣的農民也在稻田養魚，豈不是全縣農民都能多份收入？」

孫保財聽了，輕輕搖搖頭。「這個暫時不太可行。」

邵明修挑眉道：「為何不行呢？」

這是何等好事，難道他只想把稻田養魚的成果惠及鄉里嗎？這般想著，不由看著孫保財，等著他回答。

孫保財看他這麼執著，解釋道：「要想大面積地拓展稻田養魚，要解決一件事，就是這麼多魚往哪裡賣？要是賣不出去的話，難道要留著吃？說實話，到時候就是吃都吃不完。還有，這麼多魚在市面上流通，如果沒有好銷路的話，那麼肯定會出現市場不平衡的現象；賣魚者多於買魚者，到時肯定魚的價錢便宜得不像話，這樣的話，農民在稻田養魚，弄不好賺不到錢，還會出現賠錢的狀況。」

這麼多的魚上市，東石縣能消化多少？這地方運輸都靠馬車、騾車、牛車，要是得把魚運到遠一些的地方，還沒到地方，魚都死了！

邵明修聽了，眉頭不由緊皺。這確實是個大問題。但看孫保財如此輕鬆就能說出這番道理，而且想得這般長遠，說得他都心生佩服。這事反正還有時間，到時好好琢磨琢磨，他可不想放棄這等能改善百姓生活的事。

到了吃飯時，雙方是分開吃，錢七在兩邊堂屋擺了兩桌，男的在南邊正房的堂屋吃，女的在北邊的堂屋吃。

當劉氏看到沐清月摘下面紗的樣子，直接看愣了，道了句。「我是看到了仙女吧！」

這話一出，把錢七和沐清月逗笑了。

錢七認真地看著沐清月道：「娘說得是，仙女到了咱家，此乃大吉之兆，咱家要發了啊！」

劉氏聽了，高興地笑了，輕輕拍了下錢七，知道這孩子是緩和氣氛，心裡確實放鬆多了。

沐清月為了讓劉氏放鬆，也不再守著食不言的規矩，儘量說些大家都能說上的話題。劉氏放開之後，也會說些鄉間趣事，讓沐清月覺得有趣，還會不時發問，讓劉氏說得更起勁。

這讓錢七對沐清月的印象更好。大家閨秀能做到這一點，足見人品修養。

吃過晚飯，孫保財帶著邵明修又在村裡轉了起來，順便消食。

邵明修在他的解說下，對農民的生活更是有了進一步瞭解。

看著紅棗村多數都是土坯房，像孫保財家那樣的青磚房根本沒幾家，就知道這個村子並不富裕。

路過幾家房屋特別破舊的，孫保財說這是紅棗村比較窮苦的人家，那房子破舊得都快倒了，裡面卻住了一家人，一時心裡感觸頗深。

他從未這麼直接地感受過，原來農民的日子竟然是這樣的……他越發覺得自己的決定是對的。只有離得近了，才知他們的疾苦，也才能做些實際的事，改善民眾的生活。

孫保財一路給他介紹各家的情況。

現在，他對邵明修已經開始懷疑起來。他淨問些民生問題，翰林院裡的官，需要這般關注民生嗎？就算他對朝廷的事不太關心，也知道翰林院是從事誥敕起草、史書纂修的地方，哪裡需要瞭解民生？

邵明修這樣更像個父母官。

越想越覺得自己的猜測是對的。邵明修要去東石縣，東石縣的縣令剛好到任期，這也太巧了吧？

想到這裡，他壓下心底的驚訝。

既然有了這個猜測，自然更用心給邵明修介紹。

邵明修看孫保財介紹詳盡，還摻雜了些自己的觀點，不由眼底含笑，知道以他的聰慧，怕是已經猜到。

兩人逛完一圈，回到家中，孫保財沏了壺茶水放在院子裡的桌上，拿了兩把椅子，兩人坐在院中繼續說話。

邵明修看著他，笑道：「孫兄是不是已經猜到了？」

孫保財聽了，笑著搖頭道：「有點感覺，但是又覺得不太合理，所以等著邵兄解惑。」要不是邵明修表現得這般明顯，打死他都不會猜中。明明應該是翰林官，卻來當知縣？

邵明修是真心想結交，自然不會繼續隱瞞，把自己為何來這裡為官的原委說了一遍。

孫保財聽說他覺得在翰林院不如到地方為百姓做些實事好，頓時對他起了敬佩之心。能放棄翰林院官職來這裡當個縣令，這樣的魄力值得人敬畏。

既然邵明修一心為民，作為他的朋友，在能力範圍內，只要他能幫的自然會全力相幫。這般想著，便對邵明修笑道：「邵兄的魄力讓人欽佩，東石縣我還是比較熟悉的，如有用得上我的地方，只管開口。」

東石縣能得邵明修這一父母官，是百姓的福氣。

邵明修聽了，微笑道：「那我可不跟孫兄客氣了。孫兄可否跟我介紹下，東石縣的具體情況，只要孫兄知道的都可講講。」

對於孫保財把他當朋友，而不是當知縣的態度，他很喜歡，這讓兩人相處起來更輕鬆。

孫保財哈哈一笑，當即跟即將上任的縣令講起了東石縣的具體情況。

大致說完，看著邵明修臉色凝重，他道：「東石縣出產東山石，這個你肯定知道，而把持東山石開採的，是臨安府出過太子太傅的那個蕭府，這個你應該也清楚。但是等你上任後，可以查一下礦稅徵收情況。據我所知，蕭家每年交的礦稅少之又少。」

衙門不是不想收，而是收不到，也能說是不敢多收。蕭家給多少，衙門只能接多少。

東石縣有東山石這樣的礦產，民眾卻沒有過得好些，歸根結柢就是東山石的開採權被蕭家獨占。蕭家不但獨占，還相當於白白地獨占，這些事，東石縣本地人哪裡不清楚？

可惜的是，沒人能奈何得了蕭家，如今百姓已經不敢公開談論蕭家的事了。聽何二說也有把這事上報的，結果都是莫名暴斃。

這樣的事誰還敢管？於是來這裡的知縣，沒有一個有作為的。

難道來的都是不作為的官嗎？當然不是，而是在這個地界，要想平安地走，就得裝糊塗地忍著。

東石縣連任的縣令也少，為何會這樣？還不是擔心以後出事受牽連。東山石這麼龐大的礦脈，每年就收那麼點礦稅，其餘礦稅哪兒去了？如果朝廷有人過問，這幫人都得掉腦袋。

現在邵明修來這裡當縣令，以他的心性不容他不管，如果出事，別說他，還得要牽連家族。

# 第二十五章

邵明修聽完，強壓下心底的震驚。

他來之前查詢過東石縣的情況，戶部的卷宗上明明寫著，東石縣東山石產量稀少，年課稅五百兩紋銀左右。

看來這事，他要好好調查一下了。

臨安府蕭家的族長蕭成渝做太子太傅那時，還是三十年前的事，那時的太子就是現在的景齊皇帝。蕭家這殊榮糊弄別人還行，可糊弄不了他，他們邵家的門第可不比蕭家低。

就是有一點不太好辦，他們兩家有聯姻關係，他要是把這事捅出來，他們家叔伯還不得不饒過他？這事想想都頭痛……

不過既然這事放到自己眼皮子底下了，不管是不可能的。這樣為朝廷所不容之事，絕對不能姑息，吃了多少必須吐出來。

想罷，他對孫保財道：「謝謝孫兄跟我說這些，這事我會想辦法解決。」停頓了下，他誠摯地看著孫保財。「實不相瞞，明修對孫兄家的稻田養魚很感興趣，我想把稻田養魚在全東石縣推廣，讓更多百姓多份收入，生活得更好，孫兄能否幫我？」

他覺得孫保財說的魚賣不出去的問題，還是能透過其他方式解決的。

孫保財聽他這般說，就知他並不懼怕蕭家。看來邵明修的家族勢力也不小，既然這樣，他就放心了。對於東山石的事，他也只能提醒一下，他還沒那個能力參與進去。

又看邵明修開始認真思考，說稻田養魚只要解決了魚的銷路問題，那麼別說全東石縣推廣，就是全大景朝推廣也不是不行。

那樣的話，這番政績足夠鋪平邵明修的官路。來了這裡一回，能為這裡的百姓做些實事也挺好的。他和邵明修既然是朋友，當然會助他一臂之力。

孫保財開口道：「邵兄客氣了，稻田養魚能幫到更多人這是好事。我也想過魚的銷路問題，我說說，你聽聽是否可行？」

邵明修只道了句。「孫兄請講。」

孫保財笑了笑，開口道：「邵兄，稻田養魚這事，我們家今年才剛開始弄。現在看來這事確實可行，但具體能增加多少收入，還要等到水稻成熟時，收了稻子撈出魚之後，才能知道具體情況。

「屆時可行的話，大範圍推廣要解決幾件事。一是萬一發生病蟲害怎麼辦？這點要邵兄派人研究下了，最好能找到預防措施，因為如果全縣受災的話，這對農民的打擊是相當致命的。二是這麼多魚，怎麼才不會爛到手裡？如果把魚加工成一些成品，比如魚乾、鹹魚等，官府能否出面幫著推廣出去？三麼，就是還是要多收集、研製魚製品的方子。這個範圍可以廣些，像是魚菜譜也可以收集，反正跟魚有關的都收集來。」

想到這裡，他對邵明修繼續道：「我在這裡為紅棗村先謀個好處，邵兄可否把紅棗村作為全面實行稻田養魚的示範村？」

邵明修把他說的話仔細想了一遍，越發覺得他是大才。一個村子的稻田養魚成功了，那麼進行推廣就更有說服力，到時十個百個村子都成為紅棗村，那麼何愁百姓日子過不好？

想罷，他對孫保財一笑。「孫兄所提議之事，明修自然同意，在此先謝過孫兄，紅棗村既然是示範村，官府理應扶持。」

這等好事由官府出面，會進行得更順利。

「孫兄這樣為民著想，為同村謀福利，可有這方面的志向？」

孫保財聞言，輕輕搖搖頭。「此生只想和我娘子過著普通生活，不求大富貴，簡簡單單的生活就好。」

邵明修看他說得真誠，知道這是真心話，心中只能一嘆，為孫保財可惜。人各有志吧！

邵明修夫婦在兩天後被邵平接走。

他們走後的隔天，孫保財一早就趕著騾車去縣城。

現在已經六月初，他要是不出現，估計何二這小子該有意見了。

到了東石縣，他直接去了何二家。這小子還有幾天就成親，大娘的餛飩攤應該也停了。想到這裡不由好笑。別人家成親都是長輩張羅，何二可好，什麼事都自己來。大家都道這小子孝順，其實在他看來，有一部分是不想讓大娘累著，更多的還是看重這樁婚事，不想讓未來媳婦委屈了。

他到了何二家一看，大蝦竟然也在，便過去打招呼。「你小子什麼時候回來的，還走嗎？」

大蝦大多時候跟著富源商行車隊到處走，能看到他可不容易。

大蝦看是孫保財，笑道：「我也是昨兒個回來的，等二哥成完親才會走。」

兩人在院子裡聊著近況，何二出來看孫保財來了，翻了個白眼。

說好幫他張羅成親的事，這一到關鍵時刻，人遲遲不出現。這會兒來了還聊上，就知道孫保財越來越不可信了。

「你倆來我家聊天的啊？還有好多活兒沒幹呢！大蝦，你過來幫我把架格再挪一下，我覺得還是放在剛剛的地方好些。」

大蝦無奈地應了，小聲嘀咕了句。屋裡的家具都挪了三、四遍，這還沒擺好呢！

孫保財不由笑了。

何二看他還在笑，便道：「孫老三，你來得正好，我在陳家酒鋪訂了幾罈酒，正好你趕騾車幫我拉回來吧！」

「好，我現在就去。」

何二這小子要不要這樣？他這樣夠讓兄弟們笑幾年的。

等他把酒搬回來，何二又讓他去雜貨鋪買鞭炮。

孫保財看著何二。這小子一定是故意的，剛剛去酒鋪時明明會路過雜貨鋪，方才偏不說，等他回來了才說。

何二只是笑道：「剛剛忘了，這段時間忙得記性不是很好。」

孫保財看他這幼稚樣，無語。至於嗎？不就成個親？得，誰成親誰大，忍他兩天。

錢七可不知道孫保財在城裡受到的待遇，她現在有空就在地裡待著，把稻田養魚的變化記下，晚上再整理出來。

孫保財說，這份紀錄到時要給邵明修一份，所以她現在儘量詳細記錄。

這會兒她正在西瓜田裡查看西瓜的長勢，現在已經開始坐果。按照書上說的，坐果後的生長期在一個月左右。

她看著剛剛坐果的小瓜，這小東西一個月之後能變成大西瓜。

忽然她聽到聲音，起身一看，是葛望媳婦來了。

兩人這段時間常常來往，所以只要有空，葛望媳婦就會來地裡找她聊天。

聽說分家後，葛望找了個短工做，現在日子緩過來，不像一開始那樣拮据了。

走到陰涼處，錢七笑道：「妳不是說今天要做鞋嗎？」這人針線活跟她有得一拚。

葛望媳婦只道：「鞋底做完了，就差鞋幫，我這想起個事，所以來問問妳。」

「有事妳就說吧，怎麼還客氣上了。」

這人平時有話都是直說，這會兒客氣了，是有事相求嗎？

她就這兩天沒聯絡，因為要陪著沐清月，所以跟她說了這兩天家裡有客人，不方便出來。

葛望媳婦聞言，不好意思地笑了笑。

她去集市時正好碰到劉氏，知道他們要在路邊弄個茶寮，回去後，她就開始琢磨這事。

她娘家劉家是做豆腐的，她在家裡時常幫忙，做豆腐、豆花的手藝她都會，所以想著錢七的公婆既然開茶寮，能不能賣個豆花啥的？她在家做好了，到時便宜賣給他們，多少也是個營生。

葛望有時晚上回來，累得倒頭就睡，她想幫著分擔些。

這般想著，就把話對錢七說了。

錢七聽了，驚訝地看著她，沒想到她還有這手藝。

知道她是想為葛望分擔家計，現在家裡除了後院的菜園子，也沒有地可種，針線活還不好，不能做針線貼補家用，看她這樣，應該是好不容易才下這決定的。

她知道這裡有規矩，出嫁女沒有經過娘家人的同意，不能隨意把娘家的生計手藝用在婆家的，於是問道：「妳要做豆腐的事，妳娘家同意了嗎？」

聽說好像不同意，被人詬病不說，還會被娘家人鬧。所以要想出嫁後使用娘家賴以生存的手藝，一定要徵得娘家的同意才行；不然要是因為這事跟娘家鬧翻，以後有事，娘家也不會給妳撐腰。

大多數出嫁的女兒都會遵守這一點，只要還要臉面的婆家也會遵守這規矩。

葛望媳婦笑道：「我分家後，我娘家就讓我也做豆腐賣，只不過那時剛買了房子，手裡就幾十文錢，連買個石磨錢都不夠。這做豆腐是要天天用石磨的，總不好天天去別人家磨吧？我要是這樣做了，還不得被唾沫星子淹死啊。」

她也沒想到，娘家人聽說她分家後，特意來了一趟跟她說這事。

她那時才明白，娘在她臨出嫁前為何叮囑她，沒經過他們同意不准在婆家做豆腐，原來是防著婆家人利用她。

婆婆跟她提過幾次想學做豆腐，被她拒絕後就開始對她冷淡下來，到後來又因為孩子的事鬧成那樣。

她看著錢七繼續道：「再說這村裡我做豆腐賣給誰呀，家境好些的也不能天天吃豆腐，家境不怎麼好的也不會花錢來買，所以這事就這麼放下了。現在看妳公婆弄個茶寮，所以才過來問問，要是行的話，賣他們一些豆花，我再做些豆腐，多少不是能賺些嗎？」

錢七也明白了，對葛望媳婦道：「我覺得這事可行，就是不知我公公婆婆怎麼想的？咱們現在就去問問吧。」

反正她覺得還不錯，賣豆花多方便啊，而且這東西都挺好的，回頭她教給婆婆一種豆花芡汁，不愁沒回頭客。

最主要是兩家離得這麼近，每天不用二老早早起來準備食材了。

葛望媳婦聽了錢七的話，笑著應了。她就是來讓錢七牽個線，畢竟自己的名聲現在不太好，也擔心自己過去被劉氏拒絕。

兩人來到茶寮，這會兒沒人，錢七帶著葛望媳婦找到劉氏，看劉氏在沏茶，便過去幫忙。

劉氏看是老三媳婦，笑道：「不用妳，我趁著現在沒人，沏兩罐茶等會兒晾涼了，就夠這一天用的了。」

昨天第一天開張，就來了快二十個客人，讓她和老頭子忙得特別起勁，昨天做的包子少了，今天又起早多做了些。

劉氏看到後面的葛望媳婦，笑著讓她坐。她知道老三媳婦跟她聊得來，至於她的名聲啥的，她老婆子可不在意。他們家老三和老三媳婦名聲不是也不好，結果這人怎麼樣，可比那些一天瞎傳話的好太多了。

錢七幫著把茶罐放好，才拉著劉氏說了葛望媳婦想賣豆花的事。

劉氏想了會兒，覺得賣些豆花也行，這一天要是人多的話，他們做的吃食不夠；這要是人少了，做多了賣不了還怪可惜的。既然同樣都是要花錢買的，要是賣一些豆花，別的不說，倒是能輕鬆不少。

便對著葛望媳婦道：「行是行，但是現在還不知道這東西好不好賣？要不等妳做時，我先每天要一小桶吧，要是賣的好我再多要，妳看行不行？」

葛望媳婦聽了，自然同意，於是跟劉氏商量好價錢，在成本上加了一成，這樣她賺了些，劉氏也能賺些。

錢七聽劉氏打算賣一文一碗，不由開口。「娘，晚上我教您個豆花芡汁，豆花您還是賣兩文一碗，三文兩碗吧。」

她跟孫保財去縣城時喝過，人家都是兩文一碗。

劉氏頓時笑道：「傻孩子，那縣城裡也就兩文錢一碗吧，咱賣這麼貴，誰來吃啊？」

就算老三媳婦做的芡汁好，那也沒得賣兩文的道理。

「娘，這您就不懂了吧，咱們這前後十里也就咱這一家茶寮，這本身買什麼食材都不方便，費用可比那縣城裡支攤子賣豆花的成本高吧？所以跟他們賣一個價，別人不會說啥的。再說咱們賣的豆花絕對比別人的好吃，他們就算花多少錢在別處也吃不到，您說他們願不願意吃點呢？」

這裡來往歇腳的人，也有很多是家境好些的，人家根本不在乎這點錢，他們在乎的還是好不好吃。

劉氏聽了覺得好像在理。那樣的話，一碗豆花可就能賺一文多了，這要是賣個三、四十碗，那不就是三、四十文了？她決定按照老三媳婦說的試試，這要是嫌貴，那不是還有便宜的吃食嗎？

葛望媳婦聽了錢七的話，真不知該說什麼？

劉氏要是賣一文錢的話，跟她一樣也是有一成的利潤，這要是賣兩文，不就賺了一倍多？

她佩服地看著錢七。這上下動動嘴就能讓劉氏多賺這麼多，偏偏她聽著也是這個理，頓時討好地看著錢七，笑道：「小七，妳看能給姊姊出出主意不？」說完希冀地看著她，也希望她上下動動嘴，給她指條明路。

錢七聽了，笑著搖搖頭，眼看這裡沒什麼事便跟婆婆告辭，她還要回去做午飯呢。

葛望媳婦看錢七搖頭，只得打起精神，想著等葛望回來，跟他說說買個石磨的事。早點買，也能早些把豆花賣給劉氏，茶寮要是生意好，她也能多些收入。

錢七看葛望媳婦沒有多想，笑了。這人確實不錯。

回到地裡，她找了個陰涼地方，道：「彩鳳姊，其實妳既然有這個手藝，幹麼不和葛望一起幹呢？到時每天多做些豆腐，讓他去大石鄉賣就行，怎麼也比打短工強是不？到時也找些飯館給他們送，時間長了，有了固定的客戶後，自然就賺錢了。」

豆腐容易碎，但是大石鄉離他們近，就算用扁擔挑著去也不會太累，而且沿路遇到村子也可以賣些。

葛望媳婦聽完，想了想，越發覺得錢七說得對。這樣的話，葛望也不用為沒活兒賺不到錢著急了。就算他們沒地，也能有穩定的收入，而且冬天時，豆腐也是可以凍起來賣的。

她高興地對錢七道：「謝謝妹妹了，我今天就跟葛望說這事，以後你們家的豆腐我包了，啥時候想吃了就去我家拿。」

錢七笑著應了聲好，兩人又聊一會兒才各自回家。

# 第二十六章

孫保財一直到何二成親後，才有時間在家幹農活。

鋤完地裡的草，他拿著鋤頭往挖好的半畝魚塘走。

這半畝魚塘，他沒讓老杜挖太深，地下就挖了一米五左右，如果挖太深，水排不出去。

他家的魚塘和稻田都是用陶水管排水，把陶水管埋在底下，注水時用專用木塞堵上，等排水時再把木塞拔開，水就透過陶水管流到外面的排水溝。

他之所以敢在荒地這裡挖魚塘，還是因為這塊地挨著崖壁。

田地的地勢略高，崖壁那裡地勢低，有個洞口，他把排水溝挖到洞口那兒，他家稻田和魚塘放水後，水都是往那個洞口裡流的。

洞口雖然只有足球大小，可他對著裡面喊過，回音聲還挺大，他懷疑裡面應該是個溶洞。

紫霞山是一座山脈，有地下溶洞也不稀奇，就是不知道入口在哪兒？

地面上則往上砌了二十公分，是擔心遇到雨水大時往外排水，要不然水漫溢出來，旁邊都是地，該被淹了。

他到了近前查看加高的地方，已經晾曬得差不多，打算過兩天往裡面注水。魚塘的水位放到一米三左右，應該就可以了。

他打算再買三百尾鯽魚種。雖然不能跟稻田裡的魚一起收穫，但是晚一些的話，正好能趕上轉冷前賣，那時候的魚價還能高些。畢竟臨近年關，那時已經沒有多少鮮魚上市了。

錢七過來看他在魚塘這兒，問道：「看什麼呢？」

她現在看著這半畝魚塘，忍不住頭疼。這半畝魚塘雖然不大，但是往裡注水不太方便。這邊不像她家的稻田那裡，離後院的水井近，孫保財在地下埋了陶水管，只要在井裡打上水，直接往水池裡倒就行，水就順著陶水管流到稻田裡。

荒地這邊可比稻田遠多了，而且地勢略高，這法子已經不適用了。

這般想著，看著孫保財的目光都帶著心疼。難道要一桶一桶拎過來嗎？不覺就把這話說了出來。

孫保財聽錢七這麼說，忍不住用手點了下她的頭。「想什麼呢！我傻呀，用水桶一桶一桶往這兒拎，咱家不是有騾車嗎？到時叫上妳哥哥們讓他們幫忙，用不了多久魚塘就能注完水。」

不過這辦法也不太可行，魚塘隔段時間就要換水，還是得打個水井才行。

「我剛剛就琢磨這魚塘的事，打算找個時間把水注上，然後買三百尾鯽魚種。」說完，他牽過老婆的手往陰涼地方走，地裡的活兒幹完了再待會兒就回去。今天，何二陪他娘子三朝回門，估計會過來找他。

錢七也贊同。總不能乾放著，那樣還不如她種西瓜呢！

兩人商量在魚塘邊打口水井，這魚塘裡的水隔一段時間就要換，這樣用水桶也折騰不起，總不能每次都叫她哥哥來幫忙吧？要是在魚塘邊打水井，以後澆地、澆西瓜也方便多了。

孫保財以前問過，打水井的地方，要是石頭少、好挖的話，是三到四兩銀子吧，要是不好挖的話，弄不好要五兩了。

反正這東西花錢多少，一是看好不好挖，二是看挖多深能出水。

這般想著，他打算這兩天就去找專門打井的人問問，行的話，趁著這段時間不忙，先把水井挖出來，等水井打好了，正好給魚塘換水。

兩人商量完水井的事，錢七知道一會兒孫保財要回去等何二，於是道：「你先回去吧，我去幫娘忙一會兒，廚房有剩菜剩飯，你自己熱一下吧。」

剛剛她在地裡看見張氏來了，隔了一會兒，孫老爹跟著走了，現在就劉氏一人，擔心一會兒要是人多，她自己忙不過來。

孫保財聽點頭，叮囑道：「行，有事叫我，我先回去了。」

錢七便往茶寮方向走。到了茶寮，一看已經有客人，忙走過去幫忙。

進到屋裡，她對劉氏道：「娘，這裡我來，您去外面看著吧！這眼看客人已經上門，外面怎麼也得有個人照看著。」

劉氏看老三媳婦來了，著實鬆了口氣，叮囑幾句才往外去。聽到坐著的客官又點了一碗豆花，忙笑著應了聲，給客官盛豆花去。

自從她這茶寮開始賣豆花之後，生意好多了，一般吃過的多數都會再吃一碗，有時候在一個歇腳的人身上就能賺兩文錢。

當然她也明白，豆花這麼好賣，都是老三媳婦教的芡汁好吃。那芡汁裡放了蘑菇和碎肉末，還有一些老三媳婦給的調料，她也不知道那是啥，反正放了做好的芡汁，味道特好。

她盛了碗豆花，用勺子舀了一勺芡汁澆到豆花上，給客官端過去，說了句慢用，一看又有馬車過來，連忙迎上去。

這一忙就忙到過了正午，才沒了客人。

劉氏盛了兩碗豆花，又拿了兩個包子，叫錢七過來吃飯。這孩子平時吃飯都是按點吃，今兒個晚了估計早餓了。

錢七把面案收拾乾淨才出來，喝了半碗豆花。「娘，爹去哪兒了？」

她還以為公公一會兒就能回來呢，沒想到都到這會兒了也沒見到人影，也不知有啥事？

劉氏回道：「妳大嫂的娘家爹來了，想見妳爹，所以妳爹去作陪了。」這個時候來也不知有啥事？

吃完飯，錢七有一搭沒一搭地同劉氏閒聊，打算等孫老爹回來，她再回去。

何二過來時，孫保財正在看書。

瞧這小子春風滿面的樣子，他失笑道：「你先坐會兒，我去給你沏壺茶。」

這個時間來他家，肯定是在田家用完午飯了。

何二確實是用完午飯過來的，田家人在他面前也不愛說話，知道他們都是老實人，所以索性出來找孫保財，讓田妞跟娘家人好好說會兒話。

孫保財給何二倒了杯茶，也沒調侃他新婚過得如何，只聊著這幾天發生的事。

聽何二說了關於新縣令的事，知道邵明修昨天去衙門上任了。

離開了八天，昨天才出現在衙門，想到邵明修對東山石礦的態度，這段時間去幹麼了也不言而喻。

孫保財知道何二他們有孝敬知縣的規矩，想了下便道：「你打算給新縣令送孝敬銀子了？」

「先等別人送完了，看看什麼情況再決定送多少。」

商賈鄉紳這兩天會宴請縣令，到時探探新任縣令的胃口。

這事還好說，只不過讓他猶豫的是另外一件事。

昨天縣令剛到衙門，晚上就有個兄弟找他，說有人出錢讓找人製造些事，讓新縣令有事忙。這明顯透著詭異，所以他才猶豫到底接不接這活兒？

何二看著孫保財，想聽聽他的主意，便把這事說了。

孫保財本不打算說什麼，反正他知道邵明修是絕不會收孝敬銀子的，何二他們這銀子肯定送不出去；他們又是些小人物，只要不惹大事，邵明修現在是沒有時間管的。

但聽到何二後面的話，這下不勸阻不行了。

「這事你千萬別參加，新來的知縣跟以前的知縣可不一樣。這段時間你最好啥事也別參與，沒事多陪陪你娘子，或者去大娘的餛飩攤子幫忙。」

何二聽了這話，皺眉看著孫保財。這小子是知道什麼才這麼跟他說的？他問道：「能否詳細說下？」看孫保財搖頭，又道：「那就能說多少說多少。」

孫保財只道：「這個啊，我從一個臨安府的朋友那兒知道一些消息，新任縣令邵明修是今年殿試榜眼，出身很好。你就這麼想吧，一名被皇上欽點的榜眼，到咱這東石縣來當縣令，這事你就得遠著些，還想不明白嗎？」

他只能這麼說。雖然他信任何二，但是這事一旦出現變故便會牽連到他，所以還是不知道的好。畢竟那些人在博弈，他們這些小老百姓只要躲好就行，要是妄想參與，只能淪為炮灰。

何二聽了，點點頭表示明白了。孫保財已經提醒得很清楚，既然這樣，他得想個法子避開才是。

他們這樣的人，避了一次不代表第二次也能避開。這般想著，又把這事跟孫保財說了，這小子腦子活，讓他幫著想想辦法。

孫保財挑眉笑道：「這還不簡單，你不是剛成親嗎？而且你成親前的表現，肯定被兄弟們當笑話說出去了，既然如此，你索性就多做些。你帶著大娘來你岳父家住不就行了？對外就說你娘子想家，所以陪她在娘家住段時間，帶著大娘，是不放心她獨自在家。

「到時你和你娘子先住在岳父家，大娘可以先住我家；你要是住不慣的話，就在村裡買個房子，反正你也不差這點錢，對外也是現成的說詞。」

何二對他娘子愛重癡迷，為娘子做到這種程度，以他成親前的表現也屬於正常現象，不會讓人懷疑。

何二聽完，白了孫保財一眼。這小子的主意有點損吧？但想了會兒，好像也只能這麼辦了。

何二忍不住笑道：「正好今天三朝回門，一會兒我自己回去，對外就說這番說詞，更有說服力了。」

孫保財這主意其實挺好，雖然以後他可能要背上寵妻、懼妻的名聲。

不過這點他不在意，想到田妞，心裡一暖。就算一輩子背著這樣的名聲又如何？

兩人又商量了會兒，何二才走。他回岳家說一聲後就回東石縣城，晚上找幾個好兄弟叮囑下，讓他們也想法子避出去，明兒個一早就帶他娘往這兒來。

錢七等孫老爹回來了才走。

劉氏看著老三媳婦走了，才看著老頭子。「說吧，到底啥事？」

兩人都過了半輩子，老頭子有沒有事，她一看就知。

孫老爹點上旱煙袋，抽了兩口。「親家來是借錢的。他家大柱子在石場幹活被石頭砸了，石場給二十文錢就不管了，現在每日吃藥都要二十文錢，大夫說最少還得吃三個月才行，所以過來借錢。」他把前因後果跟老婆子說了一遍。

找老大兩口子借錢，老大兩口子沒有，親家就讓老大媳婦把他找去。

去的路上，老大媳婦就把意思跟他說了。他跟親家聊完，得知大柱子的情況，當即就告誠老大，不讓他去石場打短工。這簡直是草菅人命。
劉氏一聽竟然發生這種事，只能感嘆，還好留了條命。
對於老大兩口子，她也不知該說什麼？人都不懶惰，家裡還有六畝地，怎麼就把這日子過成這般呢？索性回去拿了五百文給老頭子，對他道：「跟親家說，咱們剛把家產給兒子分了，現在也沒啥錢；這錢雖然不多，但也能支撐個二十來天，讓他想想別的辦法吧。」
親戚一場，又是正經事，錢肯定不能不借，就是要把話說明白了。
下晌，孫寶金來家裡借騾車，孫保財才從大哥那裡知道張家發生的事。
張大柱是大嫂的娘家大哥，兩人見過幾面，是個挺憨厚老實的人，沒想到在石場受了那麼嚴重的傷，而石場的做法竟然這般過分。
他示意孫寶金等一下，回廚房拿了一籃雞蛋，讓他幫著帶給張家大哥。
孫寶金把雞蛋放到車廂裡，對孫保財道：「行，你回吧，晚上我把騾車送回來。」
說完跟他告辭，回家接了岳父送回去。
他趕著騾車，心裡第一次覺得，自己是該聽聽別人的意見做些改變。
今天岳父來家裡跟他們借錢時，因為他們剛給祥子買了書，手上根本沒錢，最後無奈，只能跟他爹借錢，那時他心裡的窘迫就別提了。
作為女婿，岳家有事時幫不上忙；作為兒子，他分到的家產最多，但岳家有事時，還要爹娘幫著。
作為哥哥，沒幫過弟弟們不說，還要弟弟幫襯；作為父親，連自己兒子的讀書錢都賺不夠；作為夫君，連一枚好些的簪子都送不起。

越想越失敗，他從沒有像現在這樣想改變自己……

下定決心，孫寶金打算晚上回去跟老三好好談談。

孫保財回屋同錢七說了張家的事，錢七聽了心裡唏噓。受了工傷給二十文，這也太過分了吧！

她皺眉道：「現在邵明修不是縣令嗎？讓張家告官，可行嗎？」

出了這麼大的事，張家就沒考慮過告官嗎？

孫保財牽過她的手。「可行是可行，但張家應該是不想進衙門。這裡的人遇事很少告官的，百姓對衙門有畏懼心態，有時候遇到昏庸的縣令，那是誰錢多、誰有背景便為誰辦事，老百姓怎麼鬥得過？有道是進了衙門，不死也得脫層皮，由此可見衙門在百姓心裡是個什麼樣。」

也不是沒有好官，只不過老百姓賭不起。

錢七聽了，心裡升起一股深深的無奈。在這裡活著可比現代難多了。

她看著孫保財道：「我覺得你還是跟大哥說說吧，現在的縣令是好官，讓張家告去衙門，多得些賠償也行，要不這些都壓在張家身上，那一家子可怎麼過？」

這事肯定不止張家出過，要是告贏了，也能讓石場收斂些，最後受益的還是那些去石場打短工的百姓們。

孫保財聽了也贊同，決定等大哥回來時跟他說說這事，怎麼選擇，就看他們自己了。
但是看錢七情緒不高的樣子，他笑道：「走，今天我做飯，想吃啥跟老公說。」
錢七一聽，噗哧笑了。「你做蛋炒飯最好吃，你是想說要做蛋炒飯嗎？」
孫保財無奈道：「好吧，今天我還是給妳打下手吧。」
兩人又說了會兒話，才一起去廚房做飯。

# 第二十七章

孫寶金把騾車給送回來，想起自己在張家看到的情形，心裡堵得慌，對孫保財道：「三弟，大哥想跟你說會兒話。」

孫保財便把孫寶金請到堂屋，給他倒了杯茶，才道：「張家大哥的情形怎樣？」

孫寶金把在張家看到的說了一遍。

張大柱的腿就算三個月後治好了，也要落下後遺症，現在張家四處借錢給他治病，就是為了保住他的命。

孫保財想了會兒，皺眉道：「大哥，你跟張家說說吧，現在的縣令是個好官，讓他們去告官吧！以現在的情形看來，張家大哥治病還需要很多銀子，這個不是他們能負擔得起的，告官真的是一條出路。」

他簡單地說了下縣令的情況，就是為了證實縣令是個可靠之人。

孫寶金想了下，道：「明天我就去張家說下。」他相信三弟不會騙他的。

說完又想到自家的事。「老三，你幫哥哥出出主意，我適合幹些什麼營生？」

他們打短工有時沒活兒，都會去石場做短工，這大柱子一出事，他以後也不想去石場幹活了。

孫保財看大哥想改變了，心裡為他高興，於是認真琢磨他能做什麼？想了會兒，似乎除了買騾車外，暫時也幹不了啥。

於是舊話重提地道：「大哥，你回去跟二哥商量下，一起買輛騾車，到時候我帶你們跑貨吧！就算不跟我去，有了騾車也能幹好多營生。」

看大哥欲言又止的，知道他的情況，他說：「你沒錢我可以先借你，等你賺到還我就是，但你要拉著二哥跟你一起買騾車，你也不想二哥去石場打短工了吧？」

孫寶金聽完立刻答應。這肯定不能讓老二去了。

他想了下，對老三道：「大哥在這兒先謝謝你了，如果這錢大哥沒賺到，大哥那兒還有地呢，到時賣了也會還你的，這個你跟弟妹說一下。」

孫保財點頭同意，兩兄弟又聊了會兒，孫寶金才往自家走。

回去後，他直接叫了孫寶銀出來，把張大柱的事跟他說了。「老二，石場的活兒咱們不能幹了。剛剛我問了老三，他讓咱倆一起買輛騾車跟著他跑貨。你跟我一起買騾車吧，你就看分家後老三過得怎麼樣，他也是想讓咱們都過得好些，這情咱要是還不領，那可是不知好歹了。」

老三連錢家兄弟都帶著，何況他們這些親兄弟呢？以前就跟他們提過，奈何當時就是腦子不知道轉彎。

孫寶銀聽完張大柱的事，心裡也難受。至於買騾車的事，大哥同意，他當然也跟著了，到時他們一起跑貨也能有個照應。

「行，大哥，咱倆一起買騾車，明天你要是去張家的話叫上我，我想去看看張大哥。」

兩兄弟商量好才各自回屋。

孫保財找了人，在荒地處打了口水井，用來灌溉莊稼和魚塘用水。在打井期間，他給魚塘注了水，買了三百尾鯽魚放入魚塘中。打水井特別順利，因為地下沒有石頭層，出水還快，所以一口水井下來一共花了三兩銀子，算是最便宜的一種。

說實話，他也沒想到荒地下的土層沒有碎石，能這麼快出水。據打水的工匠說，地下五、六米處的土已經含水氣，荒地這口井深也就十來米。

忙完家裡的事，他開始帶著自家兄長們一起往臨安府跑貨。錢家兄弟現在已經跑熟悉了，所以不用他帶著跑，只是有時碰巧趕在一天還是會結伴走，彼此有個照應。

至於何二，在紅棗村一直住了三個多月，這三個多月發生的事，讓他萬分慶幸自己的決定。

事情一開始是有人到衙門狀告石場罔顧人命，後來知縣大人調查屬實，並又陸續接到告發石場的狀紙，這場案件愣是被知縣大人辦成了驚天大案。

他透過關係知道得更清楚些，據說連十多年前在石場喪命的事都被翻出來。這十數起案子都因石場而起，被知縣大人直接上達天聽，惹怒當今聖上，派了欽差徹查，愣是把東山石礦場瞞報礦稅的事牽扯出來，徹底震驚朝野。

皇上更是下旨徹查此事，同時派兵軟禁蕭府所有人。

事件查清後，蕭家人全部都被押解入京受審，曾經霸占東山石礦數十年的蕭家，現在是徹底完了。

混市井之人也被牽連進去不少，說實話，這事想想都後怕。要是沒和孫保財聊起這事，而是接了給新任縣令製造麻煩的活兒，自己現在也應該在牢中了。

當他知道導火線是孫保財家的親戚時，確實想了不少，有些懷疑孫保財參與了。

他知道這話不能問，但他已經確定，孫保財跟新任縣令肯定認識。

估計很多人都跟他一樣，沒想到新來的知縣大人年紀輕輕，竟只用短短三個月的時間就把蕭家從東石縣連根拔除。這等魄力足以鎮住東石縣各方勢力，東石縣已經變天了。

他娘也跟他說，在紅棗村這三個多月，都有些不想回縣城了。

想到此，也不由笑了。他和田妞又何嘗不是呢？

邵明修送走了欽差，便開始忙著處理礦場受傷和遇難的人補償事宜。

蕭家的事，他是頂著壓力捅出去的，現在能借用皇上的力量把蕭家剷除也是萬幸。只不過他現在斷了人家的財路，估計以後會有人給他下絆子。

如今他在東石縣還是安全的，畢竟皇上仍關注這裡，可以說他只要在東石縣地界就不會有事。

唯一可惜的是，這件事都被蕭家扛下來了，到現在還不知幕後之人是誰，而戶部的卷宗又是誰改的，都依舊是個謎；而且他們在蕭家並未收繳到數十年未繳的礦稅，銀子都到哪裡去了？這也是個謎。

看著邸報上刑部發的公文，他冷冷一笑。

這裡頭又有誰的手筆呢？

他搖搖頭，甩去腦中的思緒。這事已經不是自己能涉及的了，如今還是把東石縣治理好才是正事。

這般想著，他決定去見一下孫保財，商量下稻田養魚的事。這也馬上快收莊稼了，這事要安排起來。

孫保財也想著要找邵明修呢，他家稻田裡魚的長勢喜人，他看著應該都差不多到能賣的大小了，想找邵明修說下紅棗村全村做示範的事，畢竟這事要明年實行，今年就要落實。

村裡秋收後，就要開始整理水田，有些旱地也要改成水田。

田村長聽說孫保財家的稻田裡養的魚都大了，所以過來看看。看孫保財在稻田邊站著，走近去看，真的看到魚在田裡游，心裡一陣稀奇。

沒想到這稻田裡還真能養魚，那水稻看著長勢一點都沒受影響，好像比他們家的稻子長得都高，稻穗結得也大，心裡一驚。這要是稻子收穫多了，還有一份魚的收入，這不是收入翻倍了嗎？

孫保財看村長來了，打了聲招呼。這段時間，村人陸續過來看他家的稻田。

現在稻田養魚成功的事已經傳遍村裡，也有人探問稻田養魚的事，他都會一五一十地告知。

不過跟多數村人聊過後，知道他們都想在稻田養魚，但礙於旱田改造成本太高，多數人有些負擔不起；也有一部分人家有水田的，表示明年要一起跟著養。

所以鑑於貧窮人家反而弄不起稻田養魚，生活也得不到改善，才想著跟邵明修說說，給紅棗村要點好處。

雖然縣衙也沒啥銀子，但是東石縣的鄉紳有錢啊，相信只要邵明修找他們談談，他們會樂意做些善事的。

到時他會提醒邵明修，哪些人適合做善事。

翌日吃過早飯，孫保財就趕騾車去了縣城。到了縣衙外，他把騾車拴好後才往縣衙走。到了門口，他對值班衙役笑道：「麻煩通傳聲，在下來找邵平。」

門口的衙役認識，也不會為難他。

邵平出來一看是孫保財，忙笑著把他請進去，知道公子也要找他。

孫保財見到邵明修，笑著行禮。邵明修無奈地道：「都說過多少次了，咱們是朋友，不用拘於禮節。」

孫保財笑道：「好，下次我注意。」

邵明修要是不穿官服，他肯定不行禮，但既然來衙門見他，還是注意些好。

邵明修讓邵平沏茶，對孫保財道：「你來得正好，我這兩天也想去找你聊聊稻田養魚的事呢！」

孫保財聽完笑了笑。「我今天來也是為了這事。」

邵明修示意他仔細說說，最好能有個安排。

孫保財想了想，道：「我家裡的水稻看長勢，比村裡其他人家的稻子稻穗大，估計能多打些稻子。如果這個猜測準確的話，那麼稻田裡養魚這事，不但能多一份魚的收入，還能讓稻田增產。」

說到這裡，他忽然不說了，只是看著邵明修。

邵明修一聽竟然能讓水稻增產，這可是利民利國的大事。

他來到東石縣以後，雖然主要查東山石礦的事，但是對於民生還是很關注的。走訪了一些村子，知道他們田地的收入，實際上只能維持溫飽，所以農閒時才會有那麼多人到礦場去打短工。

蕭家獲罪後，這些礦場全部查封，以後如何還要等皇上的旨意。現在東石縣的所有東山石礦已經全部關閉，等於斷了很多窮苦人家的收入。

這也是個急著要解決的事，希望朝廷早些拿出東山石礦的章程來吧！

但看孫保財不說了，他抬眼一看也知道，這小子要開始提要求了，不由笑道：「有話你就直說吧，只要我能辦到的一定答應。」

他知道孫保財不會提出過分的要求，左不過就是給紅棗村的村民要些好處，這也在情理之中。畢竟孫保財的本意，就是要讓村人都過得好些。

孫保財笑了。就喜歡和這種聰明人說話，不用特意解釋。

「大人也去過紅棗村，那裡多數人家日子過得都不太好，這幾天陸續有村民來看我家的稻田，起初都特別感興趣，也說想跟著稻田養魚；但是聽到改造水田的成本時，又有很多人退出了，原因是他們沒有把旱地改成水田的銀子。」說到這裡，他看著邵明修。「所以我想著紅棗村作為示範村，能不能由官衙給些福利，最少能把旱田改水田的銀子出了。」

既然是示範村，其實最好就是全村都跟著做，這樣才有說服力。

邵明修也覺得官府應該出面，而且紅棗村作為第一個全村嘗試稻田養魚的村，官府支持一些也正常。等到全縣推廣時，就採取自願制，到時候，實在貧窮的人家不能稻田養魚，還可以做些跟魚有關的營生，這樣就能有些平衡作用。

他點頭道：「你說的我應了，一會兒咱倆商量出個程序出來，紅棗村的事由你負責。」

又想到孫保財的身分有些師出無名，按理說，這事應該找紅棗村的村官說，但是稻田養魚這事，如果讓別人去做，他還真不放心。

「你這身分辦事不方便，要不我給你出個聘請文書吧，聘請你做我的師爺，你看行不行？」這般說完，不由看著孫保財。

孫保財聽了，皺眉看著邵明修。這傢伙竟想套路他！

不過他說得對，他要是回紅棗村辦稻田養魚的事，把田村長置於何地？這事要是交給田村長做，還真不如他來，最少他能替紅棗村跟邵明修要些好處。

要是答應了，有了師爺的身分，就是代表知縣大人的意思，這樣確實好行事。到時他只要掌控全局，抓幾個關鍵點就可，其他的可以讓田村長去做。

想罷，他挑眉道：「做師爺？我要做什麼呢？」

邵明修笑了，知道孫保財這是同意了，於是道：「主要掌握紅棗村稻田養魚的事就行，平時你該幹麼便幹麼，如果我有事會找你商量，沒事你也不用來衙門。」

平時記錄案件文書的事都是邵平在做，他用不慣師爺，但要是孫保財的話，他倒是能接受。

孫保財也笑了。既然這樣，他沒有不同意的道理，什麼都沒改變，只不過就是多了個身分罷了。

好吧，師爺去監督種地，怎麼想怎麼好笑。

兩人又商量了下具體事宜，列出一套規章，孫保財才拿著師爺的聘請文書跟邵明修告辭。

御書房裡，皇帝正同景禹說起東石縣事件。

「這事你派人暗中繼續查，朕倒要看看蕭家背後站著的是誰，竟然隱藏得如此深。那些礦稅和蕭家所得究竟哪兒去了，朕一定要知道！」

這事本來也沒太在意，後來查處了蕭家，卻僅收繳到幾萬兩銀子，而且蕭家的產業除了東山石礦，並無其他副業，那麼這些年礦稅和賣東山石的銀子哪兒去了？最少估值也在上百萬兩以上，這筆巨額銀兩的去向就值得推敲了。

這說明有一股暗中勢力大肆斂財，而且成功地避開朝廷的耳目。

更讓他震怒的是蕭成渝，還是他當太子時的太傅竟然為別人所用，又自縊死在刑部大牢裡，讓所有線索都斷了。

景禹應下後不由想到邵明修。剛上任不足三個月就做下這番成績，這等人才父皇肯定會好好培養，就是不知任期滿後，是直接被調回京城，還是繼續外放？

這得等父皇擬定的旨意之後，才能知道父皇有多看重邵明修……

# 第二十八章

孫保財回去把聘請文書遞給錢七，把緣由跟她說了一遍。

錢七聽了，好笑地看著孫保財。「邵明修也對你太好了吧！」

不用去衙門的師爺，頭次聽說還能這樣。

孫保財笑道：「這樣做也是為了方便行事，要不然我這身分說話誰聽？就算聽了，心裡不定怎麼想呢！」

錢七一聽也是。雖然孫保財的名聲在村裡好些了，但是這種事還是要村長配合才行。有個這樣的名頭，行事才算是名正言順。

兩人又聊了會兒，錢七才出去找葛望媳婦買兩塊豆腐，今天要做豆腐湯。

至於孫保財，原本打算去找田村長的，沒想到何二來了。

何二這次來是跟孫保財說一聲，他要回東石縣城了，明天一早就走。

孫保財點頭道：「現在沒事了，回去也行，就是儘量別參與敏感的事。」相信何二能聽懂自己的話。

邵明修是位難得的好官，只要涉及到律法，弄到他面前肯定要管的，到時肯定會公事公辦，誰說話都不好使，這一點從蕭家的案子上就能看出來。據他所知，很多人跟邵明修遞過話，看他給誰面子了？

至於他當師爺這事，也沒好意思跟何二說，關鍵是有些不好解釋；再說他就是掛個名，又不到縣衙上班，因此就沒打算說。

何二想了下，還是問出心中的疑惑。「你和新上任的知縣認識？」這事不問，始終放在心裡也難受，這都要走了，索性就問出來。

孫保財看著何二，想了下才道：「這話是你問第二遍了，我也不知你心中是怎麼猜測的。我只能說，他看中我家稻田養魚這事，想要我幫著弄，也給了一些方便，但是只限於稻田養魚方面，其他方面我可不涉及。」

何二聽完笑了笑，兩人又說了會兒話才散去。

孫保財看著何二的背影，心裡明白，還是有什麼東西不一樣了。

何二覺得他沒說實話，不把他當兄弟，如果他要這樣想，他也無法。畢竟他不可能沒心眼似的，什麼話都跟別人說。

再說邵明修本身就是站在風口浪尖的人，他要是說了跟他的關係，還不是把全家人放到危險處？

他一向認為與其指望別人守信，不如自己謹慎些的好。

希望何二能想通吧，畢竟自己可從來沒有探問過他不想說的事。

送走了何二，他看天色還早，決定去田村長家找他商量。

「村長，我找你說點事。」

田村長一看是孫保財，讓他進堂屋說話。

孫保財坐下後，對田村長道明來意，把邵明修想把紅棗村作為示範村的事說了一遍。

田村長聽完，壓下心底的激動，嚴肅地看著孫保財。「你說縣令大人看中你家稻田養魚的事，還要在咱紅棗村做示範？」

剛剛孫保財解釋了，就是在他們村先實行稻田養魚，等他們村子都成功之後，東石縣再全面推廣。

看孫保財點頭，他又問了一句。「這事可真？」

不能怪他懷疑，而是這事應該是知縣大人派人跟他說，現在竟然是孫保財來說——雖然這稻田養魚一事是他家弄出來的，但這不合乎規矩，讓他怎麼相信？

孫保財只道：「知縣大人已經聘請我為師爺，紅棗村稻田養魚由我來監督，所以今兒個我才來找你，畢竟要想全村推廣，還是要村長幫著才行。」

說完把聘請文書拿給田村長看。

田村長聽了這話，越發覺得不太可信。孫保財能當師爺？

直到看見聘請文書，才確定這是真的，心底震驚得簡直不知該說什麼？他又仔細看了兩遍，才把聘請文書還給孫保財。

孫保財收好文書。「拜託村長不要把這事對外說，知縣大人之所以給這個聘請文書，也是想讓我有個身分能說得上話，我也不是真正的師爺。」

田村長理解地點點頭。這樣的話，還有點說得通。「要我怎麼做就直說吧。」

孫保財笑道：「我給紅棗村跟縣令大人要的福利是，只要願意跟著稻田養魚的，旱地改為水田的費用由縣衙來解決。您要做的就是先把願意跟著稻田養魚的人家，初步登記一下，統計一共多少畝旱地要改，到時我好報備給衙門。

「這快秋收了，等我家的稻子和魚出產的數量出來後，會跟全村人說一下，到時還有改變主意的，咱們再進行第二次登記；這就是我跟衙門最後的報備了，錯過的話，以後要是想稻田養魚，就要自己出錢改水田了。」

田村長沒想到還有這等好事，衙門出錢給改水田，這衙門什麼時候這麼為民著想過？待平復了激動的心情，他看著孫保財笑道：「行，這事就交給我吧，我會把原委跟村人說明白的。」

這等好事哪裡有不願意的啊？水田之所以貴，就是旱田改成水田不便宜。

兩人又聊了一會兒，孫保財才回去。

第二天，田村長挨家挨戶地告知、統計，紅棗村的村民聽村長一說，衙門出錢給旱田改成水田，哪裡還有不同意的道理？這可是省了不少銀子呢，那稻米可是比麥子價錢高，這不是明晃晃地送銀子嗎？

對於改水田的條件也沒意見，那稻田養魚明擺著可行，他們都去看了，孫家田裡的魚都活著，長得都可以賣了，就是那稻子穗也都比村裡其他家的飽滿。

幾乎家裡在平坦處有旱地的，都跟村長報了要改成水田。

孫保財接過村長遞給他的單子一看，竟然有五百多畝旱地要改，其中村長家和錢家就有將近一百畝旱地。

就算是一畝一兩銀子的改造成本，也得五百多兩銀子。

大面積地改造水田要涉及到井灌，這個費用就低不了。

田村長看孫保財還在看單子，不好意思地解釋道：「我想著，既然咱們要做稻田養魚的示範村，這不是多多益善嗎？所以就把我家的旱地全加進去了，不知這樣行不行？」

他家水田少，旱地多些，想著這些旱地都變成水田，按照現在旱地和水田的差價二兩計算，無形中就增值了將近二百兩銀子。

這筆帳不但他會算，錢家也會算，這不還跟他打探，村裡還有沒有閒置的荒地，打算買一些。這事他也想知道可行不，所以打算一會兒問問。

孫保財知道村長的顧慮，道：「行，咱們村全都稻田養魚才好呢！不論誰家的旱地，只要符合改水田的標準就行。不過也要提醒他們，這個還是有風險的，讓他們不要以為穩賺不賠。」

他理解村人的心態，這便宜不占白不占，但要知道衙門這便宜也不是讓你白占的。

田村長點頭表示明白，這個道理他都跟村人說了。衙門現在能出銀子改水田，也是為了看看大面積稻田養魚可行不？要是出了岔子，衙門可不會賠償損失，大家都得明白。更明白的是，這要是成功了，那不是能多一份收入嗎？就算失敗了，這水田也增值了不是？

他看著孫保財問道：「咱們村還有些無主的荒地，這個能改不？錢家昨兒個問我，要是行的話，村裡其他人家也想買。」

這些荒地因著不好開墾，一直沒人買，要是能改成水田，肯定一畝都不會剩了。

孫保財知道這些荒地跟自己買的差不多，現在想買地的，也是村裡幾家條件好的，這樣一來不是村裡的窮困人家還是最窮的嗎？

這事要是不拿出個章程的話，就這麼跟邵明修說了，豈不是明擺著占官衙便宜？而且這些荒地，現在無論賣給誰，村裡其他人家也會有意見，畢竟這是明晃晃地送錢，誰家不想占便宜？

想到這裡，他看著田村長，把這些顧慮跟他說了。

田村長一聽也是這個理，如果一個弄不好，弄成大矛盾可就麻煩了。

「這事是不能這麼辦，我就是想著這些荒地閒置著也浪費了，這個機會這般好，如果不利用下可惜了。」

孫保財笑道：「村長，我有個建議，您聽聽可行不？這些荒地咱們還是報上去，直接跟知縣大人申請成為村裡集體用地。到時這些荒地改成水田後，可以佃給村裡的窮困人家，收來的租子可以建設紅棗村，比如修路啊、蓋個學堂啥的，到時候讓咱村裡的娃娃都能讀書識字，多好。」

祥子讀個私塾，大哥、大嫂有多困難，他都看在眼裡，更別說村裡的孩子了。

田村長聽了這話，激動得連說了好、好、好。這樣一來，村裡窮困的人家也能得到改善，村子還能有一筆收入來建設紅棗村。

村裡的路一到下雨天，全是泥濘，不小心都容易跛腳，要是有銀子，誰不想修？而且村裡建學堂的話，到時村裡的娃娃們都可以讀書識字，這件事想想都激動不已。要是將來村裡出個舉人老爺啥的，那紅棗村可就揚名了！

但冷靜細想，這事還不一定成呢，申請為村裡集體用地的事還沒有過吧？

「如果真能這樣，當然是好事，但是這事，知縣大人能同意嗎？」

孫保財看村長回過神，並且還問出這話，不由得道：「不知，這個只是我的一個建議。您要是同意，咱們可以去找縣令說說看，畢竟這也是利民的事，好好說說，知縣大人萬一同意了呢？就算不同意，咱們可以繼續講條件呀，比如可以先開墾為水田，這個荒地的錢幾年後還清。」

實在不行，就來個分期付款啥的，他覺得只要跟邵明修闡述清楚，他肯定會支持。這也可以成為個示範嘛，村村都有學堂，家家戶戶的孩子們都能讀書識字，這樣的政績足以震撼朝野。

他來了這麼久，景齊皇帝的所作所為堪稱一代明君，他一定明白開啟民智對大景朝意味著什麼。

田村長聽了這話，頓時心涼了半截。找縣令說說?!萬一同意，還要跟縣令談條件？這些話是不是太不負責任了？忍不住揉了揉額頭，可最後還是沒禁得起村裡建學堂的誘惑，同意了孫保財的話。

兩人約定好明早一起去縣衙，田村長才回家，邊走還邊想著，萬一縣令大人同意了呢？

錢七可不知孫保財又給田村長出謀劃策。

她正在稻田附近跟葛望媳婦聊天，知道葛望現在賣豆腐，已經有好幾家固定的飯館主顧，挺為他們高興的。

聽葛家大嫂在村裡總說他們家壞話，只能勸她別理會就是，這樣的人越理會她越來勁。

葛望媳婦看著錢七道：「明天有集市，妳跟我去唄，我想去看看大夫，感覺身體有點不對勁。」

最近總是犯睏，有時候做著豆腐都想睡覺。這樣已經有一段時間，最近手頭也不缺錢了，所以想找個大夫看看。

葛望忙著賣豆腐，她不想他耽擱了生意，也不想一個人去，就想著叫錢七陪著。

錢七連忙關心地問道：「怎麼不對勁了？」

聽到葛望媳婦說的症狀，覺得應該沒啥大事。不是有句熟語，春睏秋乏夏打盹嗎？她覺得葛望媳婦應該是累著了。

於是笑道：「行，明天妳來找我，咱倆一起去。」

# 第二十九章

隔日一早，孫保財同田村長一起，趕著騾車往縣城走。

到了縣衙，他對衙役道明來意，本以為還要等著通報，沒想到直接被放行，心裡明白一定是邵明修吩咐過了。

同田村長進去後，也不知現在邵明修忙不忙，所以還是找到邵平，讓他幫著通稟下。

田村長一路跟著，看孫保財竟然能在縣衙裡自由走動，心裡的震驚不言而喻。

這一刻才真正意識到，孫保財真的不一樣了。

邵明修聽孫保財介紹後面的人，知道是紅棗村的村長，說了幾句，看對方誠惶誠恐的樣子，示意邵平先帶田村長出去。

他也明白孫保財帶著田村長來，也是為了正名，剛剛他也叮囑了田村長，以後孫保財在紅棗村行事起來，應該沒有阻礙了。

等人都出去了，他才笑道：「你今兒個來，不會就是為了讓你們村長來見我一面吧？」

這般說完，想起中午要宴請那些鄉紳，反正孫保財來了，正好讓他坐陪。

孫保財笑道：「自然不是，這是紅棗村要改水田的具體情況，還有我寫的紅棗村計劃書，大人先看看可行否？」說完把昨晚連夜寫的計劃書遞給邵明修。

他知道要說服邵明修很簡單，只要拿出完整的方案，並具有可行性，這事就成了一半，另一半就看具體怎麼實施了。

邵明修疑惑地看了眼孫保財。計劃書就是眼前這幾張紙嗎？

他帶著疑惑開始看起來，看完之後不由笑了。

孫保財真是個人才呀，紅棗村要是按照這上面寫的發展，三、五年後就會變成家家吃穿不愁，孩子們都能去學堂讀書識字，道路寬敞整潔，村裡富裕。

重點是孩子們上學堂是不花錢的，這筆錢全部由村裡出。至於村裡為何會有這筆錢，就是重點了。

計劃書裡寫到，紅棗村能變好，前提是他要把紅棗村現在還有的五十畝左右荒地，批給紅棗村，作為村裡的集體用地。

這裡還寫了兩種可行性，一是如果合乎規矩，申請直接批准；二是如果衙門沒有權力這麼做，紅棗村能否以分期付款的方式購買這些荒地？還具體寫了分期付款的意思，幾年還清、一年還多少。

這個集體用地批准後，就會加入今年的旱地改水田計劃。這樣一來，紅棗村相當於多了五十畝水田，這五十畝水田再佃給村裡的窮困人家，到時收的租子用來建設村子、修路、蓋學堂和學堂將來的支出。

這樣一來，村裡的孩子們都能去私塾唸書，而村子裡地少的窮困人家也有地種了，這樣也能多一份收入，這些窮苦人家慢慢就能脫貧。

不過這事細琢磨後，總覺得不太對，他又把計劃書看了一遍，才笑道：「你小子算計我呢！」

這事能實行的前提，就是他要批准那塊荒地成為紅棗村的集體用地，然後再改成水田，這小子就是明擺著占便宜，這便宜還不能不讓他們村占，這份計劃書裡寫得太有誘惑力了。一村如此，一縣呢？這般想來，他都忍不住激動起來。

孫保財聞言，無辜地看著邵明修，表示自己沒有算計他。這怎麼是算計呢，明明就是多贏的局面嘛！

邵明修沒搭理他，繼續想著這事的原委，把這裡面可能出現的問題列出來，讓孫保財給他個明確答覆。

孫保財看邵明修的問題，心下確實佩服，竟然能在他這麼詳細的計劃書裡挑出骨頭來。對於邵明修這般嚴謹的態度，他真的挺欣賞。

他想了下道：「這五十畝集體用地的管理，可以採取監督制，讓全村去監督地裡出產銀子的去向，讓村長每用一筆錢，都要開會通知，並且記錄在案；如果發現貪墨的現象，村民可以告發，到時可以罷免村長，這樣就能起到警示作用。還可以成立村委會，挑一些公正廉明、責任心強的村人，一起監督這樣會更好。」

說完又把村委會是個什麼樣，詳細地說了一遍。

邵明修聽完覺得還行，到時可以把孫保財提出的建議再細化一下。

孫保財提出的村委會，跟家族裡由族長和長輩共同決策的制度很類似。只不過他沒說必須由德高望重的長輩擔任，公正、廉明、責任心強，也可以是年輕人啊！

兩人又商量了會兒，制定出了程序，做完這些才對孫保財道：「我中午約了一些鄉紳吃飯，你也來吧，看看這幫人能出多少銀子？明天我會派人去紅棗村找你，你帶著人實地看看，讓他們測算改造水田的成本和時間。」

這件事要儘快準備好，等到秋收過後開工，務必在天冷前完工，這樣才不耽擱明年稻田養魚的事。

孫保財看著邵明修搖頭道：「跟那些鄉紳吃飯，我就不去了。」

如果他去了，後續的事肯定多，畢竟知縣大人身邊多了個人，還跟他們吃飯談事，那些人慣會鑽空子，事後肯定會把他調查個徹底，然後想法子拉攏他，到時他可就沒法清靜了，所以這事他不想參與。

邵明修稍微一想，也不為難他。

能有一位這樣不為名利、純正的朋友，是他的幸運。

等孫保財走了，他才整理思緒，開始寫摺子向皇上闡述。他要在紅棗村做的事，能不能成另說，但是先跟皇上彙報，省得有人拿這事挑事端。

他現在得罪多少人、得罪誰，自己都不知道，為今之計只能事事謹慎些。

孫保財出了縣衙找到田村長，兩人在縣城裡買了些東西才往回走。

錢七同葛望媳婦到了大石鄉，兩人沒去集市，而是去了大石鄉唯一的醫館。進去一看沒什麼人，兩人直接找到坐堂大夫。

葛望媳婦忐忑地說了症狀，坐堂大夫示意她坐下，開始給她診脈。

錢七看大夫皺眉，久久不說話，一顆心不自覺也提了起來。這不會真有什麼事吧？

坐堂大夫皺眉道：「妳這是滑脈，已經兩月有餘，但妳這身體過度勞累，現在胎位已經不穩。我先給妳開些安胎藥，今後一定要注意，不能太過勞累了。」

錢七一開始沒聽明白，聽到胎位不穩時才反應過來。這是懷孕了?!

轉頭看葛望媳婦已經淚流滿面，也忍不住心酸，走過去攬過她的肩膀道：「妳現在不能太激動，對孩子不好。剛剛大夫說的話，妳可得放在心上。」

葛望媳婦聽了，忙點頭表示知道。

她因為沒有孩子，受過太多辱罵，剛剛聽到有了孩子，第一個感覺竟然不是高興，而是萬般委屈，眼淚不覺就流了出來。

孫保財帶著邵明修派來的人實地勘察，一共花了兩天才勘測完。據說他們要回去做個詳細的計劃給邵明修。

孫保財跟他們閒聊時得知，他們是邵明修專門從臨安府請來的人，有專門負責井灌的工匠，據說他家打井、修井的手藝還是祖傳下來的；也有專門負責改造稻田的，不時在紙上畫畫。

他看了才明白，原來他們是在畫稻田排水溝的圖。五百多畝地的排水溝，都要事先畫好，預留出來，這個工程可不小，可邵明修要求他們，要把修建的時間都算出來。

最讓他驚訝的是，竟然還有專門查看土質的人，說是要看看這裡是否適合大面積的水稻種植？

孫保財對邵明修真的不知該說什麼了？做事要不要這麼先進？雖然心裡嘀咕，但對他確實真心佩服，這是妥妥的CEO人才。

這麼說也不對，人家年紀輕輕可是都當縣官了，而且前途無量。

當然他也感到邵明修對紅棗村的重視，所以也盡心介紹，回答這些人的問題。

御書房。

皇帝看完邵明修的奏摺，閉目想了下，才睜眼寫下批覆。

他合上奏摺。「我倒要看看你能折騰成什麼樣……」

東石縣這個名字，自從邵明修去了，相信不止他記住了，朝中很多人也跟他一樣，忘不了東石縣，忘不了邵明修在東石縣翻起的巨浪。

而從邵明修的奏摺看來，東石縣將繼續在他的帶領下續寫它的不同。

他很期待邵明修繼續在東石縣翻起巨浪。

秋收時節，本來孫保財家應該先收割稻子，魚要陸續賣，所以稻田裡的水暫時還不能放。

但他最後還是找了邵明修，讓他派人過來幫著收割稻子和秤魚。當然，這一畝稻田所有的產出，按照市價全部賣給邵明修了。

邵明修知道這是他的好意，所以也應下了這事。他倆心裡明白，這事必須真實、有憑據，不容許出一絲岔子；孫保財能這般做，這番好意，他心領了。

這樣的話，一畝稻田出產多少斤稻米、出了多少斤魚，這些都是他直接接手的，這個結果就更有說服力。

邵明修在書房整理思緒，一會兒要把孫保財家稻田養魚的具體情況寫下來。皇上已經給了旨意，這事要詳細回報，所以日後紅棗村的情況，他都要詳細闡述清楚，寫奏摺給皇上稟報。

他也明白皇上為何對這事這般關注。皇上心裡想的肯定是一村如此、一縣如此，那麼大景朝所有的村子和縣城都能如此呢？

他提筆開始寫奏摺。

孫保財家的稻田養魚，稻子收成比相同的稻田產的稻子增產一成。根據他派到紅棗村調查的結果看，孫保財家的稻田還不是上等水田，所以要是上等水田的話，收穫的稻子應該更多才是；而魚出產了三百二十斤，賺了一兩銀左右。總體上來說，一畝水田裡養魚，收入是能翻一倍的。

寫完奏摺，他讓邵平送走，待邵平出去後，他看到桌上的信件，忍不住一陣頭疼。

不知為何，皇上竟然把東山石礦的事交給他處理，還給了他很多特殊權力。

桌上的信件都是那些聽到風聲之人送來的，其中還有兩封是家裡來的，無非就是想接收東山石礦，讓他賣個人情等等。

這些信件的主人一個比一個有背景，東山石礦不管給誰，都是得罪人的事，這讓他不得不懷疑，這事是不是有人策劃的？

這念頭只是一閃而過。東山石礦的價值在那兒擺著呢，財帛動人心也有可能。

一會兒孫保財要過來商量紅棗村的事，現在莊稼都收完了，剩下的也就是晾曬，工匠都準備好了，到時孫保財安排好便可以帶走，紅棗村旱田改造水田也正式啟動。

孫保財到了之後，被邵安直接帶到縣衙的書房。兩人也沒說閒話，直接進入正題。

孫保財問道：「能在村裡發布正式公文嗎？」

紅棗村的村民如今都知道稻田養魚計劃，但是還不知道村委會和集體用地的事。他希望集體用地這事和組建村委會能由衙門出公文，這樣的話是名正言順，而且能把規矩直接定下來，比如村委會成員不得佃村裡的集體用地，還要強調村民的監督權利等等，這樣的事一開始就杜絕，時間長了，這個村委會才不會變質。

邵明修點頭同意。他最顧慮的就是擔心時間長了，村委會違背他們建立的初衷，孫保財這樣的建議很好，而且紅棗村就是皇上給他的特權之一，所以發布公文詳細闡述職責，這點他可以辦到。

當然村委會要想發揮作用，還是要制定薪酬。兩人商量的結果，就是凡是進入村委會的人，每年五十斤稻米。成員編制加上村長一共是五人，這個薪酬以後可以漲，但是要跟衙門報備審批。

兩人把細節商量完，孫保財道：「短工就在紅棗村裡雇吧，收完莊稼都閒下來了，反正他們也是要出去打短工，與其在外雇人，不如直接在村裡雇，還不用想怎麼供飯的事。」

他已經讓村長協調出兩個院子給邵明修找來的工匠們住。

其實今年村裡的人都沒出去找短工，現在家家都在關注旱田改水田的事，生怕出去了錯過，有鑑於此，他才跟邵明修這般說的。這樣一來，他們也能賺些錢，家裡的事也顧到了。

邵明修自然點頭同意。這樣倒是省了不少事，反正無論是誰幹活都得給錢。

他無意中低頭看到桌上的信件，又看看孫保財，不由笑了。

「我的師爺，本大人這裡有件事，正好你在，幫我出出主意可好？」

孫保財眉頭一挑，笑道：「大人有事明說，屬下定當盡心為大人分憂。」

邵明修笑著把東山石礦的事說了一遍。

孫保財聽了只道：「這事簡單，大人弄個東山石礦採礦權的拍賣大會，定好底價，凡是有興趣的都可來競拍，反正價高者得。到時你再制定礦場的規章出來，這樣一來你輕鬆了，皇上那裡也能交代，以後去礦場幹活的人也有保障，這不是挺好的嗎？」

這件事要想公平些，只能弄個招標，這樣邵明修才能在皇上那裡摘出來。不然無論東山石礦給誰，皇上心裡都會有個顧慮，猜測邵明修為何要把東山石礦的採礦權給他？

只有這樣才能打破這種隱憂，到時皇上得了大筆銀子，在他心裡，邵明修就是個純臣。

邵明修又讓他詳細說下，聽了笑道：「孫兄果然大才。」真有孫保財的，這事都能被他想到。

孫保財不好意思地笑了笑，這個跟他有沒有才沒關係，他也不過是拾人牙慧而已。

兩人又說了會兒話，約定三天後工匠進入紅棗村，孫保財在這三天內辦理成立村委會的事。

# 第三十章

孫保財從縣衙出來，趕著騾車先去了何二家的餛飩攤。出來之前，田家大娘讓他帶些東西給何家，都是些山貨和新打的麥子。到了餛飩攤，一看何二不知為何在那兒傻笑，董氏也笑容滿面的。

他走過去跟董氏打了招呼，看何二沒在忙，笑道：「你岳家讓我給你捎些東西過來，幫我搬下。」

何二看孫保財來了，笑著應了，跟著把東西搬下來。

等搬完東西，孫保財才有工夫看何二，而這小子還在傻笑，不由拍了他腦門一下，道：「你傻了?!」

何二白了孫保財一眼，反手拍了他肩膀。「你才傻了呢！」

他得意道：「你來得正好，回去給我岳父、岳母捎個信，告訴他們我娘子有了，已經兩個月，這段時間就不去看他們了。」

今兒個早上帶田妞去看大夫，大夫說已經有了兩個多月。

他把田妞送回去之後，連忙趕來跟娘通知這個好消息。

想到這兒，他看著孫保財，挑眉。「哥哥馬上要有兒子了，你什麼時候有啊？」說完還得意地笑。

孫保財先是道了聲恭喜，同樣挑眉笑道：「我家孩子說，兩年後來我家，這兩年他先去別的地方玩。」

說完也沒搭理他，直接趕著騾車走了。

何二回過神笑罵了句，才回身跟他娘說了聲，先把東西送回去。他有點惦記田妞，先回去看看，正好把這些東西也捎回去。

孫保財回到村裡，去了田村長家找他商量事情。

他看田來福在院子裡，笑著打招呼。「田大哥，村長在家嗎？」

他知道村長有意讓田來福接任下任村長。

大景朝對於村長的任命，基本都是上一任村長向衙門推薦下任人選，因為很多村子是同姓家族制，所以這個人選沒有避親一說；只要人選沒有德行問題，衙門都會採納。因此漸漸形成了如今這樣，村長這個村官已經成為家族連任的產物。

父親老了推薦兒子，這麼一輩一輩往下傳，老百姓也習以為常，畢竟誰當都一樣。

田來福看是孫保財，笑道：「在家呢，保財兄弟先到堂屋坐會兒，我去後院叫我爹。」

他爹這段時間沒少跟他說孫保財，還有村裡要進行的事，也知道孫保財得到知縣大人的信賴，管著紅棗村稻田養魚這事，所以總往縣衙跑。

說實話，得知這一切時，他簡直不敢相信。

直到他爹說見了知縣大人，還被大人親自叮囑過才相信，就是想不通孫保財怎麼這麼大能耐了呢？

他走到後院跟父親說孫保財來了，看他爹應了，要往堂屋走，忍不住擔心道：「爹，您說知縣大人要成立的啥村委會，是不是要把你架空了啊？」

以前村裡就他爹一人說了算，現在要成立村委會，多了四個人，這不是分權嗎？

田村長聞言，皺眉道：「渾說什麼？什麼架空不架空的，這個村委會孫保財說了是招幾個人協助村長，也是為了共同監督村裡集體用地設立的。知縣大人給咱們村批了五十畝荒地作為集體用地，這個荒地錢雖然要五年內還清，但現在改成水田，這要是稻田養魚收成好，那不是一年就能還清了？

「這五十畝可不是荒地，而是五十畝水田，這些地給咱村裡了，當然要立些規矩。這是給村裡的，可不是給我這個村長的，所以成立這個村委會挺好的。」

以前當村長，他是一個人說了算，但是啥也沒有啊，想為村民做點啥也是有心無力。現在好了，有了這五十畝水田，每年出產還不得百兩銀，到時修路、蓋私塾、修祠堂的銀子都有著落了。

村裡以後要是家家都過好了，家家的娃兒便都能讀書識字，這事以前哪敢想啊？

想到這裡，他看了眼兒子，嘆了口氣，往堂屋走。

田來福皺眉看著他爹的背影。共同監督？還不是防著他爹這個村長嗎？

雖然這樣嘀咕，但心裡還是把他爹說的話細想了一遍，越想越心裡沒底，決定過會兒問問他爹，是不是他這個村長沒有希望了？

孫保財坐在椅子上，想著紅棗村的事。

邵明修雖然把荒地批給紅棗村作為集體用地，但還是採取了五年內要還清購買荒地銀子的方式。

他也理解，畢竟紅棗村是示範村，要是紅棗村示範成功，大面積推廣的話，還是採取這種方式比較適合。畢竟每個村都不一樣，要是採取平白給每個村五十畝集體用地的話，朝廷損失不說，還擔心有人借機鑽空子。

這樣一來，從一開始就杜絕一些可能，不得不說邵明修想得長遠。

等田村長坐下後，他才把文書拿出來遞給他看。

田村長看完蓋著大印的文書後，忍下心底的激動，高興道：「好啊，有了這個，咱們就有了主心骨！要現在召集村民在祠堂集合，當場宣讀一遍，然後把這文書張貼出去嗎？」

孫保財笑道：「這個不急，咱們先商量下村委會的人選，到時正好一起把這事辦了。三天後就要開始動工，這三天，咱們要把人員安排好，各項工作也要分好工，村長心裡可有適合的人選？」說完這話，看著田村長又加了句。「村委會成員最好是選品性好的年輕人為主，要有責任心、能幹實事的。」

要是弄一些德高望重的，那些人年紀都太大了，已經不能親自做事，只能動嘴指使別人。說實話，與其這樣，還不如選些年輕人呢！上了年紀的思想僵化，不如年輕人接受新事物比較快。

田村長一想也是，認同孫保財的話，也開始在心裡思索適合的人選。他家來福肯定不行，就是為了避嫌，他也不能提議讓他進村委會。畢竟現在紅棗村所有的事都會被呈到知縣大人面前，如果他提議自己兒子進村委會，知縣大人會怎麼想？他這村長恐怕也幹到頭了。

知道孫保財也不會進村委會，於是跟他說了幾個年輕後生的人名。

孫保財聽村長把他大哥，還有錢家大哥也算在裡面，直道：「我大哥和錢家大哥都不行，咱們要的是腦子活絡，能擔起責任為村裡做實事的人。村長，我說幾個人，你看看行不？」

對於田村長把孫家和錢家人提出來，而沒有把自己兒子田來福算在裡面，他也知道田村長的意思，於是想了下道：「葛望、錢六、田來福、劉長順，村長看這幾人如何？」

葛望這人他以前就接觸過，為人正派耿直、有正義感，要不是這樣的性格，也不會為了自己媳婦跟葛家鬧得那麼僵。

村人都說他有了媳婦忘了娘，在他看來不是，他這樣維護媳婦，有很大一部分是看不慣家人這麼欺負媳婦。這麼有正義感的人，能容下這事就怪了。

現在媳婦懷孕了，打破了葛家說葛望媳婦不能懷娃的話，聽錢七說，村人現在口風變了，說葛望媳婦之所以在葛家時沒懷上，是葛家總讓她幹苦活、累活，所以才沒懷上的，要不怎麼一分家，人家就懷上了？

錢六就不用說了，雖然是錢七的哥哥，但是選他也是思慮過的。錢六這人腦子活，經過這段時間做生意，腦子就跟開竅似的，帶著錢五賺得比錢家其他兄弟可多了。錢家這麼發展下去，絕對會成為紅棗村第一富戶。

劉長順這人他也瞭解，是紅棗村唯一一個到縣城藥鋪當學徒的人，在藥鋪當了十年學徒，一個月前卻被藥鋪解雇，獨自回到紅棗村；回來後，自然又是一番流言。

此事他曾經讓何二幫著問過，被解雇的經過他是完全清楚，自然知道劉長順品性沒有問題，而且在藥鋪十年，學到的東西自然不少，相信他能為村人做很多事。

至於田來福，很簡單，他被村長帶過很長時間，又是村長的兒子，見識和能力在紅棗村是沒幾個人能比得上，還識字，不選他選誰？

看田村長一頭霧水，就把選這些人的原因說了一遍。

田村長一開始不明白，孫保財為何要選來福和劉長順，畢竟一個是他兒子，一個現在名聲不太好？可聽了他的解釋才懂，原來孫保財提出的人選是從全局考慮，而不是像他顧慮這般多，也頭一次知道，原來劉長順之所以被解雇，是受了別人排擠。

藥鋪掌櫃家遠方親戚要來當學徒，別人都是縣裡人，低頭不見抬頭見的，自然就把劉長順這個鄉下人解雇了。

這樣一來，他對於人選自然沒有意見了。

兩人又商量了會兒，決定明天召集眾人到祠堂。

今天先把公文張貼出去，而村長先去走訪這四個人，確定一下他們的想法，明天跟村裡詳細解說公文內容。

孫保財本來想推行民主選舉的，後來想到這裡的情況，還是決定出手干預一下。要是現在就讓村民選舉村委會候選人，十有八九選出一些德高望重的老年人，那樣反而非常不利於紅棗村的發展。

跟村長告別之後，這才趕著騾車回家。他出來一天了，現在回去正好趕上飯點。

田來福等孫保財走了，才進堂屋找他爹，把心中的疑惑問出來。

田村長聽了後，抬頭看著兒子，嘆了口氣。「紅棗村已經不是以前的紅棗村了，你看看吧，這是蓋著衙門大印的公文。」說完把公文遞給兒子，等他接過後才繼續道：「紅棗村注定要不一樣了，你看看縣令大人對紅棗村的重視程度，村長的人選已經不是爹說了算。」

當村長這件事和紅棗村變得越來越好相比，他當然更願意紅棗村越來越好。

田來福看完手上的公文，明白父親話裡的意思，對於不能當村長，確實挺遺憾的。本來還想著當上村長後，為村人做些事，現在看來是沒希望了。

可這會兒想明白了，除了遺憾也沒啥別的情緒，他的能力自己清楚，如果他當村長的話，不可能把紅棗村發展成這樣。

不得不承認，孫保財比較適合吧，畢竟紅棗村一切契機都跟他有關。

田村長看兒子情緒低落，不由笑道：「你雖然不能當村長，但是可以進入村委會，到時你好好幹，一樣能為村裡做很多事。」

來福心裡怎麼想的，他自然知道，其實這樣也挺好的。

田來福一聽自己能進村委會，高興的同時又有些疑惑，問道：「爹，咱倆同時在村委會不好吧？」就是為了避嫌，他也不能去吧？

田村長聽了，笑著把他和孫保財推薦的人都說了一遍。

「在心胸和眼界上，孫保財確實比我強太多。好了，你也別多想了，跟我去祠堂把公文張貼出去，一會兒我還要找其他三人談呢。」說完便率先往外走。

田來福聽了父親的話，感觸更深。對於能得到孫保財這般認可，心裡竟然莫名高興。

孫保財到家後，一看老婆沒在家，知道她肯定又去茶寮攤子賣西瓜了。

自從地裡的西瓜成熟後，錢七就每天往茶寮擺上十幾個西瓜賣，每天都能賣幾個。

這丫頭說了，今年留夠了西瓜種，明年開墾的荒地上都種西瓜來賣。

他到廚房一看，飯菜都給他留了，簡單吃了些，把門鎖好才往茶寮走。

茶寮裡，劉氏看錢七又賣了個西瓜，剛剛她在邊上都聽到了，人家是特意從東石縣城趕著馬車來這裡買西瓜的，說是為了送人。

她現在對錢七特別佩服。

剛開始老三媳婦往茶寮擺西瓜時，跟她說賣十文一斤，她當時都覺得老三媳婦瘋了。豬肉也不過才十文一斤，還是那好肉才是這個價，這西瓜也要賣十文一斤，也不知老三媳婦哪來的自信？

就算西瓜是這裡沒有，那也不能跟豬肉一個價錢啊！她吃了西瓜是挺甜的，水分足，是挺好吃，可也沒有肉好吃啊！而且西瓜一個得有十來斤，這一個就一百多文，這麼貴誰買啊？買一個西瓜的錢能買三十多斤麥子了。

但是看老三媳婦賣出第一個西瓜後，才知原來這個價格真能賣出去，買的人都是坐馬車的，一看就是有錢人，人家買西瓜都不還價。

張氏和小劉氏這會兒也在，秋收之後她們沒啥事了，也過來幫忙，順便把自家的紅棗拿一些過來，多少能賣點。

雖然才來兩天，她們也看出門道了。公公、婆婆的茶寮攤子生意是好，但是遠不如弟媳每天賣幾個西瓜賺得多。

那客人買西瓜，一給就是一百多個銅板，哪裡是茶寮攤子一位客人收個一文、兩文能比的？

錢七把銅板放好，眼看現在沒人，走過去跟劉氏她們一起坐下歇會兒。

茶寮攤子要到天暗才會收，錢七看張氏和小劉氏兩眼放光地看著自己，知道她們心裡想什麼，於是笑道：「大嫂、二嫂，妳們要是想種西瓜，明年也跟著種吧！這東西今年之所以這般貴能賣出去，就是咱們這地界沒有賣的，要是西瓜多了，也不值這個錢。反正這點妳們心裡有個數，但不管怎麼說，只要不是大面積種植，這東西價格也不會太便宜。」

她說的是實話，種瓜果要用園地坡地，良田是不允許種這些東西的。

她本來也沒想過西瓜能賣這麼貴，要不說啥她也不挖那半畝魚塘，都種西瓜多好。

只不過看著僅有的一畝西瓜地，突然覺得要是便宜賣了，有點對不住自己這般精心地照看，所以就照著豬肉的價格定價，沒想到還真賣出不少，而且多數都是坐馬車的人買的。

張氏和小劉氏聽了，立刻點頭應了。

要是錢七不說出來，她們還不知怎麼開口呢！

兩人想著，明年菜園子也不種菜了，全部種西瓜也是份收入。

現在兩家日子都好過了，地裡有穩定的出產，寶金和寶銀兩兄弟趕騾車跑貨賺得也不少，所以她們才有空來幫忙。

張氏現在是徹底想開了，家人始終是家人，她大哥之所以獲得那麼多的賠償，也是聽了老三的話去衙門告官。大哥現在已經恢復得差不多了，雖然以後不能幹重活，但是因著賠償銀子，治完病還有剩，也打算買輛騾車拉人。

這樣的話，以後生活是不愁了，她父親現在特別感激老三，還讓她跟婆家人好好相處。

——未完，待續，請看文創風703《娘子不二嫁》2

文創風
702

# 娘子不二嫁 1

國家圖書館出版品預行編目資料

娘子不二嫁 / 淺笑著. --
初版. -- 臺北市 : 狗屋, 2018.12
冊 ; 公分. --（文創風）
ISBN 978-986-328-943-2（第1冊：平裝）. --

857.7 107018145

| | |
|---|---|
| 著作者 | 淺笑 |
| 編輯 | 張蕙芸 |
| 校對 | 黃薇霓　簡郁珊 |
| 發行所 | 狗屋出版社有限公司 |
| 地址 | 台北市104中山區龍江路71巷15號1樓 |
| 電話 | 02-2776-5889～0 |
| 發行字號 | 局版台業字845號 |
| 法律顧問 | 蕭雄淋律師 |
| 總經銷 | 知遠文化事業有限公司 |
| 電話 | 02-2664-8800 |
| 初版 | 2018年12月 |
| 國際書碼 | ISBN-13　978-986-328-943-2 |

本著作物由北京晉江原創網絡科技有限公司授權出版

定價250元
狗屋劃撥帳號：19001626
網址：love.doghouse.com.tw　E-mail：love@doghouse.com.tw